船娘好威

3

翦曉 著

文創風 485

目錄

第五十九章

柯至雲幫允瓔解了船繩、把船推離岸邊後，便和烏承橋在前面清點貨物。允瓔只管負責搖船。

船到了之前喬家船消失的地方，柯至雲便指著右邊示意允瓔轉道。

行出沒多久，便看到喬家那條大船停在一處埠頭，船上有幾個家丁守著。

允瓔沒有停留，飛快地駛過，前面的路果然不寬，恰恰足夠漕船行過，稍大些的確實不適宜。

在柯至雲的指點下，船駛進城，河道彎彎，兩岸漸漸出現白牆青瓦的人家，看著那些半掛在水面上的人家，允瓔立即想到了江南水鄉。

船上的貨已經清點出來，烏承橋洗淨了手，面朝著西北方向坐著，神情淡淡。

「瞧，那邊最大的院子就是喬家的。」柯至雲談成了生意，心情極好，指著西北方一處高高的樓介紹道。「據說那樓是喬大公子的手筆呢，當年他不過十七歲，市井流傳，喬大公子建此樓是為了廣收天下美人，哈哈，那些人想法太過庸俗，喬大公子又豈是那等膚淺之人。」

柯至雲對傳說中的喬大公子很推崇，言語間盡是佩服。允瓔只覺得好笑，他連喬大公子是誰都不知道，居然稱讚不斷。

她抬眸，看了看安靜的烏承橋，又看了看那高樓。

那樓其實也不過四層樓，只是周圍的院子、房子最高不過兩層，那四層樓房便顯得鶴立雞群般顯眼。

「喏，那兒是清渠樓。」柯至雲又指著另一個方向說道。

允瓔好奇，順著他指的方向看去，果然，那邊也有一幢樓房，高高的與喬家高樓遙相呼應。

「現在妳看到了吧？」柯至雲指著清渠樓，笑道：「據說喬大公子心儀清渠樓的仙芙兒，為討其歡心，特建高樓。」

說者無心，聽者有意。

柯至雲哪裡知道，他口中的喬大公子就是他身邊的烏承橋，本著滔滔不絕的敬仰，喬大公子混跡花街酒巷的各種壯舉也被一一揭露在允瓔面前。

什麼長年包下清渠樓的頭牌仙芙兒啦，什麼清渠樓所有豔姬都是喬大公子的腳下臣啦，什麼為了捧某樓的新豔名角與人大街上設下豪飲宴啦。

種種種種，數不勝數。

烏承橋的臉，漸漸黑了下來。他一動不動看著前面景色，卻不知為何，他並沒有主動打斷柯至雲的話。

允瓔初時只是好奇，雖然聽到仙芙兒時，也有著小小的酸意，可她知道，那是她來不及參與的往事，然而隨著柯至雲例舉的壯舉越多，她便越笑不出來了。

允瓔抬眸，看著烏承橋，心裡五味紛雜，一時也忘了打斷柯至雲的話匣子。

這柯至雲倒是真對喬大公子上心，各種趣事說得很詳細，只差沒把喬大公子幾歲斷奶、幾歲尿床的事都數了出來。

河道彎彎，兩岸白牆青瓦徐徐倒退，船隻慢慢穿過橋洞，拐過小街河道，來到高高的清渠樓前。

允瓔收回心緒。烏承橋的種種，等閒下來兩個人的時候再慢慢討論，眼下，還是正事要緊。

「慢點，就停這兒。」柯至雲也總算停下了話茬兒，抬頭看了看清渠樓，指引允瓔停穩船，一邊介紹道：「這兒是清渠樓的偏院，平時採購東西都是從這兒進的，青嬤嬤答應借我們的小院就在一旁，很方便的。」

允瓔抬頭。眼前的門楣倒是不高，看著也與尋常人家的院子差不了多少，之前看到的高樓還在左前方，那邊倒是裝飾得古樸雅致。

因為柯至雲一路的話，允瓔對這清渠樓既好奇又排斥，打量幾眼，便放開了船槳往船頭走。

這時，柯至雲已經拴好船，跳上岸去，站在青石板鋪就的小路上看著烏承橋和允瓔說道：「你們先歇會兒，我去叫人搬東西。」

說罷，就跑進了那敞開的門。

烏承橋依然一動不動，抬頭看著清渠樓發呆。

允瓔見狀，心裡的煩悶又添了一層，走向他的腳步停了下來，剛剛想過去打趣他幾句的念頭也被擊得粉碎。

「邵姑娘。」唐瑭從門內大步走了出來，唐果卻沒見蹤影，他滿臉笑容地打招呼。「烏兄弟，你們來了。」

允瓔側頭看了看烏承橋，見他只是朝唐瑭點點頭，卻沒有說話的意思，不由皺了皺眉，回頭對唐瑭笑道：「雲大哥剛剛進去，遇到你了沒？」

「他去找青嬤嬤了，一會兒就出來。」唐瑭有些奇怪地看看烏承橋，上了船，關心道：「烏兄弟，你是不是哪兒不舒服？臉色這樣差。」

「嗯，有點。」烏承橋淡淡應道，撐著木棍站起來，轉身往船艙挪。「你們看著辦吧，我先去躺會兒。」

「我扶你。」允瓔走過去，想試著和他溝通一下。

「不用了，妳幫他們一起吧。」烏承橋卻避開她的手，頭也沒抬地往船艙去了。

允瓔心裡又是一悶。什麼嘛，她還沒說什麼呢，他倒是先給她臉色看了，好吧，算她多管閒事。

「唐公子，聽說這兒能供給我們免費的庫房，這事可靠不？」帶著一絲氣性，允瓔不理會烏承橋，逕自向唐瑭問起她關心的正事。

「我覺得應該可靠。」唐瑭點頭。「不過借用他人的終究不太好，我到時候再另外尋摸一下，儘量找個便宜又方便的院子，那樣我們到了這兒也不用住客棧，還能存放東西，一舉兩得。」

「我覺得最好在碼頭那邊找，興許還是一舉數得的事呢。」允瓔說起她的想法，倒是暫時忘卻心裡的煩悶。「碼頭上有四面八方來的客人，我這幾天在那邊，看到其中還有不少的貨船行商，倒是想到一個主意，也不知道行得通行不通？」

「哦？說來聽聽。」唐瑭驚訝地看著允瓔，好奇地問：「什麼想法？」

「我們既然是做各個地方的特產，興許除了我們自己去收集之外，還可以在泗縣碼頭設一個點，收附近的便宜特產，也可以收外來的特產，這樣再轉賣出去，或多或少能賺些差價；還有我們也可以替人代銷、代收貨物，賺個中人費……」

「好主意！」唐瑭聽著聽著，眼睛一亮，看向允瓔的目光熠熠生輝。「邵姑娘好心計，居然能想到這樣妙的主意，我覺得可行！大可行！」

又是好心計……允瓔頓時哭笑不得，想來唐瑭說的意思和她想的不一樣吧。

「等這些貨安置好，我便去碼頭找，銀子的事，多了不敢說，千兩以下，我還能墊得起。」唐瑭細細琢磨著允瓔的話，越想越興奮，連連說道：「我們還能招攬運送貨物的買賣，替人送貨，這樣還能多賺一筆。」

「這樣一來，僅僅只有我們一條船可不夠。」允瓔說到這句話的時候，就想到陳四家的以及田娃兒等人。

「這個沒問題，我們可以招集船隊。」唐瑭笑著搖頭。「邵姑娘可有相熟可靠的船家？」

「有。」允瓔立即點頭。

「好，等我們收到這邊的銀子，就馬上行動。妳和烏兄弟就專門負責船隊的事吧，庫房交給我，我會盡全力做到邵姑娘所說的，外面接買賣的事，就由雲哥負責。」

「好。」允瓔頗有些意外。這洛城唐家莫非也是商戶大家？要不然就是這唐瑭有經商的天分，居然一點就透，甚至有些思考比他們更周全、詳細，三言兩語間，他們幾人的責任便這樣確定了，她和烏承橋管著運輸，柯至雲負責銷售，唐瑭主管大局調度。

對此，允瓔頗為滿意。

她個人不懂生意經，而烏承橋過去但凡對自家生意上點心，也不會落到現在這個地步，所以他們兩人都不合適主管生意。說到銷售，烏承橋這張臉是不宜拋頭露面的；至於她，銷售倒是沒問題，但這兒是古代，她一個姑娘家到處跑難免不便，像錢發這類的事情，必不可少。

而運輸卻不同。田娃兒等人都是熟識的，為人實誠，也極照顧他們，有他們在，許多事情，她都能省心省力。

說話間，柯至雲回來了，跟他一起的還有一位身材曼妙的美少婦。

她沒有身穿允瓔想像中的似透非透的薄紗，而是一襲青色錦衣裹身，長髮高綰，點綴著少許玉飾，簡簡單單，卻是大大方方。

她緩緩而來，一雙丹鳳眼流連顧盼，某種風情自然而然地流露，看到允瓔時，遠山眉微揚，目光便鎖在她身上，一番掃視之後，紅潤的唇一扯，唇角揚起漂亮的弧度，糯糯軟語吐口而出。「好清秀的姑娘，怎麼稱呼？」

「這位是邵姑娘。」柯至雲笑道，看了允瓔一眼，回頭對美少婦說道：「青嬤嬤，人家可是良家小娘子，妳可別打她主意。」

「我讚她一聲，就是打她主意了？」青嬤嬤白了柯至雲一眼，一舉一動都流露著風情。

「青嬤嬤向來正直，自然不會做那樣的事。」唐瑭在邊上捧了一句。

「小瑭子，你又錯了，青嬤嬤我管著偌大的清渠樓，你說，身為泗縣第一花樓的嬤嬤，我與正直能沾邊嗎？」青嬤嬤抿嘴一笑，纖纖玉指便戳向了唐瑭的額。「說起來，還是喬大公子瞭解我，他就從不說我正直，也知道我從不做逼良的事，只可惜，少年早逝啊……唉，自他走了以後，我這清渠樓的銀子，每月最起碼少這個數啊。」

只見青嬤嬤伸出三根凝脂般的筍指，在唐瑭面前晃了晃便放下去。

允瓔一愣，三千？

「三萬兩……有他在，我們樓的姑娘們就是不接客，也足以安枕無憂了，可現在……」青嬤嬤長吁短嘆，很是遺憾。

「青嬤嬤放心，等我們有了銀子，這房租自然還是要貼補妳一些的，不過我們可不是喬大公子，一擲千金的事實在有心無力，青嬤嬤到時候可莫要嫌少。」唐瑭笑容滿面地接話。

「有你這句話就行了。」青嬤嬤收起傷感，抿嘴一笑，目光打量允瓔的船，指著那些酒罈子說道：「先來一罈解解饞唄，自那次買下那番商的果酒之後，我們再沒找著過品味那麼純的果酒了，你們這個還不錯。」

「這有什麼問題。」唐瑭笑著點頭。

柯至雲已經上了船，挑了一個大罈子拎在手上，重新回到岸上，把罈子遞給青嬤嬤。

「不幫我送進去？」青嬤嬤瞪著柯至雲，紅潤的唇嘟了起來，看起來煞是誘人。

「當然送，我以為妳要先喝一口嘛。」柯至雲嘿嘿一笑，收回了手。

「那走吧，我帶你去小院看看，找人給你們搬貨。」青嬤嬤說罷，轉頭朝允瓔笑了笑。「小姑娘，要不要進去坐坐？」

「謝謝青嬤嬤，我還是不進去了。」允瓔客氣地謝絕。她不喜歡這清渠樓，更不喜歡聽裡面的人說喬大公子如何如何，還是不進為好。

青嬤嬤嫣然一笑，扭身走了。

柯至雲抱著酒罈子殷勤地跟在後面。

「唐公子，怎麼沒見唐果？」允瓔有些奇怪。

「她跟妳初學了些做麵的技巧，就跟人較上勁兒了，這會兒正在裡面廚房呢。」唐瑭無奈地一笑，連連搖頭。「這清渠樓有位廚娘很會做麵，唐果吃了一次，就不服氣了，所以……她素來會惹禍。」

「還真是難為你了。」允瓔忍俊不禁，她甚至能想像到唐果叫囂著不服氣的情景了。

兩人站在船頭閒聊片刻，柯至雲便帶著人回來卸貨。

他帶的應該都是清渠樓看家護院的壯漢，所以沒多久，一船的貨便全清了下去。

「邵姑娘，你們真不出來歇歇？」柯至雲關心地問道。「這小院暫時歸我們使了，不會有別人來的。」

「不了，我們還是回去吧，藤五加和紅菇這些買賣，宜早不宜遲，要是被旁人知曉，以後這價只怕會跌下去，我們還是早些去運幾批。」允瓔搖頭。那些又不是什麼稀罕物，只要有心就能找到，所以她得把握商機。

「好，到時候妳直接送到這兒吧，我抓緊去尋庫房。」唐瑭點頭，也不留允瓔。

「為什麼要另尋庫房？這兒不是挺好的嗎？又不用花銀子。」柯至雲奇怪地問，顯然他壓根兒沒把之前烏承橋說的話放在心上。

「雲哥，這是邵姑娘的意思，我覺得挺好的，一會兒我與你細說。」唐瑭笑道，朝允瓔點點頭。「邵姑娘，烏兄弟有些不舒服，妳最好帶他去看看郎中，醫館就在那邊，順著河左拐，很快就能看到返春堂的。」

允瓔點頭。

「還有這些，妳帶著，陶伯那兒已經說好的，他會準備酒。」柯至雲從懷裡取出幾張銀票。「隨時去隨時準備著的。」

允瓔接過看了看，一共三張百兩的銀票，她點點頭，收了起來，看似放進錢袋裡，實際上卻是扔進空間，只有在那兒，才是真正的安全。

「妳當心些。」柯至雲叮囑了一句。

「放心吧。」允瓔失笑，誰能從空間裡盜走東西？想了想，她對柯至雲和唐瑭說道：「陶伯那兒的酒罈子都是一般的，我們或許可以訂製一些精美的陶瓶，把酒裝進去，再配上錦盒，相信那價格……」

「我們這就去辦。」唐瑭立即點頭，連質疑的目光都不曾有過。

允瓔告別了他們，緩緩控著船，順著原路離開。

到了唐瑭說的河道分岔口，允瓔瞄了一眼，不遠處果然高高掛著返春堂的店旗，她停了下來，快步走到船艙口，對裡面的烏承橋喊了一聲。「相公，那邊有醫館，要去看一下嗎？」

她倒是隱約猜到烏承橋不舒服的原因，想必是聽了柯至雲的話，觸景生情了，所以這會兒她說話的語氣也有些淡，甚至還帶著些許刻意。

「不用。」烏承橋聞言，倒是坐了起來。

「不舒服不去看郎中？」允瓔皺眉。

「我們回去吧。」烏承橋搖頭，眉頭深鎖。

好吧。允瓔盯著他看了一眼，點頭起身，心情受到他的影響。

接下來這一路，允瓔自顧自地在船尾搖船，也沒再過去，而烏承橋也一直待在船艙裡。

船離開泗縣外的碼頭，順著河道，在天黑前，允瓔尋了隱蔽的地方停下來。

烏承橋依然在船艙裡發呆，他似乎又回到了最初的狀態。

第六十章

允瓔只是看了一眼，暗暗嘆了口氣，轉身去了船頭準備晚飯。

其實，說起來也難怪他會傷感，今天青嬤嬤、柯至雲的話，不都證實了曾經他在清渠樓一個月的消費就是幾萬兩；如今，卻淪落到為幾文錢奔波勞碌。這差距，也難怪了。

且不提他了，就是她，初初來到這兒時，不也很不適應嗎？

這樣一想，允瓔心裡的煩悶倒是消了不少。

做好飯、燒好了熱水，允瓔步進船艙，這次，她在他身邊坐下。

「相公，起來吃飯了……」允瓔放柔了聲音。

卻不料，她話還沒說完，整個人便被烏承橋拉著跌了過去，還不及驚呼，他已翻身將她壓下，頭埋在她頸邊，聲音似乎從很遠很遠的地方傳來。「瓔兒……我是不是很沒用……」

允瓔一愣，伸手反抱住他，輕聲安撫。「怎麼會呢，你只是一時行動不便……」

「我今日才知道，那些年我都做了什麼……」烏承橋也不知道有沒有聽到她的話，繼續低低地說道：「……我居然還引以為傲……妳說我這樣敗家的，被趕出來……是不是活該……」

「瞎說，那是他們貪圖你家的家業，嫌你花多了他們就少分了唄。」允瓔順口說道。

「當初，我能為那些不相干的人一擲千金，如今卻不能為妳做些什麼，反而讓妳為我勞累，我……」烏承橋微微抬起頭，看著允瓔，眼中竟是微微的紅。

「我又不需要那些，有你陪在我身邊，就是最好最好的了。」允瓔一愣，他是因為這個內疚難過嗎？這一想，頓時心情好轉，手緩緩上移，摟住他的脖子，輕聲說道：「富貴易，共患難卻難，等將來我們賺了錢，你還能記得這段同心同力的日子，我就心滿意足了。」

「絕不會忘記。」烏承橋低頭抵著允瓔的額，輕聲說道：「經歷這麼多，我也明白了，富也好，貧也罷，什麼都不重要，重要的是，我能遇見妳。」

「知道我的好了吧？」允瓔眨眼，一點兒也不自謙。「那你還會不會去找她們？」

「這輩子，有妳足矣。」烏承橋淺笑，目光深邃。

「你可別後悔。」允瓔低語著。「我很貪心，我不希望我的相公身邊出現別的女人，如果你做不到，還有機會……離開……」

她指的是之前的約定。在他們成為真正的夫妻之前，他還有反悔的機會，但一想到他可能離開，心裡又一陣陣抽痛。

「離開妳才會後悔。」烏承橋定定看著她。

允瓔仰望著他，看著他近在咫尺的眸，心突然靜了下來。

今天一整天被柯至雲和青嬤嬤影響的壞心情，頓時煙消雲散，她不由好笑，她居然為了他過往的女人們在吃醋。

心情好轉，允瓔也放鬆下來，纏著烏承橋威脅道：「以後……不，從現在開始，你不許再理她們。」

「不理。」烏承橋認真回應著。

允瓔滿意地笑著，看著他越來越近的臉，緩緩閉上眼睛……

「咕嚕——」就在這時，一陣異樣的聲音傳出來，允瓔立即睜開眼睛，見烏承橋正尷尬地朝她笑，她轉了轉眼珠子，哈哈笑了起來。

烏承橋微微臉紅。

「起來吃飯啦。」允瓔微微推開他，坐了起來，有些嗔怪地看著他。「今天一天，也不知道出來吃飯，現在知道餓了吧？」

事實上，中午她都忘記做飯了。

烏承橋這才想起自己一味發呆，居然忘記了吃飯的大事，他沒吃，她不也餓著嗎？

當下，他也不再繼續坐著，就這樣撐著地想挪出去。

「在這兒吧，我去端進來。」允瓔攔下他。「外面有風，這天也越來越冷了，當心著涼。」

烏承橋點頭，坐到一邊，移過木方几，點上小油燈。

三菜一湯上了桌，兩人相對而坐，邊吃邊閒聊。

「相公，之前唐公子說的，你覺得怎麼樣？」允瓔問起他的意見。既然有心和他廝守一生，那麼尊重他的意見便是應該的。

「他說什麼了？」烏承橋有些奇怪地抬頭。顯然，他壓根兒沒注意他們在外面的對話。

允瓔無奈地把唐瑭的話複述一遍。「你覺得讓田大哥他們加入，建立起我們自己的船隊，可行嗎？」

「挺好的。」烏承橋肯定地說道。「只是我們現在才初開始，若馬上建立船隊的話，萬一生意不好，豈不是耽擱他們？」

「那……現在先雇他們幫忙嗎？」允瓔想想也覺有理，點點頭。

「先看看情況吧，萬事開頭難，青嬤嬤那人看著不錯，可實際上是個不肯吃虧的主兒，我們的貨不能存在她那兒。」烏承橋這會兒也從自己的情緒裡緩了過來，分析起青嬤嬤的行為。「我想，清渠樓怕是遇到了什麼事，她不得已才讓出小院，但絕不會白折給我們使用，所以下一批貨一定不能存在那兒，等唐兄弟找好庫房，有了落腳的地方，我們再想著做別的，況且生意伊始，什麼都得慢慢來，心急吃不了熱稀飯。」

所謂心急吃不了熱稀飯，允瓔自然也是懂的，只是她心急於生意的發展，難免浮躁了些。

反倒是烏承橋，拋開傷感之後，變得冷靜起來。

吃過飯，收拾妥當，兩人擁被而談，談生意、談將來、談他們共同的夢想。

烏承橋和允瓔一樣，都是說做就做的性子，次日天微亮，他們再一次啟程，一路上都尋那離山近的地方歇腳，倒也收穫了不少野菜、野味。

烏承橋行動不便，允瓔堅持讓他守在船上，每每都是自己行動，雖然累了點，卻也十分方便，她船上的貨慢慢多了起來，而她的空間，也漸漸地豐富起來。

趁著這單獨的機會，允瓔好好把空間拾掇了一遍，各類東西都各自歸位，之前扔進來的紅菇也有了專門的地方。
五天後，他們回到黑陵渡，允瓔準備去陶家找陶伯商量出貨的事。
烏承橋留在船上守著貨物，看著允瓔下船又是一番千叮萬囑。
允瓔失笑。她幾次出去似乎都遇到倒楣的事情，害得他現在都有陰影了。
朝烏承橋揮揮手，允瓔果斷地離開，按著記憶，她尋到陶家。
敲開了門，出來開門的卻是之前在她這兒買過陽春麵的那個男人，允瓔愣了一下，確定自己並沒有看錯，她不由好奇，這人怎麼會在這兒？
「小娘子？是妳！」男人認出了允瓔，驚訝不已。
「你……」允瓔不能確定他的身分，有些猶豫，改口說道：「你是陶伯家親戚？」
「哈哈，小娘子說的陶伯應該就是家父吧？」男人大笑，讓到一邊。「裡面請。」
「你是陶伯的兒子陶大哥？」允瓔不由睜大眼睛，竟有這樣巧的事。
「沒錯，我就是陶子貫，相熟的朋友都叫我陶罐子。」陶子貫熱情地迎了允瓔進門。
院子裡，陶小醉帶著之前允瓔見過的那個小男孩在摘著什麼，看到她進來，陶小醉靦覥地笑了笑。
「小醉、小醇，去請爺爺出來，有客人來了。」陶子貫也沒問允瓔的來意，直接讓兩個孩子去請陶伯出來，說完，伸手延請。「外面風大，小娘子屋裡坐吧。」
「謝謝。」允瓔含笑點頭，進了以前坐過的那間堂屋。
「不知道小娘子如何認識家父的？他一向少出門，以前似乎也沒見小娘子來過呀。」陶子貫拿起桌上的酒壺給允瓔倒了一杯酒，酒入杯，果香四溢，芳香撩人。

「是柯公子帶我們來的，上次來的時候陶大哥正巧不在家。」允瓔也不客氣，拿起酒杯聞了聞，淺抿一口，朝陶子貫示意了一下，笑道：「這葡萄酒若是能配上月光杯，就更美了。」

「沒想到小娘子也懂酒。」陶子貫更加驚訝。

「我並不懂，只是我家相公略懂一二。」允瓔搖頭笑道，沒有得意到忘了自己如今船家女的身分。

這時，陶伯從後院走進來。

允瓔站起來，朝陶伯曲膝行禮。「見過陶伯。」

「原來是小娘子。」陶伯滿臉堆笑，坐到允瓔對面。「如何？可賣出去了？」

「自然是賣出去了。」允瓔說罷，低頭從錢袋裡掏錢，實際卻是從空間裡掏出那幾張銀票，雙手奉上。「陶伯，這是柯公子和唐公子讓我捎帶來的三百兩銀票，您收好。」

「好。」陶伯也不客氣，接過銀票細細驗過，收了起來，笑道：「小娘子莫怪，這銀票的事，大家還是看清些比較妥當。」

「應該的。」允瓔怎麼會介意這個？連連擺手。「陶伯，您看下一批酒何時能發？」

「隨時。」陶伯說道。「本不該收你們這麼多的訂金，無奈最近手頭太緊，要購買果子釀造下一批酒，所以才……說起來，慚愧。」

「付訂金是理所應當的，總不能讓陶伯為難。」允瓔倒是理解，並不在這上面多問什麼。

「妳何時啟程？」陶伯關心地問。

「明日可以嗎？」允瓔細細一想，他們在這邊倒也無事可做，不如早些啟程。

「可以，明日一早我就讓人送酒過去，妳可在原來的地方？」陶伯連連點頭。

「是的，還在上次的地方。」允瓔應道。

「好，明日辰時，我們必到。」陶伯收到銀子，信心大漲，大手一拍，就確定事情。

「那好，明日辰時，老地方見。」允瓔站起來，朝幾人行禮告辭。

「小娘子莫急著走，吃個便飯吧。」陶伯忙邀請道。

「謝謝陶伯，不麻煩了，我家相公還在船上等呢。」允瓔告辭出來。

陶伯和陶子貫一起送到門口。

允瓔順著街，一路往外走，不知不覺到了一家木器鋪前，她停了下來，抬頭看了看那鋪子的招牌，走了進去。

「這位小娘子，想要點什麼？」夥計立即迎上來。

允瓔打量鋪子裡一番，看著夥計打聽道：「你這兒可有工匠師傅接上門的生意？」

她想把船艙那道木板重新整一整，弄成推門，這樣也方便烏承橋進出。

「小娘子是想打造家具嗎？」夥計會錯了意，忙解釋道：「實在不好意思，柳老爺不日嫁女，鋪子裡的工匠師傅們都被柳老爺給請到府裡去了。」

「哪個柳老爺？」允瓔想到那個柳老九，不會就是他家吧？

「柳侍郎的弟弟，之前和泗縣喬家結親的柳家，柳老爺。」夥計顯然也是個話多的，一聽允瓔的問題，便熱心地介紹起來。「這事說起來也是一大笑話，柳老爺這次居然要把他獨生閨女嫁給比他還老的柯老爺做妾，這幾天方圓百里可傳遍了，那柯老爺還和親生兒子斷了關係，這會兒娶的這房妾……哎喲喂，可真的是……」

話題卻在此時戛然而止。

允瓔奇怪地抬頭看了看夥計，只見他盯著門口，一臉驚恐，令她不由好奇心起，順著他的目光看向門口。

只見門口站著一位姑娘，身穿大紅裳，頭上插滿珠釵，那張臉……那身材……比三個她還要大。

此時站在門口，差點就把門口給堵死了。

這姑娘不會就是柳家小姐吧？允瓔猜測道，一邊上下打量著。

「小娘子，妳要找的工匠不在，妳還需要別的東西嗎？」好一會兒夥計才收回驚恐的目光，目不斜視地看著允瓔，一本正經地問道，就好像剛剛八卦的人不是他，而他也沒有看到門口那位姑娘。

「有衣櫃嗎？」允瓔想了想，還是沒有戳破他的小心思；再者，她船上也沒有衣櫃，如今船艙有空間，倒是得置辦一個放些衣物和雜物。

「有有有。」夥計連連點頭，把允瓔迎到另一邊，轉身時，他飛快地瞅了那門口一眼，又似受驚嚇般地收回來。

「那位就是柳小姐？」允瓔低聲問道。

夥計點點頭，沒有接話，只是指著屋裡的幾個櫃子推薦道：「小娘子，妳看看這個可好？上下兩層，下面可放棉被，上面可放衣物，中間還有抽屜。」

允瓔拉開門，看了看，搖搖頭。「太高了。」船上可擺不下。

「那這個？」夥計又指向旁邊一個矮些的。「下面可以放棉被，要是隔一隔也能放衣物，這上面還可以擱點東西。」

允瓔又搖頭，這個有些像鞋櫃，不太實用。

「那……這個？」夥計又瞟了門口一眼。

那姑娘居然還站在門口，既不出去也不進來，她身後的兩個丫鬟倒是標致苗條，一個捧著糕餅點頭，另一個端著茶水站在一邊伺侯著。

夥計頓時垮了臉，收回目光朝允瓔細細介紹起來。

對他的服務，允瓔還算滿意，可漸漸地卻聽出了不對勁。她只是買個櫃子、找個工匠，怎麼他就扯到了這木料什麼時候從什麼地方運回來？還提了怎麼鋸木頭、怎麼打造……她又不是想來當學徒，提這些做什麼？

「這些都不是我想要的。」允瓔打斷夥計的長篇大論，搖頭說道。「既然你們家工匠不在，我就改日再來吧。」

說罷，允瓔轉身往門口走。

只是到了門口，柳小姐卻半點也沒有避讓的意思，允瓔左邊右邊地打量，也沒尋著能出去的縫隙，不由皺了皺眉，看著柳小姐說道：「麻煩讓讓。」

柳小姐斜著眼睛看她，一臉打量，也不知道她是看中允瓔哪個位置了，盯著看了好久好久，才算動了動尊貴的身軀。

「多謝。」允瓔微微頷首，提腿就要往這邊擠出去。

柳小姐卻動了一下，又擋了回來，險些擠著允瓔。

允瓔退得快，及時退了回來，她有些疑惑地看著柳小姐。

「這位姑娘，這又是何意？」

柳小姐歪著頭打量允瓔一番。「我認得妳。」

「認得我？」允瓔大大地驚訝了，她怎麼沒印象？

「沒錯，那天我三姊出嫁，是妳出來鬧場的，差點毀了我三姊的好日子，還害詠荷沒了命。」柳小姐瞪著允瓔，就好像她是那餐盤上美味可口的食物般，目光透著某種光芒。

第六十一章

大門被這位柳小姐堵住，按她這樣寬大的身形，想擠過去是不可能的，想正面衝過去更不可能，反彈力絕對不會小。進退不得，允瓔只好嘆著氣問道：「妳想怎麼樣？」

果然，她每次出來都有麻煩，也難怪烏承橋會那樣擔心了，出來前還千叮萬囑的，這會兒果真就出事了。

「妳有空嗎？」柳小姐雙眼泛著光，看著允瓔。

「啊？」允瓔頓時愣住。

「我想請妳喝茶。」柳小姐的目光似是期盼又似是算計什麼。

允瓔可不敢冒然答應，她疑惑地看著柳小姐。「妳為什麼要請我喝茶？我差點毀了妳三姊的婚禮，妳還請我喝茶？」

自古以來，請喝茶一詞都帶著深意，可不是什麼茶都能隨便喝的，這柳小姐一開始就挑了之前允瓔得罪柳家人的事說，這茶，就更喝不得了。

「就是因為妳讓我三姊不爽快了，我才要請妳喝茶呀。」

「我不明白。」允瓔聽得一頭霧水，不由皺了眉。

「自她到了我家，就百般挑剔嫌棄我，我早就看她不順眼了，要不是為了我爹，我早抽她了。」柳小姐哼道，目光在允瓔身上好一番打量，繼續說道：「還有詠荷那死丫頭，見我三姊有錢有勢，百般巴結，居然就撇下本小姐跟我三姊去，哼哼，這口氣，可憋了我好長一段時日。」

允瓔看了看柳小姐那肥肥的五短身材，頓時明白了。

柳三小姐貌美如花，又有那樣的家世，想必處處都有優越感吧？

到了柳小姐面前，那優越感必定越發強烈，平日怕是少不了對這堂妹指點嘲笑，才惹來柳小姐這番抱怨，居然見了她這個得罪柳家的人都還要請她喝茶。

「多謝柳小姐，喝茶就不必了，我還有事。」允瓔謝絕。不論是出於什麼目的，這茶也不是隨便喝的，她還是省省吧。

「為什麼？」柳小姐不解。「我說了絕不會為難妳的。」

「我是真有事。」允瓔搖頭。

豈料，柳小姐雙手一張，耍賴道：「不行，妳不喝茶，說明妳還是把我和我三姊看作一類人，我不要和她一樣。」

她在那兒一站，本就沒留下多大的縫隙，這會兒手一張，允瓔更是過不去了。

「柳小姐的心意，我心領了，我也沒有那個意思，柳小姐莫要多心。」允瓔忍下心頭那絲不耐，解釋道。

「不管，妳不喝茶，就是這個意思。」柳小姐刁蠻地強調著。

允瓔皺了眉。

「我只是想表示一下我的心意。」柳小姐見她沈默，不由紅了眼眶，癟了嘴。

「妳何必……」允瓔煩躁地看著她，卻見她這副模樣，不由抿了唇。
「好不好嘛？」柳小姐一臉哀怨。
「走吧。」允瓔見這樣僵持也不是辦法，想了想只好先應下。
「太好了！」柳小姐高興得跳起來。
允瓔只覺得腳下的地都震了三震，她緊抿著唇，看著渾身上下直打顫的柳小姐，無語至極，這都是什麼事？
柳小姐生怕允瓔逃跑般，一伸手緊緊攥住她的袖子，拉著便跨開了大步，兩個丫鬟則無奈地互相看了看，跟在後面。
允瓔幾乎是被拖著走，不得已只好加快腳步跟上。
很快地，柳小姐便在茶樓門口停下，鬆開了手，對允瓔笑道：「就這兒吧，我家的。」
「嗯。」允瓔點頭，沒有多話。
「走。」柳小姐伸手。
允瓔忙躲開。「柳小姐請。」
「請。」柳小姐點頭，走在前面，時不時地回頭看看允瓔，邊走邊說道：「我叫柳柔兒，妳可以叫我柔兒，不要什麼小姐小姐的喊啦。」
允瓔點頭，默默地跟上。她只想早點離開，管什麼媚兒、柔兒呢。
柳小姐帶著允瓔來到二樓一雅間內，喊來茶博士點了一壺茶後，便開始滔滔不絕。這次倒不是嫌棄柳三小姐如何如何了，她詳細說起這茶樓裡的每種茶品、出自哪裡、何時採摘最宜、如何炒製最佳……

看著她，允瓔忽然想起了柯至雲。之前進了泗縣，柯至雲的嘮叨便沒有停過，這會兒又是柳小姐說個沒完。

他們兩個還真配……允瓔抽了抽嘴角，忍了笑，看著還在長篇大論的柳小姐。「柳小姐，聽說妳要出閣了，怎麼今兒還有空出來閒逛呢？家裡人不會擔心嗎？」

「唉，別提了，一提這親事，我就滿肚子的氣。」柳柔兒頓時垮了臉，整個人都趴到桌上，三層的下巴擱在桌上，懨懨地說道。「我真不知道我那爹是不是親的，喬家那麼好的親事，他不想著我，偏想著我三姊，柯家公子麼，倒也馬馬虎虎，我還能接受，可是現在呢？居然要把我嫁給柯公子他爹！我、我也不知道著了誰的道……反正，我是不願意的。」

允瓔想起柯至雲的話，深知柳柔兒嫁與柯老爺的事與柯至雲有關，之前不認識柳柔兒倒也沒覺出什麼來，可此時見著了真人，她反而有些不忍，事情是柳老九和柯老爺惹出來的，柯至雲逃脫，可柳柔兒卻成了受害者。

柯老爺雖說要娶柳柔兒當續弦，可畢竟年紀擺在那兒。

允瓔抬眸看了看柳柔兒，一時放軟語氣。「柳小姐若不願可以提呀，難不成做父親的還會強迫妳不成？」

「我爹……根本不會聽我的。」柳柔兒嘆了口氣，臉上流露哀傷。「他一向蠻橫，在家裡連我娘都不能說個不字，更何況是我……也就我三姊在這兒時，他為了巴結我伯父，才一味獻殷勤，這兩天我沒少反抗，可是他不僅不聽，還把我給關起來了。」

「那妳怎麼在這兒？」允瓔奇怪地打量著柳柔兒。

「我是……撞暈了守門的家丁溜出來的。」柳柔兒紅了臉，忸怩地回答。

「柳小姐，妳還是早些回去吧，妳的茶我已喝過，多謝盛情。」允瓔立即站起來。

柳柔兒逃家，柳老九知道了會不管？

要是追到這兒，看到她也在，這可是新仇加舊怨了，她還是趕緊走為上策。

「喂！喂喂！」柳柔兒見狀，忙站起來追。

允瓔頭也不回，直接下了樓，趕緊出了茶館門口，她不想惹麻煩。經此一事，允瓔再不敢逗留，直接出鎮，往黑陵渡疾步走去，回到渡頭，看到烏承橋，她懸著的心才放下來。

「出了何事？怎麼走得滿頭大汗？」烏承橋最怕的就是她出去又遇到事情。

「沒事。」允瓔回頭瞧了瞧，遠遠地看到一個像球一樣的身影往這邊跑來，令她有些心有餘悸。

烏承橋順著她的目光看去，四下搜尋，沒發現相熟的身影，不由疑惑。「瓔兒，妳又碰到誰了？」

「柳家小姐柳柔兒。」允瓔老實交代事情經過。「我得去取些清水回來，相公，你一會兒要是看到她，千萬別讓她過來，她是逃婚出來的。」

「好。」烏承橋點頭，目光繼續搜索，還真就看到了那個鬼鬼祟祟的肥碩身影，他皺了皺眉，轉頭看著允瓔說道：「妳當心些，取一桶水夠今天用的就行了，一會兒我們再去別處取清水。」

允瓔點頭，提著水桶匆匆上岸。要不是因為她空間裡的水也不夠了，她這會兒肯定不會離開船，誰知道柳柔兒身後有沒有跟著柳家的人呢？

允瓔不敢多耽擱，打滿一桶水之後便匆匆回來，上船前，她回頭看了一下，人群中已經沒有了柳柔兒的身影。

「她走了？」允瓔回頭問烏承橋。

「往那邊去。」烏承橋指了指左邊的街道。「興許是回去了吧。」

「那就好。」允瓔也沒多想，提了水到船頭，一邊做事一邊和烏承橋說陶伯的事。

明早辰時要接貨，兩人商量了一下，也不費勁另找地方休息了，就在這兒停一宿，等著明早接了貨立即離開。

一夜安然，沒有風雨，也沒有不必要的麻煩，允瓔和烏承橋兩人睡了個安穩覺，次日一早，便早早起來準備，等著迎接陶伯等人的到來。

很快便到了辰時，渡頭上也熱鬧起來。

陶伯帶著陶子貫領著八輛滿滿的平板車從街那頭緩緩而來，後面還綴著一個裝了大木箱的平板車。

「他們來了。」烏承橋眼尖，遠遠地就看到陶伯，轉頭提醒在洗衣服的允瓔。

「哪兒呢？」允瓔忙放下手裡的衣服，邊起身邊往圍兜上擦著手，目光放遠，果然看到陶伯，於是快步下船，迎了上去。「陶伯、陶大哥，辛苦了。」

「這哪裡辛苦來著，接下來你們才叫辛苦。」陶伯笑呵呵地說道，一邊朝後面揮揮手，示意後面的人搬酒罈子上船。

「陶伯。」烏承橋坐在船上，高聲招呼。

「相公，這位就是陶大哥，巧的是他還在我們家買過陽春麵呢。」允瓔忙把陶子貫介紹給烏承橋。

「難怪眼熟。」烏承橋笑道，朝陶子貫抱拳見禮。「陶大哥。」

「看來都是緣分啊。」陶伯呵呵笑道，朝陶子貫點點頭。

陶子貫帶著人開始搬運。

允瓔陪著陶伯上了船，讓烏承橋陪著陶伯說話，她過去幫忙陶子貫安置酒罈子。

這時，最後那輛平板車也到了船邊，推車的兩個夥計走過來，拉住搬酒罈的兩個夥計，央道：「兄弟，幫個忙，把這箱子抬上船去。」

「是給他們的？」陶子貫過去，問了一句。

「是的。」兩個夥計連連點頭。

「幫他們一把。」陶子貫點頭，示意自家雇的夥計一起幫著抬起大箱子。

「什麼東西？這麼沈。」夥計有些吃力，邊抬邊抱怨著。

陶子貫見狀，過去幫了一把。

好不容易，五個人才把箱子抬上船去，放到酒罈中間。

陶子貫起身，手拍了拍箱子，朝允瓔笑道：「邵姑娘，箱子放這裡了。」

「好。」允瓔隨口應道，一回頭，看到那四四方方的大箱子時，不由一愣，這是誰的箱子？不過她並沒有多問，既然是陶子貫親自帶著來的，那肯定是柯至雲的東西了。

陶伯的事，都是柯至雲在聯繫的，至於他們之間談了什麼、定下什麼協議、每次怎麼發貨，她一概不知，興許這箱子是柯至雲之前拜託陶伯給捎帶的。

「好了，都在這兒了。」陶子貫看著最後一罈酒上了船，拍拍手，從懷裡掏出錢付給那幾位推車的。

推車的夥計分了錢，紛紛離開，而那兩個送箱子的也早在他們之前消失無蹤。

「行，我們回去了。」陶伯見貨裝完，也不耽擱他們，拍了拍烏承橋的肩。「辛苦了，一路保重。」

「多謝陶伯。」烏承橋笑著點頭。

送走了陶家父子，允瓔也不耽擱，解了船繩啟程。

用竹竿撐著行出船隻密集的河道，到了空曠處，允瓔才放好竹竿，去了船尾搖槳。

她雖然對這大箱子很好奇，但出於尊重，也沒想去打開看一看，烏承橋更是沒有往那邊投去一眼。

入夜，他們又來到之前採紅菇的小水塘。

允瓔停好船，又去搜尋了一番，拖了些藤五加和紅菇回來，之前那次，她暗藏在空間裡的東西便不少，這邊的東西也差不多被他們收割乾淨。

勞累一天，兩人各自洗漱後，便早早地熄了燈歇下。

半夜裡，允瓔被一陣搖晃驚醒。自她穿越前那次的劇烈搖晃，她對這樣的感覺十分敏感，讓她心起不安。

「相公。」允瓔不敢一個人出去，側身輕輕地推醒烏承橋。

「怎麼了？」烏承橋一推即醒。

「你有沒有覺得這船有些晃？」允瓔在他耳邊輕聲問，不敢輕舉妄動。

「嗯？」烏承橋愣了愣，四下看了看，只見船艙裡黑黑的，船也沒有晃動，他收回目光，伸手摟住允瓔安撫道：「興許是風大，快些睡吧，明兒還得早起。」

「沒有嗎？」允瓔疑惑地問，也在細細感覺船的動靜，確實，這會兒真的沒有了。

烏承橋低低地笑了，將她緊緊摟在懷裡，調侃道：「妳呀，一定是太累了，作夢都在搖船吧。」

「明明沒作夢……」允瓔嘀咕，微支著頭聽著動靜，確實沒有之前的感覺，令她不由皺眉，難道真弄錯了？

此時「啪！」一聲脆響在船頭響起，在這寂靜的夜裡顯得異樣清晰。

允瓔和烏承橋互相看了一眼，不約而同坐了起來。

烏承橋一伸手便把彈弓抓在手裡，飛快地摸了幾粒小石子朝艙門口擺開架勢，這才悄聲對允瓔說道：「去開艙門，當心些。」

允瓔會意地點頭，披上外衣，慢慢往船艙口移去，到了邊上，她回頭看了看烏承橋。

烏承橋點點頭，抿著嘴認真地瞄準艙口。

允璎伸出手，飛快地抽開門閂，一把推開艙門，只見船頭有一團圓滾滾的黑影，頓時整個人的汗毛都倒豎起來。不會是什麼野獸吧？

「相、相公，那……是什麼？」允璎一想到可能是某種野獸，嚇得話都說不索利了。

「妳過來。」烏承橋的聲音沈沈的，直直盯著船頭的黑影，手中的彈弓繃得緊緊的。

允璎立即躲到他身後，躲好後才清醒過來——他還帶著傷，腿不方便，於是她馬上又站出來，也不敢點上燈，摸黑尋到之前送給烏承橋的那根樹幹，迅速移到船艙口。

「璎兒，過來。」烏承橋有些著急，催促允璎過來。

「相公，你瞄好了，我出去準備搖船，一會兒我們合力把牠打下去，然後立即離開這兒。」允璎有自己的想法，話說到這兒，她已經鑽了出去。

天空掛著鉤月，微弱的光映得船頭朦朦朧朧，船頭的黑影一動不動，允璎緩緩往邊上移去，一手持著樹幹，一手去拿竹竿。

拿到竹竿後，她又小心翼翼地往前挪去。

「璎兒，別去。」烏承橋在船艙裡看得真切，急得不行，可是他出不去，又不敢放鬆警惕，只好低聲呼喚允璎回來。

允璎沒理會，走到船中央，把手中的樹幹放到酒罈上，雙手握著長竹竿便往前戳了過去，與此同時，烏承橋手中的彈弓也急急地射出一粒小石頭。

「啊——」那團黑影響起驚天動地的慘叫聲。

第六十二章

允瓔心頭狂跳。

這是什麼東西啊？

居然會叫成這樣，她生怕是什麼厲害傢伙，手中的竹竿更是沒頭沒腦地砸了下去，而烏承橋手中的小石頭也連續彈出來。

「啊——痛……痛痛痛——」慘叫聲不斷，黑影原地跳著，震得船起伏不定。

烏承橋在聽到第一聲「痛」的時候，就覺出了不對，立即放下彈弓，點亮船艙裡的油燈。而允瓔則顧不了這麼多，手中的竹竿還是瘋狂地敲擊著。

「別打了！別打了！是我！是我啊——」黑影突然大喊大叫起來。「我是柳柔兒呀——」

呃……允瓔頓時愣住，手中的竹竿就這樣停下來，一時之間反應不過來，想不起柳柔兒是誰。

「姊姊饒命！我是柳柔兒，別打了！」黑影縮成一團，不斷討饒著。

允瓔這會兒才想起誰是柳柔兒。她緩緩放下竹竿，張望著船頭的黑影，朦朧中，看不清那是什麼玩意兒，不過，聲音倒是有些像柳柔兒。

烏承橋此刻已經穿好外衣，挪到了船艙口，遞出油燈，船頭頓時亮了起來。

果然，那邊蹲著的確實是個穿裙子的……

允瓔也看清了那確實不是野獸，狂跳的心終於平復許多，可心底的怒火卻竄了上來，她把手中的竹竿往船板上一放，怒瞪著還用手護著頭縮成一團的柳柔兒喝道：「妳有病啊！不知道人嚇人會嚇死人啊！」

柳柔兒微微移開手，抬頭瞟著允瓔，委屈地說道：「我……我太餓了，才出來……找吃的……」

「妳怎麼會在這兒？」允瓔氣不打一處來，剛剛她的心都快跳出嗓子眼了。

「我……不想嫁人。」柳柔兒眼一紅，嘴一癟，低低說道。

「妳愛嫁不嫁，跑我船上來嚇人幹麼？」允瓔打斷柳柔兒的話。「好好的大小姐不當，跑這兒找吃的？妳腦子進水了是吧？」

「我沒有……」柳柔兒不敢反駁，縮著脖子蹲在那兒，也不敢站起來。

「說，妳怎麼上來的？什麼時候上來的？」允瓔氣憤難消，咬了咬牙問道。她怎麼就這樣倒楣呢？每次上岸進鎮都會遇到這樣那樣的事，這一次居然讓柳柔兒混上船來了，她居然還不知道怎麼混上來的，這萬一……

允瓔想到錢發，頓時後背發涼。

柳柔兒側著臉，帶著委屈和害怕偷偷瞄著她，圓滾滾的身子更是縮了縮，那樣子真像極了一顆圓球。

「起來說話。」允瓔看著她那一團球的模樣，又想剛剛自己差點被這團黑影嚇死，更是沒好氣。

「喔。」柳柔兒這才小心翼翼地站起來。因為蹲得久了，雙腿也麻了，站得有些不穩，但是她抬頭看了看允瓔依然怒氣沖沖的臉，不敢作聲，乖乖站著，雙手暗暗捶著兩腿外側，那模樣，就像做錯了事被家長責罵的小孩子。

「回答我的問題。」允瓔實在提不起好感，硬聲斥道。

柳柔兒嚇了一跳，退後兩步，看著允瓔，手指向船板中間的大箱子，顫聲說道：「那……那……那個。」

「哪個？」允瓔皺眉，壓根兒沒理會柳柔兒的手勢。

烏承橋倒是看到了，他看向那個四四方方的箱子，皺了皺眉。

柳柔兒沒想到允瓔竟然這樣凶，有些後怕地縮著脖子，大氣不敢出一聲。

「說話！」允瓔瞪著她。

「我說……」柳柔兒下意識抱住自己的頭，閉著眼睛飛快說了起來。「我不想嫁給柯老頭，就從家裡溜出來，讓我丫鬟買了個大箱子，我躲在裡面，他們就雇了車子把我送到這兒來了……」

這時，一陣「咕嚕」聲湊熱鬧地響了起來。

柳柔兒頓時紅了臉，緩緩放下手捂著肚子，怯怯地看向允瓔，低聲說道：「我……實在餓不住，才出來找吃的。」

允瓔瞟了她幾眼，轉身走到箱子邊，果然，裡面空空的，在箱子下方，還被鑿了一排小洞，之前她沒注意看，才忽略這樣要緊的事情。

柳柔兒站在那兒，見允瓔沒發話，她也沒敢吭聲。

烏承橋此時也明白柳柔兒是什麼人，他不想和柳家人過多牽扯，便招手讓允瓔過來，低聲說道：「瓔兒，不早了，等明兒到了前面渡頭，放她下去。」

「不，我不回去！」柳柔兒支著耳朵聽著這邊的動靜，烏承橋的聲音雖然低，她卻還是聽見了，不由著急大叫。

「下了船，妳愛去哪裡去哪裡。」允瓔回頭，沒好氣地說道。

「我不要！」柳柔兒激動地喊道，接著「噔噔噔」地走過來。「別人都不敢幫我，我只能找妳了！」

「奇怪，別人都不敢幫妳，難道我就敢？」允瓔無語，這都什麼邏輯？

「沒錯，我三姊成親那天，妳都敢站出來，還有柯家父子決裂那天，妳也在。」柳柔兒連連點頭。「我斷定妳一定不怕柯家也不怕柳家，所以……」

「所以妳就準備當塊狗皮膏藥，想貼上我是不是？」允瓔打斷柳柔兒的話，冷哼道：「之前柳家送親，我壓根兒就不想出來，那只是意外，是被那些搶紅包的人給撞出去的；柯家的事也是因為不得已，妳以為我吃飽了撐著，沒事去招惹柯家、柳家玩啊？到了前面，立即給我下去！」

「我……」柳柔兒頓時垮了臉。

「少廢話，要不然妳現在就下去。」允瓔不給她反對的機會。

「我……」柳柔兒還想說些什麼。

允瓔直接打斷她的話，指著船頭的鍋灶說道：「那邊有灶，餓了自己做去。」

說罷，轉頭就進了船艙，關上艙門，扔下柳柔兒不管了。

「瓔兒。」烏承橋看到氣呼呼的允瓔進來，不由失笑地提醒道：「我瞧著那柳柔兒也不像是會做事的人，妳這樣把她扔在那兒，只怕我們的鍋灶不保。」

允瓔一愣。她一氣之下，竟然忘記柳柔兒是什麼德行了，之前柳柔兒帶著兩個丫鬟的情形頓時浮現眼前，那兩個丫鬟一個拿糕點、一個拿茶水……

就在這時，「哐噹」一聲巨響，似乎是鍋落地的聲音，允瓔立即回頭。

「去看看吧，我怕我們倆接下來幾天也要挨餓了。」烏承橋帶著笑打趣道。「妳就當是來吃麵的客人，不用跟她客氣，吃了什麼收銀子就是了。」

「好主意。」允瓔的怒氣總算在烏承橋的寬慰下消散不少，她轉過身。「你先睡吧，我出去看看。」

「好。」烏承橋點頭，又補上一句。「別生氣了，為不相干的人，氣壞了身子不划算。」

「嗯，知道了。」允瓔點頭，出了船艙。幸好情況比想像中的還好，柳柔兒只是天色太暗看不清楚，打翻了鍋子。

柳柔兒看到允瓔出來，頓時侷促起來。

「一碗麵一兩。」允瓔獅子大開口，瞟著柳柔兒敲起了竹槓，只是她有些懷疑，柳柔兒偷溜出來的時候有帶銀子嗎？

柳柔兒一聽大喜，七手八腳地從懷裡翻出一堆紙……銀票來，雙手奉上。「只要有吃的，多少都成。」

喲，還算挺聰明，知道跑路最需要的就是盤纏。

允瓔意外地看了看柳柔兒手中的銀票，沒有伸手去接，而是拾起地上的鍋，看了看，還好，沒壞。

「這些都給妳，只要妳不趕我下船，我……」柳柔兒還在一邊忐忑地說道。

「一邊去。」允瓔走向灶臺，見柳柔兒還擋在一旁，沒好氣地白了她一眼。「我說過，一碗麵一兩，其他的跟我沒關係，我也不想沾關係，無論是柯家還是柳家，我都沾不起。」

收留柳柔兒？她又不是傻了，之前幫柯至雲逃跑，就毀了她一條船，這次的人可是柯老爺即將過門的新夫人、柳家的小姐，一下子得罪兩霸主，她還想不想活了？

「我……真不想嫁給柯老頭。」柳柔兒低頭看著手中的銀票，輕聲抽泣著。

「關我半文錢的事？」允瓔撇嘴，重新整理了鍋，點了火、燒上水。船頭上倒還算好，倒的都是水，也不用怎麼收拾，便走到一邊尋了盤子出來，開始和麵，她也懶得費心，直接煮個麵糊算了。

「如果……如果是妳的姊妹遇到這種事，妳就不會……」柳柔兒還在那兒爭取。

「妳是我姊妹嗎？」允瓔不屑地抬眼。

這樣的理由半點說服力都沒有好不好？收留柳柔兒，到時候求助無門的只怕就是她和烏承橋。

「可是……」柳柔兒已經說不出話來，只是低著頭眼淚汪汪，手中的銀票被她緊緊攥成了一坨。

允瓔懶得多理會她，和好了麵，水差不多開了，她扔了些鹽巴進去，接著拿起麵團，一手拿刀開始往鍋裡削麵片。

看吧，她還是挺好心的，沒有真的給柳柔兒吃慘不忍睹的麵糊，允瓔邊削邊打量著柳柔兒。

其實真要細看，柳柔兒長得還是不錯的，五官極好，皮膚白皙凝滑，只可惜肥肥的肉擠得她的五官……

「別哭了，再哭現在就下船。」允瓔看著一直抽泣個沒完的柳柔兒，不耐地斥道，又指著一旁的山恐嚇道：「妳不想嫁人，可以藏在那兒，這山裡……哼，絕對不會有人能找得到妳。」

柳柔兒聞言，轉頭看了看黑乎乎的山，嚇了一跳，連連搖頭。

允瓔撇嘴，想想又覺得好笑。

這時麵已經熟了，她掩嘴打了個哈欠，把灶中的火撤下來，才站起來去找了個大碗公，撒上蔥花，加了些醬油，先舀了鍋裡的麵湯沖開，才撈了麵片上來。

「行了，吃吧。」允瓔把碗放到柳柔兒面前的船板上。「鍋裡還有，吃完了把東西放回去，自己找地方睡，不許再吵我們了。」

「嗯嗯，我一定不會吵的。」柳柔兒盯著船板上的麵，直嘸口水，不過她怕惹惱了允瓔又會趕她下船，倒是克制住了，把手中的銀票全都捧到允瓔面前，殷勤地說：「這些銀票都給妳。」

允瓔瞬間覺得有些無力，盯著她看了好一會兒，才緩緩伸出手，抽了一張瞄一眼。

一百兩？

太多了，她找不開。

鬆開再抽另一張，還是一百兩？

再抽……

直到她好不容易抽到一張五十兩的銀票時，柳柔兒的眼睛都快掉到麵裡了。

允瓔無奈。柳柔兒手上差不多十幾張銀票，也就只有兩、三張五十兩的，這傻妮子帶著這麼多銀票，卻這樣直愣愣地全拿出來放在她面前，她該怎麼說呢？設計上了她的船，倒是挺精的，蹺家知道帶著銀票，也不算笨，可是這財不可露白的道理，到底懂不懂？

允瓔彈了彈手上的銀票，淡淡地說道：「明兒找妳零的。」

「嗯嗯。」柳柔兒餓得慘了，把餘下的銀票團成一團往懷裡一塞，直接坐在船上，端起碗狼吞虎嚥起來。

這銀票不會是假的吧？允瓔看到柳柔兒的動作，突然懷疑起來，她看了看柳柔兒，看了看手中的銀票，轉身往船艙走去。

她不認識銀票真假，邵英娘必定也沒見過，她還是問問烏承橋比較穩當。

初冬的夜已頗有寒意，允瓔回到艙裡，正要脫了衣服躺下，突然又坐起來，起身找出之前唐果用過的被褥，抱著出了船艙。

柳柔兒已經吃光了麵，正準備洗碗，聽到動靜立即停下來，轉身看向允瓔。

「不早了，少折騰。」允瓔生怕柳柔兒砸了她的鍋和碗，把被褥扔在箱子上，便免了她洗碗的活兒。

「喔，好。」柳柔兒正為難這些東西怎麼洗，一聽如獲大赦。

允瓔這才轉身回了船艙歇下。

折騰這大半夜，允瓔只感覺才歇下便又再次起來。

她得收拾完了早些啟程，柳柔兒的到來，刺激了她的危機感，有這麼一個巨大的不定時炸彈在這兒，指不定什麼時候就炸了，她還是早些把柳柔兒弄下船才好。

不過，這會兒允瓔卻沒想喊柳柔兒起來，她不想自己做事的時候，身邊有這樣一個龐大又礙眼的存在。

做好了飯，留出柳柔兒的那一份，允瓔和烏承橋一起吃完飯就啟程了，一路上她時不時留意著周圍。

「相公，前面就是渡口了吧？」允瓔有些不確定，提聲問道。

「沒錯，這兒離最近的集鎮不過半日。」烏承橋也不贊成留下柳柔兒，如今他還沒有足夠保護允瓔的能力，這柳家的人，還是少接近為妙。

「那就前面吧。」允瓔點頭，加快速度。

很快，便到了烏承橋所說的小渡口，這處渡口就像苕溪灣附近的那些小渡口，冷清，簡陋。

允瓔將船停下，快步走到柳柔兒身邊。這一路過來都大半天了，這妞未免太會睡了吧？

「喂，起來。」允瓔皺著眉，戳了戳柳柔兒的胳膊。

柳柔兒卻一動不動，沒有回應。

「喂，別裝睡想賴在這兒了，裝也沒用，再不起來我扔妳下去。」允瓔推了一把，試著撂狠話，卻也沒想想，以她的身板，能不能推得動柳柔兒還是個問題。

可是，柳柔兒還是一動不動。

允瓔不由皺眉，這天寒地凍的，怎麼還能睡得這樣死？

「喂，醒醒。」允瓔不客氣地掀開被子一角，伸手戳了戳柳柔兒的臉，不由一愣。「怎麼這麼燙？」說罷，她直接摸向柳柔兒的額頭，才發現她的額溫竟異樣的燙手，令允瓔頓時倒吸了一口涼氣。

在這古代，感冒可都是能死人的，她自己便經歷過一次，深深知道個中滋味，現在怎麼辦？萬一柳柔兒在她船上出事，那就更麻煩了。

允瓔回頭，看著船艙裡的烏承橋說道：「相公，她發高燒了，怎麼辦？」

「發燒？」烏承橋也是一愣。

「是呀，瞧她這身形這麼……居然這麼脆弱，才一晚上就發燒了。」允瓔抱怨道，手上卻是細心地給柳柔兒掖好被角，摸了摸她的額頭，這燙手的程度，加上柳柔兒一直沒反應的情況來看，只怕不少於四十度啊。

怎麼辦？這兒又沒有退燒藥，又沒有王叔在……

「這樣……倒是麻煩了。」烏承橋嘆了口氣。怎麼說柳柔兒與他們也是無怨無仇的，要是把一個生病的姑娘家扔下去，他真有些為難了。

「要不，等她退了燒再……」允瓔也心軟。這種情況，無論如何她也做不到把柳柔兒扔下船去。

「好。」烏承橋點頭同意。

柳柔兒就睡在箱子邊，允瓔試著想把她拖進船艙，可是無論她怎麼使力，也沒法把柳柔兒挪動半點，試了好一會兒，只好放棄。

既然拖不動，那只好讓柳柔兒睡在這兒。

允瓔嘆著氣站了起來，先去打了盆冷水，絞了布帕敷在柳柔兒額上。

這冷敷退燒可不能只靠敷額頭，還得擦身……允瓔回頭看了看，船上還有烏承橋在，有些不方便。

允瓔站起來，過去把那箱子拖出來，打開蓋子側翻在一邊，擋去大半，這才用另一塊帕細細給柳柔兒擦試起來。

做完這些，她已經累得後背全是汗。

第六十三章

允瓔也不敢就這樣吹冷風，倒完水之後回到小艙中，拿乾布帕先抹乾身上的汗，才回到船頭做中飯。

忙忙碌碌，接下來一下午，允瓔不斷走走停停，給柳柔兒擦拭了七、八次身子，又熬了一碗薑湯給她灌下。

到了夜裡，允瓔也沒敢歇下，柳柔兒的燒雖然略略退了些，可卻始終沒有醒來，也沒有徹底退燒，這一晚上的……允瓔嘆了口氣，她就知道這柳柔兒是個大麻煩。

「瓔兒，去歇會兒吧，這兒我看著。」烏承橋心疼允瓔，移到船艙門口提議道。

「不要啦，你一個大男人的，她一個未成親的姑娘家，多不方便。」允瓔直接搖頭。

「你去歇著吧，大不了明天你來搖船。」

「可是……」烏承橋皺了皺眉，看了依然暈迷的柳柔兒一眼，嘆了口氣。說的也是，男女有別，他確實不方便在這兒。

「去吧，我沒事的，一會兒我能瞇就瞇會兒。」允瓔笑著催促他回去。

烏承橋點頭，轉身移了進去，不過沒一會兒他又出來，手上還抱著一條被子。

「夜裡涼，披著。」烏承橋把被子遞給允瓔。

允瓔接了，就鋪在柳柔兒旁邊，不料烏承橋又有話說。「妳別離她太近，當心自己也染了風寒。」

允瓔想想也是，感冒傳染是很正常的事，於是又退到艙口鋪好被褥。烏承橋見狀，又取了一條被子出來，確定安排妥當，才回去歇下。

這一夜，允瓔一直沒敢合眼，所幸到了下半夜，柳柔兒的燒終於退了，她才鬆了口氣，躺下休息。

等她再醒來的時候，烏承橋不知怎的居然越過了她坐到船頭，看到她起來，笑道：「醒了？過來吃點東西繼續歇息吧。」

允瓔點頭，先過去探了探柳柔兒的額。

高燒是徹底退了，可是，人卻還沒有醒，允瓔也沒強行去折騰柳柔兒，只管自己去洗漱。

所幸，餘下的路半日便到了，烏承橋直接把船搖到清渠樓的偏院外。

允瓔上了岸，上前敲門。

「邵姑娘，這麼快就回來了？」開門的正巧是柯至雲，看到允瓔，驚喜地跳了出來，隨即打量她一番，疑惑地問：「你們路上是不是很趕？瞧瞧妳這臉色這麼差勁，其實不用趕的，慢慢來就是了唄，我們這兒還有不少貨呢。」

「不能不趕。」允瓔沒好氣地說道。「這一趟，船上多了個……你自己去看看吧，大麻煩。」

「什麼大麻煩？」柯至雲疑惑地問，邊說邊往船上走去，上了船，他很快發現了船上的異樣，直接走過去，俯身一看，驚住了。「她怎麼在這兒?!」

「喏，裝在箱子裡逃婚出來的。」允瓔朝大箱子呶呶嘴。「你家後娘，你看著處理吧。」

「什麼我家後娘，我和那老頭沒關係了。」柯至雲直接跳到一邊，推託道。「怎麼來的怎麼捎回去吧，我可不管這大麻煩。」

「要不是你，人家姑娘家至於這樣慘嗎？」允瓔卻不想放過他。現在能管這事的也就柯至雲了，只有他收留柳柔兒，柳家、柯家才不會有太大動作。

「你自己不願娶她也就算了，居然還設計她，把她推給你爹，她雖然胖些，可好歹也是個姑娘家，你這樣做太過分了，現在她不願意嫁，逃出來了無處可去，又染了風寒，隨時可能會沒命，你還不管她？」

「又不是我讓她逃的。」柯至雲有些心虛地退後，側頭打量著柳柔兒。

「卻是你讓她嫁給柯老頭的，要不然她何必逃家？」允瓔揪著這一點不放。「總之你不能不管，這路見不平還拔刀相助呢，更何況她與你有關，你得負責嘍。」

「我……」柯至雲無比鬱悶，指著自己的鼻子欲言又止，過了一會兒才嘀咕道：「早知道今天我就出門。」

「你出門也一樣，總有回來的時候。」允瓔霸道地說道。「趕緊叫幾個人把她抬進去，再找個郎中給她看看，這燒昨兒後半夜才退，到這會兒人都還沒醒呢，要是燒傻了，那以後你可就更麻煩了。」

「關我鳥事……」柯至雲不情願地挪著步，嘴上嘀咕著，不過還是乖乖進了院子，找人去了。

允瓔站在一邊盯著門口看。柯至雲倒也說話算話，不消多時便找來兩個護院，抬了一張門板出來了。

「這麼沉！」兩個護院把門板放到柳柔兒身邊，隨意地過去攥著被褥想把人抬起來，卻不料險些閃了腰。

「肥婆一個，哪能不沉？」柯至雲嫌棄地說道，不過倒是過來幫手，把柳柔兒連人帶被抬上了門板。

「給她找個郎中看一看吧。」允瓔在後面提醒，一邊還嚇唬柯至雲。「真把人燒壞了，當心她這輩子黏上你。」

「真是……」柯至雲看著柳柔兒，縮了縮脖子。「小爺就當做好事，救人一命勝造七級浮屠……」

看著柳柔兒被柯至雲帶進小院，允瓔才算真正鬆了口氣。柳柔兒能得到救治，而她也終於把這個大麻煩甩了出去。

柯至雲安頓好了柳柔兒，又帶著人過來卸貨，花了大半個時辰，才把船上的貨清理乾淨。

「這箱子，就留著用吧。」

所有貨都搬了下去，柯至雲扶起那口大箱子，拍了拍。

「別，我可不想留著把柄讓柳家、柯家來抓，你還是一起處理了吧。」允瓔立即搖頭。箱子和柳柔兒，她一樣也不想留。

「行吧，搬了搬了。」柯至雲哈哈大笑，指揮著人把箱子抬下去，回頭朝烏承橋說道：「烏兄弟，瑭瑭還沒回來，你要不要進去歇歇？他今兒說已經租到庫房了呢。」

「我們在這兒等吧。」烏承橋抬頭看了看清渠樓那高高的樓，拒絕入內。

「進去喝杯酒唄。」柯至雲以為烏承橋只是腳不方便才不進去，忙熱情地說道：「我讓人找個軟椅過來接你。」

「真不用了，太麻煩。」烏承橋依然搖頭笑道。「要喝酒，在船上就可以呀，你讓人送了酒菜過來豈不是更方便？」

「也行。」柯至雲一聽，點點頭，轉身進院子去辦了。

允瓔拿了木桶打了河裡的水開始沖洗船板，唐瑭租好了庫房，接下來就該他們忙了。有了自己的庫房，各種貨都要接上，船隊組建也得跟上。

柯至雲來去迅速，沒一會兒便提著一個大食盒回來，上了船，幫允瓔搬了木方几，一邊擺菜，一邊朝慢慢過來的烏承橋笑道：「這清渠樓的大廚可是名廚呢，當年喬大公子就愛吃這名廚做的菜，今兒我們也嚐嚐。」

允瓔頓時無語。這柯至雲還真是喬大公子的頭號粉絲啊，動不動就提喬大公子。

她看了看還是滔滔不絕的柯至雲，過去接應烏承橋過來，兩人不由相視而笑。

要是柯至雲知道烏承橋就是喬大公子，會是什麼反應？

允瓔有種想真相大白的衝動，不過也只是衝動一下，想法一閃而逝。

烏承橋的反應比之上一次卻是平淡了許多，席間，還主動打聽清渠樓的現狀，柯至雲聞言，說得更是起勁，差點就把清渠樓的廚房有幾隻老鼠都道了出來。

「雲大哥，你真厲害。」允瓔忍笑。

「收集情報嘛。」柯至雲哪裡聽不出允瓔話中的調侃，不以為意地笑了笑。「我這人有個習慣，到哪兒都愛往熱鬧的地方跑，而青……花樓、酒館、茶樓這些人越多的地方，往往消息越是靈通。」

這點允瓔倒是贊同。

「妳看我，這段日子可沒閒著。」柯至雲接著說起了新鮮事。「喬家已經確定了兩家合作人，一個是阮縣的阮家，一個是陵縣的越家，不過這兩家的船隊都不是很多，加起來更沒有柯家船多，只是奇怪的是，喬家最近似乎在調查柯家，收了柯家的契，卻遲遲沒鬆口，這不，柯老頭急的呀……哈哈！」

「柯老頭那是你爹。」允瓔笑著提醒。

「我已經沒爹了。」柯至雲不以為然地搖頭，轉移話題。「烏兄弟，你說，要是我們現在建立一支船隊，能不能攬到喬家的生意？反正他只是要完成護皇糧的任務，我們要的只是報酬，也不用簽契約，想來喬二會同意的。」

「你認得喬二公子？」允瓔好奇地問。每次聽他們提到喬承軒，就喬二喬二的叫，難道是相熟的？

「不認識。」柯至雲搖頭。「不過喬二那人好面子，捧著他一些，如今又正逢喬家難關，想結識他還是容易的。」

允瓔點點頭，看向烏承橋。

「我不覺得那差事好。」烏承橋淡淡說道。「我倒是覺得，江南運河上有機遇。」

「怎麼說？」柯至雲驚訝地問。說到生意，他也收斂起之前的嬉皮笑臉。

「現在大家都巴結喬家送皇糧去了，江南運河之上，運送貨物的差事不就沒有大船隊去接了嗎？我們可以趁此機會與各大商家簽下護送契約，這樣一來，就算柯家拿到喬家的契約，等他們送完皇糧回來，江南運河也有大半在我們手裡了。」

烏承橋的話頓時讓允瓔和柯至雲眼睛一亮。

他們怎麼就沒想到？

之前光想著多運幾趟酒賣出去，然後租個庫房做南北貨的生意，倒是忽略了江南運河這一塊大餅。

「我看可行。」柯至雲兩眼冒光。「等瑭瑭回來，我們商量一下立即行動。」

「什麼行動呀？」

說曹操，曹操到。唐瑭一臉笑意從小院裡出來，大步上船。「我剛回來，一看到屋裡的貨，我就猜你們到了，說說，什麼行動？」

「唐果呢？」允瓔驚訝地看著唐瑭身後，依然沒有她的身影，不由好奇，那丫頭向來愛湊熱鬧，也不消停，唐瑭怎麼敢放心地不帶在身邊？

「去後廚了呢，最近迷上做菜了。」唐瑭笑著解釋。

「快坐快坐。」柯至雲迫不及待地拉著唐瑭坐下，搶著說起烏承橋剛剛的想法。「你看怎麼樣？」

「好主意。」唐瑭也是連連點頭。「這邊的事情交給我，反正唐果也在這邊，我一時半會兒的也回不去，這接生意談契約的事就交給雲哥，至於船隊水上的事，就由烏兄弟和邵姑娘負責吧。」

「只是，我們如何聯繫呢？」允瓔有些擔心。這年代又不是現代，沒有電話沒有網路，怎麼聯繫？

「這倒是個問題。」柯至雲頓時噎住，他們沒有固定的地點聯繫呀。

「我覺得飯得一口一口吃，眼下我們船隊未建，就算是建立了船隊，一時半會兒的也沒配合的默契，倒不如做小點，就從這周邊開始，以我們的庫房為點，雲大哥接到生意以後，留紙條在唐公子這兒，這樣我們過來，領了字條去接貨，似乎更方便些。」

允瓔把想法細細說了一遍，得到了眾人的稱讚。

這樣的管理模式，在現代很普遍，允瓔不用多精通生意經也能想到一、兩點，就像那做快遞的，到時候柯至雲要是不在，那些需要送貨的人家也可以直接遞了字條過來，他們就上門去取。

「就這樣辦。」唐瑭見烏承橋和柯至雲沒意見，立即拍板。

有了新的目標，幾人都坐不住了，匆匆吃完飯，撤了碗盤交給柯至雲，唐瑭便提出帶允瓔和烏承橋去看看庫房。

「我也去。」柯至雲立即說道。「你們不能撇下我呀。」

「這哪是撇下你呀。」允瓔好笑道。這幾人中，估計柯至雲年紀最大，可偏偏，他一說完正事就變得比他們都不正經，便是年紀最小的唐瑭也比他顯得穩重。「這會兒，柳家小姐還病著呢；還有唐果，一個人在這兒也不方便，你反正天天在這邊和唐公子一起的，什麼時候不能去看？」

「柳小姐？」唐瑭驚訝地看向柯至雲。

「別提了，回來再跟你說。」柯至雲苦笑，瞪了允瓔一眼。「都是她給我帶來大麻煩。」

「你又說錯了，明明就是你自己惹下的桃花債，我們還被你拖累了呢。」如今混得熟了，允瓔說話也沒顧忌，笑著打趣。

「呵——」柯至雲一聽，故意打量著允瓔。「我這才知道，原來妳這麼能說。」

「雲大哥謬讚，在你面前，小女子甘拜下風。」允瓔反擊，抬頭看了看天色。「不跟你瞎扯了，我們看完庫房得趕緊回去。」

當下，由唐瑭帶著，允瓔和烏承橋回到了碼頭。

烏承橋不便下船，便留在船上看船等候，允瓔跟著唐瑭去看庫房。

庫房就在碼頭上，喬記倉在右邊，而唐瑭租的房子則在左邊，看著倒有些和喬記倉分庭抗禮的意思。

唐瑭取出鑰匙打開門，伸手揮了揮，笑道：「這原來也是家庫房，做的比喬記倉還要早，只可惜後來因為喬記倉開到旁邊，這家的生意就被擠垮了。後來這東家也租出去幾次，可都沒撐過半年，那幾家便都把房子退了回來，這次我打聽到消息尋去的時候，這東家還勸了我大半天，讓我莫花這冤枉銀子。」

「這位東家倒是誠實人。」允瓔笑道。

「是呀，他說這庫房空著也是空著，我們的生意也不知道能不能撐過半年，所以這半年的房租，他就先不收了，要是以後有生意，就看著補他一些，要是沒有，也就算了。」唐瑭感嘆道：「很顯然，他也是被這庫房給拖住了。」

「這樣……」允瓔聽到這兒，皺了皺眉。也不怪她把任何事情都想得陰謀化，只是這利益面前……「那，以後要是生意大好，他會不會獅子大開口？」

「應該不會吧？」唐瑭愣了一下，不確定地回答。

「不可不防。」允瓔卻搖搖頭，嘆氣道。「多少人為了個利字翻臉，要是到時候我們生意大好了，被他敲一筆未免……唉，也許是我想多了，反正有大半年，到時候我們賺到銀子，直接低價買下還放心點。」

「邵姑娘說得有道理，這事交給我。」唐瑭側頭若有所思地看著允瓔。

第六十四章

庫房極大，允瓔目測一番，估計也有上千坪，要是隔個間，倒是極為實用，只是興許是多年未曾維修，屋頂有幾處已然見了光，庫房中間幾處地面上，還積了幾個大水坑，顯然是下雨天留下的。

「只有一個出口？」允瓔沒瞧見有後門，不由皺了皺眉。到時候要是堆放貨物多了，天乾物燥，安全就是個隱患呀。

「之前這邊有道門，通往邊上的小院，後來被封住了。」唐瑭引著允瓔來到左邊。果然，牆壁上還有門框的樣子。

「這後面是院子？」允瓔推了推那門，文風不動。

「是。」唐瑭點頭。

「也是一家的嗎？」允瓔問道。「這只有一道門，不太安全呀，萬一……這凡事都得防個萬一不是？」

「有道理。」唐瑭一聽便明白了，笑著點頭應下。

允瓔回頭打量著這大庫房，心裡倒是有了個大概的想法。既然以後要接代人收貨、發貨的業務，那麼，這庫房便得有幾個單獨的小間，這樣，人家來存東西也好放心，他們也好方便管理，只是，這邊的事由唐瑭負責，她說太多，會不會讓他覺得心裡不舒服？

允瓔選擇了沈默，決定等以後這邊弄起來以後，她再酌情提提意見；再說了，唐瑭看起來比他們幾個有經驗，說不定他做的就比她想像得要好呢？

當下，允瓔也不多說什麼，轉了一圈便出來了。

「我們這庫房一開，似乎有點向喬記倉叫板的意思呀。」走到門口，允瓔看著那邊仍然關著門的喬記倉笑道。

「做生意麼，各人做各人的，做不下是本事不濟，做得下也是自家的事，他們說不得什麼。」唐瑭卻一點也不在乎。「是了，我們的庫房該叫什麼名？」

「我們這可不是庫房。」允瓔笑道，回頭看著空空的門楣上方。「我們這個是南北貨行，接的是五湖四海的客人，做的是四面八方的生意。」

「說得好。」唐瑭看著允瓔那泛著自信的臉，一時有些失神，不過很快回過神來，大笑著說道：「那我們就取個名，叫五湖四海貨行？」

「這個，你們想吧，我對這取名實在不內行。」允瓔謙虛地笑著。

「就叫五湖四海貨行了。」唐瑭卻笑道，見允瓔不再進去，重新鎖上門，邊走邊說道：「我這兩天就去找人過來修整庫房，弄好了選個吉日就開張。」

「要辛苦你嘍。」允瓔笑著點頭。

「這也是為我自己做事，談不上什麼辛苦不辛苦。」唐瑭搖頭。「倒是你們，在水上跑比我們要辛苦許多，眼見天氣轉冷，務必要保重身體。」

「我們行船人家，都慣了。」允瓔順著話說道，心裡對唐瑭又添了一分好感，他倒是挺會體貼人的。

「保重。」唐瑭把允瓔送上船，自己卻沒有上船，站在碼頭上對烏承橋拱手行禮。

「不用我們送你回去嗎？」允瓔問了一句。

「不用了，我從街上走，找找工匠師傅。」唐瑭解釋道。

「那好，我們先走了。」允瓔看了看烏承橋。

烏承橋含笑地朝唐瑭抱拳示意了一下，倒是沒說什麼。

船緩緩離開碼頭，開始返回黑陵渡，這一次他們還帶著任務，除了要運貨回來，還要回一趟苕溪灣，去尋找田娃兒等人，問問他們是否要加入船隊？

江南運河隱藏的機會，不僅讓烏承橋滿懷希望，也讓允瓔充滿期待，如果成功，他們便離目標又進了一步。

「相公，我們是先回黑陵渡還是直接去苕溪灣？」允瓔想著那美好的前景，巴不得直接插上翅膀飛回去。

烏承橋倚著船艙而坐，無意識地撫著自己受傷的膝蓋，聽到允瓔問話，想了想輕聲說道：「先回黑陵渡吧，這次回去，總得說服幾個跟我們出來，路上的花用口糧，我們得準備著。」

「好。」允瓔想想也是；再說，他們許久沒回去，怎麼著也得準備些東西看看戚叔他們吧。

興許是跑了兩趟，對河道都熟了，這一次，允瓔覺得出乎意料的快，三天後，他們回到黑陵渡，允瓔上了岸，順利地買了米、麵、各種食材，用空間裡那架車運回船上，接著又去補充了清水，才又跑了一趟假裝還車，把車收回空間。

烏承橋不疑有他，安心地坐在船上安置東西，一邊盤算著接下來該做些什麼。

允瓔收好了車，經過一家燒餅鋪子，見店家剛出爐熱呼呼的燒餅，她停下腳步，這會兒已是中午飯點，倒不如直接買些燒餅，回去炒兩道菜湊合算了。

「掌櫃的，這燒餅怎麼賣？」允瓔上前問道。

「帶肉的五文一個，沒肉的三文一個。」店家見有客上門，滿臉堆笑。

「先來個肉的嚐嚐。」允瓔想了想，決定先試一試，說著，她從錢袋裡先取了五文錢遞過去。

「姑娘請。」店家很索利地用一張小方紙包起一個熱騰騰的燒餅遞過來。

烤得金黃的餅皮，夾雜著熟悉的香味，允瓔有些迫不及待地咬了一口，果然，裡面是醃得微鹹的肥肉，和小時候的記憶不謀而合。

「掌櫃的，給我來十個……不，五十個。」允瓔滿意地吃著，一邊又掏出錢一口氣訂下五十個，她想帶回苕溪灣給那些孩子們嚐嚐。

「好好好，姑娘稍等，馬上好。」店家不由大喜。沒想到今天遇到大財神了，這不起眼的姑娘居然這麼大方。

「好的。」允瓔點頭，站在一邊慢慢品嚐著燒餅，一邊打量著街上的行人。

突然，她聽到旁邊有人在說話。「真的假的？誰這麼大膽？連柯老爺的新媳婦都敢拐帶？」

允瓔被柯老爺三字吸引，她側過頭看了看，說話的是兩個婆子，手裡還提著菜籃子，看起來應該是出來買菜卻八卦得忘了時辰。

「誰知道呢？為了這事，苕溪灣附近的船家都遭了殃。」

「可不是嘛，我那表叔的兒子的老丈人家的堂姪子，就在劉莊那一帶，聽說呀，所有水灣的浮宅都被毀了，唉，真是造孽喔，弄得現在，他們都沒地方去了。」

「唉，說起來，我們的日子過得雖然苦，也沒他們苦，我們好歹還有間破房子遮遮雨。」

苕溪灣的船家們……允瓔聽到這兒，心裡大震，難道柯老爺失了面子，追到苕溪灣那邊去了？那現在戚叔他們呢？

想到這兒，允瓔再也沒了食慾，可是她又不能急著離開，那樣會引起別人懷疑。

「姑娘，妳的燒餅。」所幸，店家剛好做好所有燒餅，包好送了出來。「五十二個，兩個是送給姑娘的，歡迎下次再來。」

「多謝。」允瓔匆匆接過。若換了之前，說不定她還會稱讚幾句，可這會兒她壓根兒沒心思，急著回去。

捧著燒餅，允瓔腳步匆匆，飛快地回到船上。

「相公，出事了！」

「出什麼事了？」烏承橋一愣，抬眼先打量允瓔一番，確定她沒什麼事，才又問了一句。「誰出事了？」

「剛剛我在買燒餅，聽人說，柯老爺惱怒新媳婦被人拐走，對苕溪灣一帶的船家動了手，我擔心戚叔他們……」允瓔沒忘記把懷裡的燒餅遞給烏承橋。「剛出爐的燒餅，先墊墊肚子吧，我去撐船。」

「那些人怎麼說？」烏承橋嘆了口氣。柯家有所行動也是意料中的事，只是，沒想到他們會轉向苕溪灣，難道是查到了什麼？

允瓔把聽到的話學了一遍，人已經到了船尾，開始搖船了。

「那一帶全部……」烏承橋頓住，收住了後面的話，顯然，情況比他想像的要嚴重，他們這次去，還能找得到戚叔他們嗎？

允瓔擔心戚叔他們，幾乎使出了吃奶的力氣，奮力地搖著槳，但是這畢竟只是木槳，靠的只是人力，做不到瞬間千里。

一個多時辰後，允瓔提前來到了苕溪灣，看著漸漸熟悉的河道，烏承橋卻突然讓她放緩速度。

「怎麼了？」允瓔不解地看著他。

「妳別忘了我們的船怎麼來的，如今柯兄弟不在我們船上，要是正面遇上柯家的人，我們怕不是對手，還是小心些吧。」烏承橋有他的考量。這船是從柯老爺那兒生生奪來的，萬一……他們這會兒可沒有柯至雲這個護身符。

允瓔有些不贊同，這前怕狼後怕虎的，難道他們還能憑空飛過去？

「走緩些吧，我們如今還不知道苕溪灣那邊的情況，可是戚叔他們都不在了，只有柯家人守著，我們這樣過去，豈不是自投羅網？」烏承橋看出允瓔的不情願，笑了笑，他又沒說不去。

「喔。」允瓔點頭，放緩了速度，全神貫注地警惕著，緩緩將船靠近苕溪灣。

這一片，當初的熱鬧不再，除了偶爾響起的幾聲蟲鳴，便只有自己的船槳劃破水面的聲音。

越到水灣口，允瓔便越是緊張，她不知道這裡面等著他們的是什麼，如果是柯家人，那很有可能如烏承橋所說，麻煩臨頭，而他們沒有柯至雲那個大護身符。

允瓔停在水灣口，只有在這兒，才能一有情況，想撤就撤，方便自如。

停好了船，她也看到水灣內的情形。

此時，水灣依然平靜，可是船隻已不見蹤影，原本連成一片的浮宅已經化成了一片黑色的漂浮物，靜靜地漂向四處，連那山，也是一片焦黃……

果然是柯家的手筆！

允瓔頓時火冒三丈，那個柯家，當真可惡！

烏承橋也是一臉凝重，他看了看滿片狼藉，薄唇抿得緊緊的。

就在兩人望著苕溪灣義憤填膺之時，突然，船身晃了晃，船底傳來一陣震動，允瓔嚇了一大跳。「啊！相公，有人在破壞我們的船！」

她的水性也就只能自保，可是烏承橋腿上還有傷呢，也不知道他會不會游泳，這可怎麼辦？

允瓔大急。

「別怕，我們先離開這兒。」烏承橋也感覺到了，他雙手撐著船板，微微探身，朝水下望去，只見清澈的水中，偶見兩、三個身影，他心念急轉，試探地喊。「下面是誰？可是田兄弟？」

「相公，田大哥怎麼會對我們的船下手？依我看，又是那可惡的柯家人，我們還是下網試著撈了他們吧。」允瓔不相信。

「田兄弟、阿康兄弟！」烏承橋卻越看越覺得水下的身影像他們，沒理會允瓔的話，高聲喊道。

「嘩——」隨著烏承橋聲音落下，在他的正前方，水面上冒出一顆人頭。

允瓔緊張地看著，只是那人雙手捂了臉在抹水，看不出是誰，但看衣服，卻能辨別出絕不是柯家的人，而是這一帶的船家。

這一會兒的工夫，那人已抹去臉上的水，露出了臉，赫然就是田娃兒。

「田兄弟，真是你！」烏承橋朗聲笑道。「你們這是演的哪一齣，可著實嚇著我們了。」

「烏兄弟？怎麼是你們？」田娃兒看清烏承橋和允瓔，大大地驚訝了，隨即他似乎想到了什麼似的，一下猛地鑽了下去。

「田大哥！你們要做什麼呀？」允瓔急得跳腳，都知道是他們了，還在鑿船？

烏承橋也猜想不到他們下一步的舉動，只好看著水面等待。

田娃兒很快又冒出來，接著，身邊連續冒上來兩個人，等他們放下抹臉的手，阿康和阿明的臉也出現在面前。

「這是怎麼回事呀？」允瓔嘆氣，有些心有餘悸地看著他們。

「原來是烏兄弟和小娘子。」阿康笑了笑，手一撐船艙就爬了上來，一邊好奇地打量著允瓔的船，驚訝地問道：「這不是柯家老爺的船嗎？怎麼是你們倆？」

「你們以為是柯老爺的船？所以才……」允瓔頓時恍然，哭笑不得。上一次因為這船被認出來，喬家人攔了船，這次誤會更大，險些被憎恨柯老爺的船家給端了。

「是呀，我們以為是柯家那老王八……」田娃兒和阿明也爬上船，全然不顧自己身上濕答答的衣衫，左右打量著，也問了同樣的問題。「烏兄弟，這船怎麼在你們這兒？難道你們現在給柯老王八做事？」

說到最後，語氣裡便帶了一絲不善。

「幾位兄弟誤會了。」烏承橋忙解釋。「之前因為柯公子的事，柯家人燒毀我們的船，柯公子才從柯老爺那兒要了這船賠給我們。」

「原來，之前黑陵渡那事說的就是你們啊。」阿明恍然大悟。

「沒錯。」烏承橋點頭。

「這麼說，柯家公子跟柯家人斷絕關係也是真的？」阿康好奇地問。

「沒錯。」烏承橋點頭。這次來組建船隊，為的就是他們的生意，柯至雲遲早要出現在他們面前，所以他也不想隱瞞什麼，當下把怎麼認識柯至雲、幫他逃離、怎麼毀船賠船的事都說了一遍，至於船隊的事，還是等見到戚叔再細說吧。

「看不出來這柯公子倒是個好東西。」田娃兒唏噓著。

「快別說了，你們的衣服全濕了，當心著涼受寒。」允瓔站在船頭提醒道。「田大哥，你們的船呢？戚叔他們呢？」

「我們的船在那邊，戚叔他們也在。」田娃兒指著允瓔身後。「我們是在那邊看到柯家的船經過，才偷偷跟過來的，沒想到卻是你們倆。」

「能帶我們去見戚叔嗎？我們這趟來，有要緊事和大家商量呢。」允瓔心急地問道。

「啥事？」田娃兒急著問。

「田兄弟莫急，還是等你們換過衣服，大家坐下來慢慢談。」烏承橋笑道，把手中的燒餅包打開，遞了過去。「還熱呼呼的，來。」

「呼——太好了，我們都餓了兩、三天了。」田娃兒不客氣地伸手拿了一個，大口嚼了起來，邊嚼邊含糊地說道：「你們不知道，柯家那些渾蛋三天兩頭過來，見著船就撞，見著人就打，這些日子已經有不少船著了他們的毒手，害得大家都不敢隨意出去，孩子們餓得……唉，所以我們氣不過，見柯家的船落單，就跟了過來。」

原來如此。允瓔忙掉頭，往田娃兒指的方向行去。

「啾啾——啾——啾啾啾！」臨近水草叢，阿康突然捏著嘴唇吹起了哨。

允瓔好奇地抬頭。初冬的水草叢已然盡數凋零，不過枯黃的草還是有不少豎立著，掩護著裡面四通八達的小水道。

阿康的哨聲落下沒多久，裡面也傳來相似的哨聲，似乎在回應著。

「啾——啾啾啾啾——啾。」阿康又應了一聲。

第六十五章

突然，前面衝出一條船，疾駛向這邊，站在船頭的，赫然就是陳四家的。

「大妹子！」陳四家的激動喊著。

「陳嫂子！」時隔一段日子，又是在這樣的情況下再見面，允瓔頓覺親近，也頗為激動地喊了一句。

「怎麼是你們呀？」陳四家的熟悉笑聲響了起來。

「妳輕聲些，萬一附近有柯家人……」陳四站在船尾撐船，有些無奈地提醒。

船隻靠近，不待停穩，陳四家的就跳過來，直接跑到允瓔身邊，好奇地問：「大妹子，你們怎麼換了柯家的船了？可嚇著我們了。」

「這事說來話長，我們還是先進去再說吧。」允瓔笑道，和陳四打了個招呼，這會兒說了，一會兒還得解釋，未免太麻煩。

「這段日子，你們去哪兒了？」陳四家的換了個問題。她有一肚子話想和允瓔說，要知道，這一群人當中，也就允瓔最給她面子，會聽她嘮叨。

「我們跑了兩趟泗縣。」允瓔笑著，一邊搖船一邊打量著陳四家的，陳四家的原本飽滿的面頰也陷下去不少，顯然吃了不少的苦。「陳嫂子，妳瘦了好多。」

「可不是嘛，我還好點，那些孩子們……唉，柯家那些天殺的，真真不是人！」陳四家的咬牙切齒。「別讓我見著他們，否則，一定抽他們的筋、喝他們的血。」

「陳嫂子，殺人是犯法的，為那樣的人賠上自己的命，不值當。」允瓔笑著勸道，她當然也知道陳四家的只是過過嘴癮，不會真有那個膽量去做。

「我這心裡火呀。」陳四家的連連嘆氣。

這時，陳四已經調轉船頭在前面領路了，田娃兒取了一個燒餅走過來遞給陳四家的，笑道：「妳就甭抱怨了，先嚼個燒餅墊墊肚子，這可是肥肉餡的。」

「哪來的？」陳四家的接過，張望了一下，看到烏承橋手中的大紙包，這才咬了一口。

「當然是烏兄弟和小娘子帶回來的。」田娃兒深深看了允瓔一眼。「烏兄弟和小娘子主意多，現在他們回來了，我們也有盼頭了。」

「就是就是。」陳四家的邊吃邊對允瓔說道：「我和我們家陳四去黑陵渡找過你們，可你們沒在那兒，我們擔心戚叔他們，就又回來了。戚叔為了救老王頭，受了傷，到這會兒還起不來呢，整天還要操心這個、擔心那個，一天比一天瘦，唉……你們回來了，就好了。」說到這兒，竟有些哽咽。

允瓔無言。這樣一個樂觀的陳四家的，如今竟也這樣愁眉不展，可見他們遇到的困境到了何等的地步。

他們都是這一方水養大的船家，有水的地方就有他們的身影，可現在，居然……

允瓔心裡也是一陣難過，她找不到安慰的話，只能沈默。

跟著陳四的船，在縱橫的水道間彎轉，好一會兒才來到一片寬寬的水塘，果然戚叔等人的船都停在這兒。

看到柯家漕船出現，眾人紛紛警惕起來，那些孩子們甚至害怕得躲到大人身後，偷偷地瞄著。

「戚叔。」陳四怕大家誤會，先喊了一聲。「是烏兄弟回來了。」

「啊？烏兄弟？烏兄弟在哪兒呢？」眾人驚喜不已，紛紛喊道。

允瓔忽然覺得心底一酸。他們在這兒不過短短幾月，可沒想到這些可愛的船家們竟對他們有這樣高的希冀。

陳四把船撐到了一邊，讓了允瓔的船過去，眾人紛紛幫忙，將允瓔的船停下來。田娃兒幾人身上全濕，船一停，便紛紛往各自的船上換衣服去了。

「哥兒幾個去外面守著。」這時，外面也聚來幾條小船，陳四回頭，朝他們吩咐了一句，幾條小船上的船家紛紛和烏承橋打了個招呼，迅速離開。

「烏兄弟回來了？」最中間的船上傳來戚叔沙啞而又驚喜的聲音。

允瓔鬆了槳，快步到烏承橋身邊，只見戚叔被他兩個兒子攙扶著，佝僂著腰邊走邊咳著出來，他本來就瘦，可如今，更是瘦得跟竹竿一樣。

「戚叔，您怎麼……」允瓔快步上前，扶住戚叔，打量他一番，眼眶微紅。

這是位睿智的老人，他們離開時，他還那樣健朗，如今竟病成這樣。

「唉，別提了，人老了，不中用了。」戚叔笑著，目光依然慈祥，語帶欣慰地說道：

「你們能回來，真是太好了。」

「您先別說話，先坐下。」允瓔左右看看，和戚叔的兩個兒子一起把戚叔扶到她這邊的船上。

烏承橋忙伸手搆了一把小凳子放到身邊，伸手扶著戚叔坐下。

「你們這船……」戚叔坐下，帶著疑惑看著允瓔的船。

「戚叔莫急，這事我慢慢說與你們聽。」烏承橋笑著安撫，抬頭看著允瓔。「瓔兒，把這些分給大家，再做些麵條吧，大家先吃飽了再慢慢說。」

「我來我來。」陳四家的立即上前，接過烏承橋手中的燒餅，快步走向眾人。「來來來，好吃的燒餅，肥肉餡的，孩子們先來。」

頓時，那些躲在大人身後的孩子也不膽小，紛紛聚了過來。

「別搶，你們烏叔、烏嬸買的多著呢。」陳四家的快速分著燒餅，一邊安撫著後面眼巴巴盼著的孩子們。

允瓔見狀，心裡又是難受又是驚訝，她覺得不可思議，都是靠水吃飯的能手，怎麼就餓成這樣？

可目光一看到眾人的船，她瞬間了然。

這些船，有大半都是重新修補過的，船艙也不是以前她看過的那樣，有些甚至只有幾片草簾子遮擋。

允瓔收回目光，心頭泛酸，柯家……必定又是柯老頭作的孽。

帶著氣憤，她轉身去點火做麵，幸虧烏承橋想得周到，買了不少東西。

「來，一起幫忙。」陳四家的分完了燒餅，又招呼幾個婦人們一起，眾人紛紛呼應。不多會兒工夫，允瓔的船頭便過來十幾個婦人，船頭微微地晃。

允瓔見狀，忙分派任務。「陳嫂子，我們一起和麵吧，我之前的灶都沒了，這會兒也就兩個，留兩位嬸子燒水，其他人擇菜洗菜吧。」

「好。」陳四家的也不客氣，主動翻找出允瓔帶來的食材，一邊驚訝。「妳怎麼帶這麼多東西？」

「本來只是給大夥兒帶的一點心意，沒想到……」允瓔嘆氣了，她哪裡會想到現在這情況。

「天殺的柯家……我們的船幾乎都被他們給翻了，吃的、用的東西都被他們給毀了，剩下幾家的，前幾日也都拿出來給大家分了，這不，大家都餓了幾天，網魚沒有工具，只能徒手抓，這大冷的天……唉。」陳四家的唉聲嘆氣，完全不像允瓔以前認識的那個開朗潑辣的女人了。

這時，家裡還有鍋灶的也紛紛搬了出來。

允瓔和陳四家的一起提了麵粉到船艙口的木方几邊，拿了乾淨的木盆開始和麵。

女人們忙著做飯的同時，烏承橋也和戚叔說起了這段日子的經歷。

原來，那天本是柯老爺續弦的日子，可是柯家派去接親的船到了柳家，卻得知新娘不見，柳老爺大怒，拷問了柳小姐身邊的丫鬟，兩個丫鬟捱不過，便透了口風，說柳小姐連夜坐船逃了，她們也是早上起來喊小姐梳妝才發現的，一時不敢吭聲，等到她們想要去給柳老爺報信的時候，迎親隊伍已經到了。

接著，柯、柳兩家便出動人手四處搜尋柳小姐的下落，也是因為兩個丫鬟刻意誤導，讓柯、柳兩家人走錯了方向。

無巧不巧的是，那天剛好有個胖胖的婦人到石陵渡後又離開，於是柯家人就順著那條路線搜尋，所到之處，船家們紛紛遭殃。

戚叔等人也沒有保住苕溪灣，所幸他們撤得比較快，雖然盡數的船被翻、浮宅被毀，但好歹沒有失去親人。

從水灣出來後，他們便隱在這片水草叢裡，柯家人對這一帶不熟，只知道搜尋主河道，偶爾有船進來，也由陳四幾人放哨，早早地隱藏起來，才躲到了今天。

也就有了今天這樣的誤會。

允瓔和烏承橋兩人很快便明白過來。這次的事，果真和柳柔兒有關，也可以說，是他們間接給大家造成了麻煩。

兩人互相看了一眼，眼中都帶了愧疚。

「這件事，我們也很抱歉。」烏承橋嘆了口氣，看著戚叔等人說道：「柳家小姐的事，跟我們有關。」

「這話從何說起？」戚叔驚訝地問。

「之前，我們無意中結識了柯公子，惹來柯家報復，燒毀了船，柯公子為此與柯老爺鬧翻，這也是我們這船的來由。」烏承橋繼續解釋道：「也正是那一次，柳小姐得知瓔兒和柯公子相識，那天在渡口，我們接貨的時候便跟上了瓔兒，想讓瓔兒幫她逃婚，被瓔兒拒絕，卻不料，她竟把自己裝在箱子裡，且雇人將箱子混入貨物中。」

「啊？她真的上了你們的船？」戚叔等人連連驚呼。

「是啊，半夜餓急了出來，我們還以為是什麼野獸上了船……」烏承橋無奈地搖頭。「原本我們是想在渡口放她下去的，可誰知道她著了涼、發了高燒，瓔兒不忍，照顧了她幾夜，在泗縣把她交給柯公子，我們也是剛剛才趕回來，沒想到竟給大家帶來這麼大的禍事。」

「唉，也不能這樣說。」戚叔搖搖頭，寬容地說道。「柯家的人本來就對這一帶垂涎，如今也不過是借了個由頭罷了，這事怨不得你們，你們也是為了救人。」

「戚叔，我們這次回來，還有件很重要的事，想問問大夥兒有沒有興趣。」

烏承橋見戚叔沒有責怪，這才提起船隊的事，語氣有些小意，畢竟他們現在是和柯公子合作，而戚叔等人對柯家的排斥已升級到咬牙切齒的憎恨，怕只怕他們看到柯公子會想到柯老爺，到時候事情怕不好辦了。

「啥事？需要我們幫忙的只管說。」戚叔點頭，又咳了幾聲。

「啥好事？趕緊告訴我們大夥兒唄。」陳四家的卻笑著打岔，這時，允瓔已經做了不少麵，陳四家的邊說，邊拿木盆裝了送往灶邊。

「是這樣的，柯公子脫離柯家以後，與我們，還有一位洛城來的唐公子一起，我們幾人想做些小買賣，如今柯公子負責尋主顧，唐公子管著貨行，而我和瓔兒，則負責組建船隊，運送貨物。」

烏承橋先把各人的分工先提了提，接著說道：「如今，柯家一心一意想攀附上喬家，心思不在江南運河之上；而喬家，最近也出了大亂子，旗下商船十去七八，護送皇糧的差事眼見就要出事，所以喬家四處在尋合夥人，這一帶有些家底的人家都盡數參與，江南運河之上的生意，必定會出現空缺。我們的意思，是想趁此機會穩固我們的買賣，待來日柯家回來，我們也有足夠抗衡的實力，便不用再怕柯家的猖狂了。」

「這……是真的？」

他們都是老老實實混生計的船家，能想到最大膽的事就是接跑遠路的買賣，可沒想到，烏承橋想的卻是整個江南運河，頓時，群情激動起來。

「等我們有了實力，就能收回苕溪灣，再建浮宅了。」和他們相處這麼久，烏承橋對他們心裡想什麼多少有些明白。「要不是你們，我們夫妻二人只怕……如今，我岳父、岳母便葬在苕溪灣的山上，這一片對我夫妻二人來說，猶如家鄉，有朝一日，必定要向柯家討還，只是如今我們卻只能避其鋒芒。」

「可是……」戚叔猶豫著。

他身後的兩個兒子卻互相看了一眼，顯得很有興趣。

「烏兄弟，算我一個！」陳四毫不猶豫地站出來。「我陳四這些年輾轉各地，也算去過不少地方，別的不敢提，但這雙眼睛還是有很自信的，烏兄弟和烏家小娘子都不是一般人，我和我家的，以後就跟著你們幹了。」

「還有我！我田娃兒光棍一個，到哪兒都是一人吃飽全家餓不著。」田娃兒也不甘落後，拍著胸膛說道。「以後你們到哪兒，我田娃兒就到哪兒！」

陳四和田娃兒的搶先表態，頓時刺激了那些年輕人。

和柯家、喬家搶整個江南運河的買賣？

那無疑是虎口奪食，可是這些年輕人卻十分激動，其中尤其以阿康、阿明最明顯，可是他們卻難得地沒有站出來，而是先看了看他們的父母。

相對於年輕人的興奮，老人們則冷靜許多。他們在這一方水上混了一輩子，信的是安分守己，守的是勤儉持家，虎口奪食這樣的事……

顯然，老人們顧慮重重。

烏承橋說完這些，看了看戚叔，見戚叔並不是一口回絕，而是在認真思考，他便微微一笑，不再多言。

戚叔是睿智的，如今這處境，他一定知道怎麼做才是對大家最好的。

這會兒，允瓔已經在那邊炒好了菜、配好熱湯，見這邊暫時沈默，忙笑著招呼道：「麵好了，大家先吃麵吧。」

「來來來，碗不夠、灶不夠的，大夥兒輪流吃吧。」陳四家的端了一碗放到戚叔面前。

「叔，先墊墊肚子再想吧，烏兄弟才回來，一時半會兒的也不會走不是。」

「先給老王頭送吧。」戚叔指了指自家的船，沒忘記那個老兄弟。

「已經送了。」那邊響起婦人的接應聲，表示老王頭已經有人照顧到。

戚叔這才接了，筷子拌了拌，看著那熱氣騰騰的霧氣，他突然停下來，側頭看著烏承橋問道：「這船隊行走，年輕人尚能勝任，我們這些老傢伙們怕是有心無力啊，怕到時候，會拖累了你們夫妻倆。」

「戚叔。」允瓔聽到這句，把那邊的事交給陳四家的，她走到戚叔身邊，含笑說道：「我們除了船隊，最主要還是商行，如今那邊已經租下庫房在整修了，若是戚叔覺得跑船辛苦，可以幫著看顧庫房，其他長輩若不願留在庫房，我們也可以尋個地方安頓下來，只是如今買賣新做，這住的地方怕是無法做到極好，還請各位見諒。」

「唉，小娘子莫要怕我老漢貪心，我們這些人世代混在這一方水上，在苕溪灣也一起住了幾十年，雖然只是浮宅，可到底是我們住慣了的家，如今家沒了，在這一帶也是進退不得，要是家裡的年輕人又走了，他們……唉，我不得不替他們考慮。」戚叔連連嘆氣。他不是他們的領頭人，可這麼多年來他們遇到什麼事，都喜歡和他商量，久而久之，他也自覺擔起了守護所有人的責任，如今這情況，自然也得為所有人考慮再三。

「戚叔，您的心意，我們明白的。」烏承橋點頭應道。「要不是你們救了我夫妻倆，我們夫妻又怎會有今日？對我們來說，你們都是恩人，滴水之恩，當湧泉相報，更何況如今這禍事又是與我們有關，我們定不會坐視不管。」

「沒錯，苕溪灣也是我倆的家，在座所有人也都是我們的家人。」允瓔贊同地接話。「戚叔，您放心，我們不敢保證帶大家出去一定能大富大貴，可是我們可以保證，只要有我們一口吃的，我們絕不會不管大家的，以後我們所有人，有難同當，有福同享。」

「烏兄弟、小嫂子，沒話說了，我們跟著你們幹了！」這一次，卻是阿明最為激動，搶了阿康要說的話。

阿明的話音一落，頓時引來年輕人一陣呼應。「沒錯！我們跟著你們幹了，不管是吃乾飯還是喝稀湯，我們絕沒有二話。」

「老哥，我們留在這兒，也是條絕路，就跟他們去吧。」阿康的爹也跟著對戚叔說道。「柯家這樣可惡，我們留在這兒，他們絕不會放過我們，不如出去，興許還有盼頭。」

「戚叔，走吧。」阿康等人雖然已經表態，不過他們也不會放著家裡老人不管，當然希望戚叔能同意，大家一起走。

戚叔抬頭，看了看眾人，半晌才下了決心，重重點頭。「好！走！」

「太好了！」眾人歡呼，突來的沸騰，把那些孩子們嚇了一大跳，個個一頭霧水地看著自家的大人們。

第六十六章

當即，陳四和田娃兒開始招集人手，清點到底有多少船可以跟著出行，有多少老弱婦孺需要安頓。

一個時辰後，眾人輪流填飽了肚子，陳四和田娃兒也把人員清點明白，來向烏承橋回報。

「烏兄弟，都清楚了，一共二十六條船，不過，其中有十六條都有家人要安置。」陳四不愧是跑外面跑慣了的，做事極有條理，三言兩語就把事情弄明白了。「還有一件事，如今這外面雖然看不到柯家人，但這段時日，他們也沒少過來，所以我們這麼多人要去泗縣，這路上會不會遇上柯家人，還是個問題，不知烏兄弟有什麼好辦法沒？」

「這個我倒是還沒有對策。」烏承橋也有些無奈。柯家……帶著這麼多人，確實做不到不驚動柯家。

「這個好辦。」允瓔卻應得有些胸有成竹。

烏承橋回頭看她，笑道：「妳想到辦法了？」

「我們來時只兩個人，自然是避其鋒芒，可現在這麼多人，大可以光明正大地出去，這路上就是遇上柯家人，也奈何不了我們。」

允瓔笑道。她哪裡有什麼可靠的辦法，只不過她是覺得，只要不遇到柯老爺本人，這過關還是簡單的，畢竟所有人都認得他們的船，也就知道他們和柯公子的關係，若是能遇到單子霈，或許就更簡單了。

「沒錯，我們這麼多人，還怕他們做啥？」阿康大笑著附和。

「就是就是，怕他們做啥。」年輕人們早就和柯家起了幾次衝突，如今也不怕再多幹上幾次。

「今天晚了，我們明天再走吧，今晚大家都好好歇歇，養足精神。」戚叔一番沈思，也有了決定。他相信烏家小倆口的見識，既然他們倆都不怕柯家，肯為了他們這麼多人冒這個險，他們還有什麼不敢的？家都沒有了，豁出去就是了。

當下，眾人紛紛散去，收拾的收拾，準備的準備。

允瓔見天色還早，看著這一片水草叢，她想起那些野鴨和野鴨蛋，和烏承橋說了一聲，便拉上陳四家的一起，前往水草叢中。

一路經過別人的船頭，收穫一堆善意的招呼。

「大妹子，妳這是要幹什麼去？」陳四家的見允瓔直接走到了最邊上，有下船的意思，忙問道。

「我想看看這附近的水草叢裡有沒有野鴨和野鴨蛋？」允瓔實話實說，說到這兒，她突然覺得自己傻，她能發現這些，難道這些餓了幾天的船家們會發現不了？

「原來妳說這個。」陳四家的笑道。「這附近的早被我們抓完了，不過這一帶也不多。唉，妳不知道，這些日子我們險些連這一片的草根都要挖出來吃了。」

允瓔停下腳步，放棄了下船的想法，看著陳四家的嘆氣。「都是我們做事思慮不周，給你們惹了麻煩。」

「這是說的什麼話。」陳四家的拉著允瓔往回走，邊走邊笑。「柯家盯著我們那處水灣也不是一天兩天的事了，之前妳不也見識過？他們這次分明就是藉機鬧大，把我們都趕出去，他們的陰謀就得逞了，而且這事要是換作我，我也一定和妳一樣，那柯老爺多大了？沒地禍害了人家姑娘，妳呀，救得好。」

「謝謝嫂子。」允瓔心裡一暖。

「行啦，回去歇著，我們這兒還有幾張網，等明兒出去，大夥兒努力努力，網幾尾魚還是有法子的，妳就把心放回肚子裡，別為吃的操心了。」陳四家的直接把允瓔想逮野鴨的舉動理解成操心大家的三餐問題，笑著把允瓔送回了船，朝烏承橋揮揮手，也回到自己的船上去。

看著陳四家的離開，允瓔許久才收回目光，過去幫烏承橋打水梳洗，邊有些感慨地嘆氣。「我覺得，陳嫂子這次也變了好多。」

「遇到這樣的事，陳嫂子心裡也不會舒坦，笑不出來也是常事。」烏承橋點頭，接了允瓔遞給他的布帕。「瓔兒，妳這兒還有多少錢？」

「只有十兩左右了吧。」

允瓔知道他要說什麼。這段日子他們也沒開麵館，跑了幾趟也沒有收益，一切貨款和花用都是唐瑭墊的，他們自然也不好意思向唐瑭要車馬費了，畢竟是幾個人一起的生意，這來來回回幾趟，加上這次買了東西，手上的銀兩便減少了。

「十兩……眼見天冷了，得給大夥兒置辦棉衣、棉被……這租院子的事，一時半會兒怕是難以辦到了。」烏承橋嘆氣，一文錢難倒英雄漢。

「這個……好辦。」允瓔一轉念，想到了一個人。「事情因她而起，她總得表示表示吧？」

「妳是說柳小姐？」烏承橋立即會意，笑問道：「妳怎麼知道她會表示？」

「你忘記了？上次她給的那張銀票。」允瓔之前把銀票扔進空間，那一張她本就想著還給柳柔兒，所以也就沒算作自己的銀子，可這會兒她卻改變了主意。「等到了泗縣，見著柳柔兒，我就把這銀票還她，讓她表示表示，也算是給戚叔他們賠償。」

烏承橋見她頗有想法，也就由著她安排，不再多問。

兩人洗漱完，早早地歇下。

次日清晨，在久違的熱鬧中醒來，天已微微亮。

允瓔打開船艙，發現眾人都已準備完畢，等待啟程了。

陳四家的站在自家船頭，見允瓔出來，笑著說道：「大妹子，戚叔的意思，趁著現在那些家丁們都沒起來，我們趕緊過石陵渡吧。」

「好。」允瓔點頭。「陳嫂子再邀兩位嬸子過來做早飯吧，我們邊走邊做。」她得搖船，做早飯的事就交給陳四家的。

當下，陳四家的和兩個昨天一起煮飯的婦人過來幫忙。

陳四和田娃兒在前面引路，允瓔其次，年輕人們則分散在周邊，把老弱婦孺護在中間。

浩浩蕩蕩的船隊悄然在清晨的河道中蜿蜒，一路上都是順風順水，沒有半點意外，但，眾人卻沒有一刻敢放鬆，畢竟越往前，越接近石陵渡，柳家就守在那兒，據說，這些日子為了安撫柯家，柳家可沒少出力。

而柯家，為了藉由柳家巴結喬家，也沒少派人配合柳家守著渡口，所以石陵渡才是他們真正的關卡，要是順利過了石陵渡，接下去的路就順很多了。

「馬上就到石陵渡了，大家小心。」阿康的船靈活地穿梭其中，傳遞著消息。

一聽到石陵渡將至，眾人頓時警惕起來，落在後面的船也快速趕上來。

此時，天色已大亮，石陵渡也正慢慢熱鬧起來，允瓔想了想，把船停在渡口前，示意後面的船先行。

「小嫂子，怎麼停下了？」阿明跟在後面，有些不解地問。

「你們快跟上，等大家都過了我們便來。」允瓔擔心的是他們走太快，後面的人被柯家船撞上。

「大家小心，我們很快就來。」烏承橋安撫著，他已隱約明白允瓔的意思，沒有任何異議。

「你們小心些。」戚叔的身體還沒好，船由他兒子撐著，不過他也不放心，一直坐在船頭，見狀，揮揮手示意眾人加速。

在陳四和田娃兒的帶領下，船隊飛快地竄過石陵渡前，陣容之壯觀，吸引了岸上不少人的側目。

允瓔始終站在船尾，警惕地打量著四周。有些奇怪的是，這會兒居然沒有看到柯家的漕船，而是只有幾條小船停在一邊，船上似乎都沒有人。

「小嫂子，走吧。」阿康和阿明幾個年輕人不約而同地選擇斷後，此時船隊已經過去，他們停到允瓔的船邊，邊留意四周，邊催促著允瓔。

「走。」允瓔點頭，幾人飛快地離開。

由始自終，他們都沒有看到柯家漕船出現，更沒有看到柯家任何一個人出現。

「奇怪，難道是我們多心了？」阿明嘀咕道。

「前幾天的事難道都是我們的幻覺了？」阿康立即反駁。「這兒還是石陵渡，我們還是小心些吧。」

「他們在前面，我們衝過去。」這時烏承橋卻突然提醒道，指向了左前方。

只見他指的那個方向，果然有三、四條漕船，正緩緩往這邊的河道駛來。

「走！」允瓔催促著，加快速度，堪堪在那些船拐進河道時衝了過去。

「咦？那不是……攔住他們！」身後傳來一聲急促的喊聲，允瓔回了一下頭，看清喊話的人正是柯家管家。

柯家的船出來得很快，阿康和阿明兩人跟在最後，本意是想護著允瓔他們過去，誰知道就被這樣攔在後面。

「單子霈也在上面。」烏承橋低聲提醒了一句。

還有機會……允瓔會意，調轉船頭返回，橫著攔在江中。

「原來是你們兩個，好，今兒我們可立了大功了，把這船帶回去，老爺必定開心。」管家看著允瓔，陰陽怪氣地說了一句。

單子霈扠著腰，淡定地站在另一條船的船頭，面無表情地掃了允瓔兩人一眼，他沒有開口的意思，只冷眼看著管家叫囂。

「把他們攔下，帶回去。」管家緊緊盯著允瓔，好一會兒，他轉頭看向烏承橋，嘴角流露絲絲笑意。「留下那個女子和船，其他一干人等都扔下河去！」

啥？允瓔以為自己聽錯了，側頭看了看烏承橋。

烏承橋坐在船艙口，倚著艙門，手肘托在曲起的單膝上，淡淡地看著柯家的船，似乎沒聽到管家的話般。

「是。」柯家的家丁開始行動，有兩條小船已向允瓔這邊駛來。

「住手！你們誰敢動小嫂子試試！」阿康和阿明兩條船還在那頭，見狀不由大喝。

而允瓔這邊也有幾個年輕人撐船跟著，看到這情況也紛紛聚過來，可是，允瓔的船橫著，不僅擋去柯家人的去路，也讓他們無法越界，他們只好拿著竹竿怒目看著柯家管家。

「還愣著幹什麼？動手！」管家輕蔑地掃了阿康和阿明一眼。這會兒遇上允瓔的船，這些小魚小蝦還真就不夠看了，他也沒和這些小魚小蝦折騰的心思，畢竟比起他們，他只要帶回允瓔的船，回去就是大功一件。

「管家，你可得想清楚了再動手。」允瓔早就有遇上柯家人的準備，更何況，這會兒大部分船隊已經過去，餘下的幾位水性超凡，她是一點兒壓力也沒有。看了烏承橋一眼後，她悠哉悠哉地開口。「還有你們，可都想清楚了這船如今的主人是誰。」

她太過淡定的神情，還真的嚇住了那幾個家丁。

這船如今是誰的？

誰都知道哇，老爺賠給公子唄。家丁們面面相覷，遲疑地停下。

「都知道是吧？」允瓔笑盈盈的，化被動為主動。「這麼說，你們也是知道我們和柯公子的關係嘍？」

「妳……跟公子什麼關係？」管家正疑心她和柯至雲的關係，忍不住順著她的話問下去。

「如今船在我們這兒，你說呢？」允瓔故作神秘，卻沒料到，管家聽在耳中已自動理解成另一種意思，她沒理會管家，逕自對著那些家丁說道：「既然你們都知道，那我就直說了，之前你們燒了我家的船，惹得柯公子大怒，不惜與柯老爺決裂，足見柯公子如何重友重情，所以今天麼，我覺得你們最好放我們過去，要不然柯公子要是知道了，只怕……想來，你們一定比我更清楚柯公子的脾氣吧？」

「哼，他如今已經不是柯家的公子了。」管家見家丁猶豫，不由硬著頭皮說道。

「管家，他再怎麼觸怒柯老爺，你能讓他的血換成別人的血嗎？」允瓔似笑非笑地看著管家。「還是你覺得柯老爺這一把年紀，娶了新夫人就不愁生不出小公子？」

管家扯了扯嘴角，不作答，倒是單子霈抬眸看了允瓔一眼，目露驚訝。

「好吧，就算他老當益壯生得出小公子，可是他能保證活到小公子長大嗎？」允瓔挑眉。「你們覺得這麼些年，柯公子真的會什麼都不做嗎？到時候你們又該何去何從？」

家丁們聽罷，紛紛驚疑地面面相覷。

「這幾位可都是柯公子讓我們回來雇的船家，今天要是你們壞了我的事，或是幾天後，他沒見著我們回去……」允瓔說到這兒，嫣然一笑。「不用我說，想來你們也該懂的，是不是？」

單子霈突然轉頭，虛握著拳湊到嘴邊咳了咳。

烏承橋也做了個同樣的舉動，微低頭忍笑，原來她打的是這個主意，不過不得不說，她這番威脅對這些家丁來說，還是挺管用的。

「妳……少在這兒危言聳聽。」管家從她的話裡清醒過來，指著她連聲催道：「你們還不快些將她拿下！」

「管家這是不相信嗎？還是拒絕想像那樣的下場？」允瓔看著管家笑道。「常言道，虎毒不食子，柯老爺再怎麼樣決絕，如今也不過是在氣頭上，可根裡，他們還是父子，血濃於水。敢問管家，如果有一天，你和柯公子兩人對上，讓柯老爺去選，你覺得他會放棄親生兒子而來選擇你嗎？」

管家的臉色變了幾變。

「管家，她說的……有點道理。」管家身邊的家丁悄悄地說了一聲。「我們還是算了吧，之前公子為了她都跟老爺鬧翻了，要是這次……我們吃不了兜著走呀。」

「我想……可是，不是我們想怎麼樣就怎麼樣的。」管家估計對這家丁也頗為信任，湊在家丁耳邊小聲說了一句，私下手指往單子霈那邊翹了翹。

允瓔看得好笑，看來單子霈在柯家的地位，一點也沒有因為柯至雲的離開受到影響。

「單爺，您看，這事……」那家丁得了暗示，訕笑著走到船邊，朝著一直冷眼旁觀的單子霈陪笑臉。「是不是……」

「是什麼？」單子霈淡淡地瞄了他一眼。「不是你們說要逮他們的嗎？怎麼？後悔了？」

「那個……咱們不是奉了老爺的命，出來尋找柳小姐下落的嘛。」那家丁幫著管家說好話。

「那你們看到柳小姐了嗎？」單子霈似笑非笑地看向管家，明顯的諷刺。

「這個……沒有。」家丁也有些掛不住笑。

「哼！浪費爺的工夫。」單子霈很不滿地瞪了管家一眼，揮揮手，他身後的護院立即行動，搖著船往石陵渡方向去。

「走走走走！」管家瞪了允瓔一眼，很不甘心地轉身進了船艙，既然拿他們沒辦法，那就眼不見為淨。

管家這算是表了態，護院們又都跟著單子霈走了，其餘的家丁一見，誰還敢當出頭鳥，紛紛將船讓到一邊，讓阿康、阿明的船通過。

阿康和阿明兩人有些猶豫。

允瓔朝他們倆揚揚手。「兩位兄弟還不走？莫不是想讓管家再請我們飽餐一頓？」

阿康和阿明這才飛快搖著船從缺口駛過。

允瓔也讓到了一邊，等阿康和阿明過去之後，她才朝管家那邊揮揮手，笑道：「管家，謝謝你嘍，等見到了柯公子，我一定替你美言幾句，等以後他接掌了柯家，嘿嘿，你們懂了不？」

幾個家丁面面相覷。這女人說得這樣有底氣，看來都是真的了，當下，誰也不敢過來阻攔，眼睜睜地看著允瓔等人離開。

允瓔也不急，把船搖得慢悠悠，直到轉過一個河灣，她才回頭看了一眼，加快了速度。

第六十七章

「瞧不見了。」烏承橋行動不方便，一直不曾吭聲，不過他手裡一直攥著彈弓，關注著後面，這時才出聲提醒道。

「呼——」允瓔這時才算深深地吐出一口氣，感慨地說道：「還好這些人的膽子不夠大。」

「妳呀……」烏承橋含笑，倚著船艙口不斷搖頭。也許這就是他的小妻子，那樣大膽，就像當初……

「小嫂子，妳真厲害。」阿明和阿康兩人的船還在前面等他們，看到他們跟上來，朝允瓔豎起大拇指。

「厲害什麼？我這心裡可緊張著呢。」允瓔謙虛地笑了笑。她這是在賭，沒想到賭對了，要不然就算單子霈有意放水，他們也得吃一頓苦頭。

「比我們厲害，剛剛我們才緊張呢。」阿明樂呵呵地說道，看向允瓔的目光滿是欣賞。

「我們快點走吧，只怕戚叔他們要等急了。」允瓔有些不自在，笑著轉移話題。

三人迅速穿行在水上，一刻不敢停歇，半個時辰後，漸漸追趕上前面的船隊。

「來了來了，他們來了！」

幾人還沒靠近，前面已經傳來歡呼聲，前面的船也明顯慢了下來。

「大妹子，你們沒事吧？」陳四家的大聲問道。

「沒事。」允瓔揚聲應著。

「小嫂子不但沒事，還把那管家和家丁們嚇得夠嗆呢。」阿明還沈浸在對允瓔的佩服中，一會合就對眾人誇讚起允瓔的表現來。

「大妹子，我幫妳搖船，妳去歇會兒。」陳四家的身手俐落，兩船交錯時，她已經跳到允瓔這邊，走到船尾，伸手要接她手裡的槳。

允瓔也確實有些累了，當下不與陳四家的客氣，把槳交出來，自己緩步到了烏承橋身邊。之前一整天行船也沒覺得什麼，可現在也不知是不是剛剛太過緊張，她只覺得雙臂痠泛，手掌都有些麻木。

「來。」烏承橋看到，伸手拍了拍身邊，等允瓔坐下，便沒有顧忌地伸手替她按揉起肩膀。

戚叔聽完阿明誇張的敘述，笑著點頭總結。「烏兄弟機智，小娘子聰慧，相信我們跟著兩位絕不會無出頭之日。」

「相信他們應該不會追擊了，我們找個地方歇歇，這都晌午了，吃些東西再走吧。」陳四抬頭看了看天色，提議道。

「好。」眾人呼應，立即尋找地方。

大家都是靠水吃水的行家，不消一會兒便找到好地方，停下休整做飯。

陳四家的體諒允瓔的辛苦，直接讓她坐著歇息，自己帶著十幾個婦人忙起來。允瓔帶來的食材足夠多，但也不夠這麼多人熬幾天的，於是陳四家的和那些婦人們商定，把食材分成幾餐，每餐取一份出來，男人們則下網的下網、鑽入水草叢的鑽入水草叢。

沒一會兒，男人們每人或提著幾隻野鴨，或兜著野鴨蛋回來的時候，允瓔越發覺得不好意思。

「怎麼了？」烏承橋留意到允瓔的表情，低聲問道。

「靠山吃山，靠水吃水……」允瓔嘆了一聲。「都不容易。」

烏承橋看了她一眼，溫柔一笑。「是不是覺得他們很厲害？」

「嗯。」允瓔老實地點頭。「我之前……有些門縫裡瞧人了……」語氣中滿滿的不好意思。

「三百六十行，行行出狀元。」烏承橋淺笑，目光投向忙碌的船家們，似乎又看到當初在苕溪灣時那熱鬧的場面。「他們世代居於水上，幾輩人積累下來的經驗，夠我們一輩子學習了。」

允瓔贊同地點頭。

是呀，就算她穿越而來，就算前世有那樣多的精華知識，可是隔行如隔山，她所會的也只是那點連皮毛都算不上的東西，她有什麼資格小看他們？

一路上，因為擔心柯家船捲土重來，加上人多，後面的路走得小心翼翼，到了黃昏時，他們才接近黑陵渡。

「相公，我去找陶伯，你帶他們先找地方歇著，半個時辰後再來接我吧。」為防意外，允瓔想讓烏承橋先帶人找地方歇下。

她說話沒有刻意小聲，兩人又坐在船艙口，船尾的陳四家的聽到，立即應道：「大妹子，依我看，我們還是趕夜路吧，早點趕到泗縣，我們也安心。」

「大夥兒能吃得消嗎？」允瓔有些擔心，這船上可還有不少老人和孩子呀。

「唉唷，都是船上討生活的，有什麼吃不消的？夜了，鑽船艙裡捲鋪蓋就能睡，妳呀，不用擔心我們。」陳四家的爽郎笑聲響起，說罷，還轉頭朝邊上的船喊了一聲。「你們說對不對？」

「沒錯，連夜走吧，戚叔和王叔身子都還不爽利著，早些到了泗縣，好找郎中給他們看看。」陳四當然是站在他媳婦那一邊的。

「連夜吧，我們沒事，有這麼多人呢，輪流就行了。」陳四後面的船上也有人紛紛接話。

「烏兄弟、小嫂子，戚叔說，讓我們連夜趕路，以免夜裡又生事端。」阿明的船從前面緩下來，等他們過去後，轉達了戚叔的意思。

「也好。」烏承橋聽罷，笑著點頭。「瓔兒，妳先帶兩個人一起去陶伯家，看看他們什麼時候能準備好貨物，我們連夜趕路吧。」

「行。」允瓔點頭，轉頭看了看，這通知陶伯的事，她一個人就足夠，但這會兒天色已晚，她一個人去，只怕烏承橋也不放心，想了想，便朝陳四家的說道：「陳嫂子，妳陪我走一趟吧。」

「好嘞。」陳四家的連去哪兒也不問一句，直接點頭。

「我陪妳們一起。」陳四看看天色，不太放心她們兩個女的走夜路，當下自薦。

這樣自然是最好的。

烏承橋向陳四道了謝，又叮嚀了允瓔幾句小心的話。

這邊，調了一個年輕人過來接了陳四家的手中的槳，允瓔和陳四家的上了陳四的船，穿行在船隻中間的縫隙，先行一步。

陳四的技術真不是允瓔能比的，明明不見他特別使力，可每搖一下，船便飛快地竄出一大截。

很快，他們便提前到達了黑陵渡。

「妹子，我們來這兒做什麼？」陳四家的有些不明白，看了看昏暗中的黑陵渡，回頭朝允瓔問道。

「順便帶些貨物回去。」允瓔笑了笑，下了船。

「這大晚上的……」陳四家的有些意外地嘀咕一句，不過，什麼也沒再問下去，幫著陳四拴好船，夫妻倆陪著允瓔往鎮上走去。

黑陵渡這邊倒是沒有夜禁，鎮也沒有所謂的鎮門，來去都可自如，只不過這個年代的人們，都習慣日出而作、日落而息，這會兒天都暗下了，街上自然沒有人出來活動，一路過去，偶爾見到幾戶人家家裡還亮著燈。

允瓔帶著陳四夫妻快步穿過街巷，來到飄著酒香的陶家門外。

開門的是陶小醉，陶家院子裡點著燈，看起來似乎有不少客人在，允瓔笑著問道：「小醉，你爺爺在嗎？」

「在，快進來。」陶小醉看到允瓔有些驚訝，他下意識地抬頭看看天色，讓到一邊，請允瓔幾人進門，一邊朝屋子裡喊道：「爺爺、爹，烏家嬸子來了。」

「小娘子來了，快請進。」中間堂屋門口適時出現陶伯和陶子貫的身影，兩人都是滿面笑容地看著允瓔，目光自然也落到陳四夫妻身上。

允瓔忙替兩人介紹陳四夫妻，一番寒暄，允瓔幾人進了屋，只見屋裡坐了五、六位年輕公子，看起來都不是一般人家的公子，身後不是帶著侍從，便是帶著丫鬟。

允瓔目光一掃，在那個帶著兩丫鬟的年輕公子身上多停留了一下，便轉向陶伯。

「這麼晚過來，可吃飯了？」陶伯關心地問。

「吃了呢。」允瓔急著出去，隨口說道。「陶伯，我們來得不是時候，不過……」

「那，去後院坐坐吧。」陶伯笑著點頭，也知道她這麼晚過來必是有事，便朝幾位公子抱了抱拳。「幾位公子稍坐，老漢還有客人，失陪了。子貫，好好招呼幾位公子。」

「是，爹。」陶子貫點頭。

「陶伯請自便。」那幾位公子倒也隨和，好奇的目光在允瓔身上打轉一番，便好說話地放行。

允瓔看了陳四夫妻兩人一眼，微點點頭，三人跟著陶伯進了後院。

後院還有幾間屋子亮著，陶伯將他們領到一間乾淨簡潔的屋中坐定，直接問道：「小娘子這次來得這麼晚，是急著用貨嗎？」

「什麼都瞞不過陶伯您。」允瓔點頭，說明來意。「只是，不知道這會兒出貨方不方便？」

「方便，方便。」陶伯連連點頭。「只是這會兒可能雇不到車，家裡只有兩輛板車，會慢一些。」

「沒關係。」允瓔倒不勉強，有多少裝多少吧。

陶伯很爽快，立即便出去找陶小醉準備酒。

允瓔見狀，和陳四夫妻兩人也跟著出去幫忙。

院子裡的動靜不小，驚動了那幫公子哥兒們，幾人紛紛探出身來，看到陶伯等人把酒一罈一罈的往車上搬，之前那帶著丫鬟的公子開口了。「陶伯，您可真不夠意思，剛剛還跟我說不賣酒呢，您現在這又是做什麼？」

允瓔聽到愣了一下，看來她來得不是時候呀，不由擔心地看向陶伯。

陶伯卻一點也不緊張，笑呵呵地把手上的酒罈放上車，轉身對那位公子哥兒說道：「關公子，不是老漢誆你，這些確實不能賣給你們，因為之前柯公子已與老漢約定，以後大夥兒來我家吃酒不妨事，但成罈成罈的卻是不能賣了，都歸了他了。」

允瓔聽到這兒，眼睛一亮，原來柯至雲還有這一招呀，倒是挺聰明的，知道壟斷生意。

「柯？是柯至雲那小子嗎？」那位關公子有些驚訝地問。「他不是立志成為第二個喬大嗎？怎麼還浪子回頭做起買賣來了？還是說，他買了這些回家泡澡？」
這關公子對柯至雲似乎頗為不屑，語氣中帶著某種戲謔。
「這個……老漢卻是不知。」陶伯笑了笑，不予作答。
「這位小娘子和柯公子什麼關係？」關公子見陶伯不答，把興趣轉移到允瓔身上。
「朋友。」允瓔實話實說。
「朋友？」關公子驚訝地打量允瓔一番，朝身邊幾人笑道：「柯至雲那小子倒還真的學喬大了，只不過……」說罷又打量允瓔一番，意味深長地笑著。
一位穿白衫的公子看著允瓔，帶著幾分好奇猜測道：「柯至雲不是和他爹鬧翻了？聽說就是因為他爹燒了一位姑娘的船，他一怒為紅顏，難道就是這位？」
「這位公子，你說得沒錯，雲大哥確實是因為我家的船與柯老爺起了衝突，但你說錯了一點。」允瓔也不氣惱，反而大大方方地承認。「我有相公了，雲大哥還有唐公子如今都是我家相公的好兄弟，公子所說的一怒為紅顏云云……謠言止於智者，相信幾位公子也不是那等偏聽偏信之人吧。」
「喲，還挺會說的。」關公子越發驚訝。
「過獎。」允瓔含笑行禮。「不好意思，我家相公還在等我們回去，告辭了，各位若是有機會去泗縣，還請多多關照我們五湖四海貨行。」
說罷，朝幾人大大方方地笑了笑，轉身幫陶伯往外搬運酒罈。
但，陶家也就只有兩輛板車，想要運貨也只能分批運送，允瓔怕烏承橋等急了，便和陳四夫妻兩人一起跟著第一批貨先走；二來也是因為她怕這些公子哥兒來了興趣，會沒完沒了地說，她現在可沒那個興致陪他們瞎扯。

「幾位公子，失陪了。」陶伯和陶小醉跟著出門送貨，臨出門，陶伯朝幾位公子哥兒致歉。

「陶伯，我來吧。」陳四見陶伯年紀大，忙上前接了車。

允瓔雖然好奇那些公子哥兒的來歷，不過並沒有多問。陶家既然開著私家菜館，柯至雲也是常來常往，而那些人又認識柯至雲，來這兒吃飯圖新鮮也不奇怪了。

「小娘子，那位關公子就是泗縣人氏，聽聞泗縣最大的典當鋪就是他家的。」不料，允瓔沒問什麼，陶伯卻主動介紹起關公子的情況。「關公子這人，就是喜歡開玩笑了些，心性卻是不錯，聽說他還認識喬大公子，在泗縣也頗有人脈，以後若有機會，小娘子不妨多擔待些，要是有他在泗縣能照拂你們一二，對你們的買賣必有好處。」

「多謝陶伯，我記下了。」允瓔衷心感謝。

到了渡頭，烏承橋他們也到了，船隊都停在渡頭不遠處，只有允瓔的船停在渡頭邊，烏承橋坐在船板翹首相望，阿康站在岸上往這邊眺望，看到允瓔他們的燈籠，連連報信。「烏兄弟，小嫂子回來了。」

說罷，阿康快步迎了過來，看一眼，立即過去給陶小醉幫忙。

這一趟，幫忙的人多，車子一到渡頭邊，阿明等人也紛紛過來相助，兩車酒很快就被搬了個空。

「陶伯，這麼晚了還要辛苦您。」烏承橋和陶伯打招呼，頗有歉意。

「沒啥，我說過，你們隨時都能來。」陶伯笑著擺擺手，同時也看到渡頭邊的情況，不由驚訝地多看了幾眼，見前面的船上有老有少，忍不住問：「你們這是……」

「不瞞陶伯，這些都是我們苕溪灣的鄉親們，苕溪灣被柯家占盡，我們已無家可歸，所以……」允瓔嘆著氣解釋道。

「苕溪灣……」陶伯恍然，顯然他也知道那邊發生的事，當下嘆了口氣。「柯老爺真是作孽喔。」

「陶伯，以後也有可能我們會忙不過來，到時候我們若要貨，我就讓陳四哥過來，可好？」允瓔臨時想到了一件事。貨行開始營運，他們這些船隊必定要四處接貨、送貨，這邊接貨的事就未必都是她和烏承橋了，這接頭的人還是要選個可靠的，剛巧，她一眼便看到了陳四，便把這事向陶伯提了提。

「成。」陶伯沒有異議，爽快地應下。

「烏家小娘子，這酒還得運吧？」陳四也爽快，咧著嘴笑了笑，就算是接下這差事。反正，這做得好不好得看以後，而不是靠說出來的，這多餘的表達就不用了。

「是的。」允瓔點頭。

「那，你們歇著，我和阿康跟著陶伯去就成了。」陳四體貼地自薦。

第六十八章

陳四和阿康兩人隨著陶伯來來回回地跑了五趟，才算把允瓔的船裝滿，裝好後，陶伯拒絕允瓔讓人送他們回家的好意，帶著陶小醉回去。

允瓔幾人也準備離岸啟程。

阿康的船交給了他爹，特意到了允瓔這邊幫著搖船。

船緩緩離岸。

允瓔閒了下來，走到烏承橋身邊正要說今天在陶家遇到的事，忽然聽到岸上傳來腳步聲，她抬頭，只見之前在陶伯家遇到的幾位公子哥兒竟出現在岸上。

烏承橋也看到岸上的來人，在看到正中間站著的關公子時，他迅速低下頭，低低地說道：「瓔兒，快走！」

允瓔心裡一驚。

「喬大公子！」就在這時，關公子一聲驚呼，竟直接喊喬大公子。

「關兄，你認錯人了吧？喬大公子怎麼可能在這樣的地方？」有人懷疑道。

是呀是呀，絕對不可能，你們快走吧！允瓔默默在心裡緊張地祈禱著。

「不可能，我怎麼可能看錯喬大呢？」關公子卻堅持道，又朝允瓔這邊喊了一聲。「喬承塢！」

烏承橋置若罔聞，淡定地坐在原處。

允瓔倒是回頭看了一眼，隨即，往四下看了看，假意尋找著關公子口中所說的喬大公子。

「欸欸，那位小娘子，請留步。」允瓔這一回頭，頓時惹來關公子的關注，他朝允瓔連連揮手。

「小嫂子，妳認識那位公子嗎？」阿康緩了緩速度，以為允瓔沒聽到，便提醒一句。

這樣的情況，允瓔也假裝不下去了，只好回頭朝關公子問道：「原來是關公子，我還以為是哪位深夜出行的路人呢，不好意思。」

「沒什麼，是我們魯莽，好奇這些酒的去向，便跟過來看看。」關公子雖然在和允瓔說話，但目光卻瞟向她身邊的烏承橋，無奈天色太暗，允瓔的位置又剛巧擋去船頭那盞燈籠光線，將烏承橋籠在她的身影中。

「關公子好忘性，我記得我之前說過，各位若有機會到泗縣，還請多多關照我們五湖四海貨行，我們的貨行既然在泗縣，這些酒自然也是往泗縣去的。」允瓔笑道。「這月黑風高的，幾位公子還喝了酒，還辛苦這一趟，萬一路上有個磕磕碰碰的……」

「呸，好妳個婦人，真真無禮，居然咒我們家公子摔倒。」關公子身後的丫鬟齊齊說道，這默契還真不是一般的高。

「噯噯，怎麼說話呢？」阿康不滿，高聲說道。「我們小嫂子不過是好意提醒你們，她說的是幾位公子喝了酒，當心走夜路不便，我看咒妳家公子摔倒的人是妳們倆才對。」

「沒錯，她們倆啊，一定是盼著自家公子摔個四腳朝天，好方便她們倆大獻殷勤唄。」阿明的船一直沒離得太遠，這會兒更是停下來，附和著阿康的話。

「你們！」兩個丫鬟頓時柳眉倒豎。

「住嘴！」關公子不高興地回頭瞪了兩丫鬟一眼，頓時，兩丫鬟便蔫了下去，低著頭退在後面不敢吭聲。

「這位小娘子，還請莫怪。」關公子這才轉身看向允瓔，笑道：「小娘子既是往泗縣去的，不知可否捎帶我們一程？」

「捎帶？」允瓔回頭看了看烏承橋，笑著拒絕。「不好意思，我這船……怕是不方便。」

「無妨，他們不走，就我，還有兩個丫鬟。」關公子似乎勢在必得，朝身邊幾人拱拱手，便走下了臺階。「不瞞小娘子，我就是泗縣人，這兩日本就要回泗縣去，今晚有幸偶遇小娘子，也是緣分……」

「關公子，抱歉，你也看到了，我這船裝了貨，實在不便……」這人認識烏承橋，允瓔哪會讓他上船。「關公子還是等天亮之後，再找別的船吧。」

「小娘子，妳說的不便，真的就只是因為船上裝了貨嗎？」關公子突然冒出一句。

「關公子這話何意？」允瓔斂起笑，佯裝不解地看著他。

關公子決定直奔主題，不再兜兜轉轉，直直盯著烏承橋說道：「小娘子，妳身後這位應該就是妳家相公吧？」

「是。」允瓔微微側頭看了看烏承橋，心裡警惕。
「請教這位大哥尊姓大名？」關公子鄭重其事地抱拳。
「船家漢子，也沒什麼響亮的名字。」允瓔眨眨眼，笑道：「我家相公叫烏承。」
「烏承？」關公子一愣，急急追問：「妳沒弄錯吧？」
「我說這位公子，你在說笑吧？哪個人會連自家男人的名字都記錯的？」阿康聽到允瓔隱瞞烏承橋的名字，心知她必有顧忌，當下幫她打起圓場。可他又怎知，烏承橋本來也不是他的本名呢？
「關公子，抱歉，我們還得趕路，先告辭了。」允瓔見狀，決定不再跟他們瞎耗下去，朝幾人曲了曲膝，轉頭示意阿康加快速度。
阿康會意，加速離開。
「欸！」關公子還不死心地在後面大喊。
船駛了一段距離，阿康才好奇地問：「小嫂子，那人是不是認錯人了？他說的喬大公子，不會是泗縣喬家的大公子吧？」
「應該是吧。」允瓔笑了笑。「他定是看錯了，也不想想，喬大公子怎麼可能在我們這樣的船上呢？喬家有那麼多船，他要出行，一定是坐喬家的大船是不？」
「也是。」阿康聽著也覺得有道理，點了點頭，專心搖船。
允瓔這才鬆了口氣，盤膝坐在烏承橋身邊。
烏承橋伸手扣住她的手指，朝她微微一笑。

允瓔雖然有很多話要問他，不過礙於旁邊還有這麼多船，便沒多問。

接下來在路上的兩天，有阿康等幾個年輕人輪流幫她搖船，她除了負責大夥兒的飲食，閒暇時間便都花在向戚叔和幾位老船家們請教各種問題上，包括怎麼看天色變化、怎麼看水流走向、怎麼看水勢暗藏的危機，這些，都不是她來自前世便能增長的經驗。

戚叔等人這兩天也不止一次聽阿明重複允瓔威脅管家的那番話，對烏承橋和允瓔的好感更甚，對她的各個問題，自然是知無不言言無不盡，甚至，連允瓔不曾問的各種經驗，也細細傳授。

日夜不停地趕路，終於，一路有驚無險地來到泗縣外的碼頭，到達的時候，天才微微亮，而碼頭上卻已經熱鬧異常。

允瓔和烏承橋交代了一句，獨自上了岸，直接往庫房走去。庫房的門還關著，不過，裡面已亮起了燈。

「哪位？」允瓔上前敲了敲門，裡面傳來唐瑭的聲音。

「唐公子，是我。」允瓔有些驚訝。她還以為唐瑭派了人守在這兒呢，沒想到竟是他自己。

「邵姑娘回來了？」唐瑭驚喜地應著，隨即便開門出來，身上還只披著外衣，手上拿著布帕，看起來像是剛剛起來洗漱，看到允瓔，他笑彎了眼。「你們總算回來了。」

「不好意思，那邊遇到了點事，耽擱了。」允瓔歉意地笑了笑。

「不是不是，不是你們耽擱了，是我有些心急了。」唐瑭的目光往碼頭看去，見那邊黑壓壓一片的小船，不由一愣。

「都是苕溪灣的鄉親，因為柳小姐的事，柯家占了水灣，把他們都趕出來了，我自作主張，把他們帶了過來，你看……」

允瓔留意他的目光，忙解釋道。雖說船隊的事已經指定由她和烏承橋負責，但這事畢竟涉及與柯家的關係，以後少不了會有所對峙，作為合夥人，唐瑭和柯至雲也有知情權。

「船隊的事由妳和烏兄弟全權負責，我們沒有異議。」唐瑭點頭，笑道：「我剛起來，那個……」

有些不好意思地指了指屋裡，繼續說道：「等我一會兒，我收拾收拾，以後就把酒都存在這兒吧。」

允瓔順勢瞧了一眼，只見原本空曠的庫房已經修補好了屋頂，後面也隔出一半，而唐瑭不知從哪兒弄來兩張方桌，這會兒，被褥就鋪在方桌上。

「你就睡這兒？」允瓔驚訝。

「我家中有事，這兩日便要帶唐果趕回洛城。雲哥新接了一單生意，趕去雁鄉鎮談買賣去了，你們又沒回來，我就想著日夜趕工，把這兒先整理出來。」

唐瑭回屋，把布帕隨意往桶裡一扔，飛快地整理好衣服，過去捲了被褥，便跟著允瓔回到渡頭，上船和烏承橋打了個招呼，直切主題。

「烏兄弟，最近這段時日，怕是要讓你坐鎮貨行了。我家裡送來書信，我和唐果必須趕回去一趟，過年之前，怕是趕不回來，雲哥在外面接活兒，這邊就只好辛苦烏兄弟和邵姑娘。」

「談不上辛苦，你有事只管去，我們會看好這兒的。」烏承橋點頭。雖然有些意外，但唐瑭有急事，總不能拴著他吧，當下點頭應下。

「唐公子，還有一件事，苕溪灣被毀，鄉親們已無處可去，我想安置他們在這邊，你看？」允瓔一聽唐瑭要離開，忙把事情提出來說了一遍。

「理當如此，如今我們貨行將開業，正需要人手，一切便有勞烏兄弟和邵姑娘安排，我無異議。」唐瑭點頭，朝著一直圍觀他的船家們抱了抱拳，笑了笑。

「多謝公子。」戚叔一聽，感激地還禮。

「老伯不必多禮，烏兄弟和邵姑娘的家人就是我唐瑭的家人，大家若有用到我唐瑭的地方，不必客氣。」唐瑭含笑說道。

一番客氣，眾人紛紛上岸，搬酒入庫。

允瓔和烏承橋既然要留守貨行，自然也不能住在船上，於是，阿康主動過來揹起了烏承橋，前去貨行。

忙碌一番，天已微亮，眾人看到貨行裡空蕩蕩的一無所有，都有些意外，不過卻沒有誰嫌棄，以後這兒就是他們賴以生存的地方了。

庫房裡也沒個凳子，烏承橋見狀，便讓阿康將他放下來，單腿站著，打量著貨行。

「這邊才開始幾天，屋頂已全部修整過，不會有漏水的地方；至於裡面麼，我不太清楚庫房要隔成什麼樣的，所以只隔了一半，這個還得邵姑娘妳多費心，工匠之前的工錢都已經結算清楚。」

唐瑭摘下他的錢袋，裡面裝著滿滿的碎銀子，顯然都是他特意換來的。

「這裡面還有一百多兩，那些工匠每日工錢一百文，一共十個，工頭是二百文，有什麼需要，都可以跟工頭說，那邊屋裡還有些木料，都已經付過銀子了。」

「這個……」允瓔有些猶豫地接過。

「還有這個。」唐瑭從懷裡又取出一個布包遞過來。「這個是房契、地契，這個庫房以及那邊的小院，我都買下來了，那房東也算公道，並沒有開大錢，一共才花了一百五十兩銀子，契上面的名字，我自作主張改成我的名字；還有這貨行的店契，一應手續我都已安排了，過兩天會有人送過來，邵姑娘只管收下就是。除此，裡面還有張記錄這段日子花用的紙條，之前的本銀，加上買房的一百五十兩和這包現銀，一共是六百兩。」

唐瑭也是公事公辦，把自己墊的銀子交代個清楚。

允瓔也不客氣，當著唐瑭的面打開布包，將裡面的東西一一核實，確認無誤後才點頭。

「好的。」

「那好，這邊就交給邵姑娘和烏兄弟了，我得去接唐果，這就走了。」唐瑭說道。

「這麼急？」烏承橋驚訝地問。

「你們走的那天，我便接到家中來信，這都八、九日了，再不回去怕是家裡要著急了。」唐瑭無奈地搖頭。

「既然如此，我們也不攔著，一路保重。」烏承橋爽快地點頭。

「這兒就辛苦兩位了。」唐瑭抱拳，說罷，又向眾人打了招呼，匆匆離開。

「小嫂子，我們現在要做些什麼？」阿康最是心急，他已經把整個庫房逛了一遍，看著這麼大的庫房，幾個年輕人都是滿滿的興奮，他們看到了大好的前途。

「先不忙這兒的，大夥兒先安頓一下。」允瓔收起東西，也不客氣，開始分派任務。「陳嫂子，麻煩妳帶幾位嬸嬸、嫂子們做早飯。」

「麻煩什麼，應該的。」陳四家的嗔怪地白了允瓔一眼，帶著幾個一路負責伙食的婦人回船上去。

「戚叔，今天可能還得委屈大家先住船上，這邊還沒收拾，等一會兒我就去附近看看有沒有院子租？」

允瓔有些歉意地看著戚叔說道。

「欸，租什麼房子。」戚叔擺擺手。「烏兄弟，小娘子，你們幫我們這麼大的忙，這感謝的話，我們就不說了，以後我們也算是一家人，就不說那兩家話，小娘子不必顧忌我們，我們行船人家，以船為家，船上睡得，船要是出門跑活兒去了，我們也可以隨意找個地方歇腳。喏，這麼大的庫房，這麼多的隔間，我們隨意找兩間屋子就能安頓了，這找院子的事，等以後生意好了，庫房不夠用，我們再想辦法不遲。」

戚叔這樣說，完全是替允瓔和烏承橋在考慮。萬事開頭難，現在的局面，正是處處用錢的時候。

「是呀，我們也不是外人，小娘子不用這樣客氣的。」老王頭也笑道。「還有，那工匠一百文一天怕是貴了，阿明兄弟幾個也是會木工活的，不如讓他們來，這還能省下一大筆工錢呢，貨行剛開始，用錢多著，這些工錢還不如用在要緊地方。」

允瓔聽得心裡暖暖的，和烏承橋互相看了看，笑道：「那……就聽戚叔的。」

「小嫂子，這細緻活兒我不敢說，單單隔個牆什麼的，儘管交給我們吧。」阿明聽到老王頭提到他的名字，立即走過來，剛剛他和阿康一樣，已經轉了一圈，對這隔牆的活兒，很是自信。

允瓔當然相信，之前她的案板不就是阿明和他兄弟幾個一起搞定的嘛。

「那就辛苦阿明兄弟。」允瓔笑道。

「瓔兒，這裡面隔牆的活兒交給阿明兄弟，不過我們想要早些開業，還是少不了那幾位工匠。」烏承橋想得遠，畢竟他們初來乍到的，不好得罪了那些人。

允瓔明白他的意思。「我想把這門面改換一下，這個便交給他們來做吧。」

烏承橋順著她的話，看了看門面，有些不解地看向允瓔。「這不是挺好的嗎？」

「我是這樣想的，我們是貨行，以後除了出貨還得收貨、接單……」允瓔指了指自己站立的地方，順勢揮了揮手，細細說起主意。「然後，這門面得修整一下，這邊是接待處，而那邊再修一道門，專門進貨出貨，你覺得怎麼樣？」

「好主意。」烏承橋聽到一半，便明白她的想法，看向她的目光灼灼。

戚叔等人都聽到允瓔這一番侃侃而談，紛紛側目，他們沒想到，允瓔這樣一個看著柔弱不多言的小娘子，竟也有一番見識。

「相公，你先在這兒歇歇吧，我去那邊看看。」允瓔轉頭看了看小院子，她還沒去看過，也不知道怎麼樣。

「去吧。」烏承橋點頭，不過，卻沒有應允瓔所說坐到桌上去。

阿康倒是心細，上前扶了扶烏承橋。

第六十九章

出了側門，一個荒廢的小院子出現在眼前。

小院的正門外也是朝碼頭方向的大街，院子裡滿是枯黃的草，空氣中隱隱飄著腐朽的氣息；正門的另一角，雜草叢中露出一個井臺，井臺往裡，種著一棵有些年分的丹桂樹，樹下坍著些許木桌木椅的殘肢。

右邊還有一幢小樓，一共有七間，只有兩層，也不知多久沒有人住，屋前屋後都掛滿了蜘蛛網，不過看起來還是挺堅實，稍微收拾一下，住人沒有問題。

走上兩、三級的臺階，正中央那間屋的屋門沒有鎖，推開之後，裡面簡單的陳設呈現眼前，一張八仙桌擺在正中央，四條長凳也整齊地擺在四周，正上方，掛著一幅財神畫像，下面的長案上還放著插著香梗的香爐。

一切，盡籠罩在灰塵下，到處都是灰白和蜘蛛網。

允瓔轉了一圈，心裡已經有了主意。

回到庫房這邊，陳四家的等人已經把飯菜做好送了過來，眾人正或站或蹲地端著碗吃飯，烏承橋也坐在一條矮凳上，顯然是阿康他們安排的。

「大妹子，來吃飯了。」陳四家的一抬頭就看到允瓔回來，笑著招呼。

「謝謝陳嫂子。」允瓔快步過去，笑著道謝。

「那邊也是庫房？」陳四家的好奇，伸長脖子往那邊張望。

「那邊是個院子，有七間兩層的小樓，我想，我們暫時不用愁沒地方住了。」允瓔笑道。「下午我們一起打掃打掃，這邊就交給阿明兄弟了，我們儘量晚上就住進去。」

「七間兩層的小樓？」陳四家的驚喜地問，端著碗快步走到門邊，往院子裡瞅了一眼，又高高興興地跑回來。「真的喔！我們一會兒就動手，晚上就可以在這邊做飯了！」

聽到她的話，婦人們紛紛湊過去，看到那邊的情況，又紛紛跑回來，個個興奮。

「我長這麼大，還沒住過岸上的房子呢！」

「我也是，別說岸上了，就是浮宅也沒住過！」

她們說得熱鬧，可聽到允瓔耳中，心裡卻是一酸。那房子也不過尋常的小樓，可是能住進去居然就能讓她們高興成這樣。

吃過了飯，眾人開始分工行動。

小院裡，幾位中年漢子已經索利地拔去一半的枯草，桂花樹下站著的幾個，已經著手修理桌椅，井臺邊也圍了幾個，正商量著怎麼重修上面的轆轤，他們是船家，對清水水源的重視，遠比岸上的百姓要多太多。

屋子裡，婦人們已經三三兩兩的分派了任務，允瓔想要插手，都被她們笑著拒了。

堂屋後面就是樓梯，廚房卻在樓梯邊出去的小門外面，單獨建立，繞過廚房，後面的角落還有個棚子，允瓔過去看了看，是個地坑式茅房，一靠近，便聞到了臭味，她趕緊退了出來。

遠遠地站在廚房邊上，她還看著那邊皺眉。

也許可以試著用青石板鋪一下，邊上再用木板圍起來，蓋成小屋更好。

允瓔有了想法，轉身往樓上走。

樓梯上去，兩邊通道延伸，前後都有房間，甚至每個屋裡都架著床板，有些屋子還不止一張床。

「大妹子，這樓上不止七個房間呢，屋裡床板也有了，我們今晚就有地方住了。」陳四家的在眾婦人討論住處的時候，並沒有參加，不過此時她倒是挺高興地提議道：「這兒有兩張床的，可以讓阿水、阿平他們家住，他們兩家孩子多。」

「好，這事交給陳嫂子安排吧。」允瓔更乾脆，把事情交託給陳四家的。

「好嘞。」陳四家的也不推託，把手中的布帕一扔，立即下樓去。「我去通知他們，讓各人來打掃各人的屋子，這樣更快些。」

允瓔失笑，上前撿起布帕，和餘下的幾人一起清掃屋子。

很快，在陳四家的帶領下，眾婦人嘰嘰喳喳地挑選各自的房間，讓允瓔再次見識到苕溪灣的船家們守望相助的感情。

婦人們也不是隨意亂挑的，她們不約而同地提出家裡人多的，先安排了樓下的房間，樓下的屋子大，要隔個幾間都沒問題；而樓上的呢，一間屋子有兩張或兩張以上床板的，也被家裡孩子多的先安排下去。

半個時辰後，所有房間都安排妥當，只剩下幾個單身的年輕人排不下去。

「沒事，一會兒我去跟他們說，小夥子嘛，哪邊也能住，而且我們的船也不能這樣放在外面，也得有人輪流著看顧。」陳四家的處理起這些事情，比允瓔還有經驗，一切都安排得妥妥的。

允瓔自然沒有意見，她並不在意這個過程，最要緊的是結果好就行了。

除此，陳四家的也和幾個這幾天一起做飯的婦人挑起給大家做飯的任務，這次，她把允瓔拎了出來。

「辛苦陳嫂子了。」允瓔對陳四家的另眼相看。這個豪放的女人，最初她還曾抗拒、不屑過，可如今她已完完全全改變了看法。

眾人分派到了自己的屋子，熱情高漲，不用說，紛紛各自行動。

允瓔也被陳四家的拉到樓下，她分到堂屋左邊的第一間。

「大妹子，按理說，妳和烏兄弟應該住到樓上去，可烏兄弟腿傷還沒好，上樓下樓不方便，妳可莫怪嫂子自作主張喔。」陳四家的邊說，邊從旁人那兒尋了一條布帕過來，又在半道上截了一桶水，帶著允瓔進屋，一邊笑著解釋道：「這屋子是戚叔幫妳選的，妳和烏兄弟呀，以後就是我們的東家了，戚叔說，左為尊，這樓下的屋子數這間最合適，瞧瞧。」

「什麼東家不東家的，大家無非就是一起圖個好日子，以後仰仗諸位的還多著呢。」允瓔失笑，邊進屋打量起來，她還沒仔細看過樓下的屋子是怎麼樣呢。

屋子倒是挺大，樓上的屋子分了前後兩間，中間還有通道，可這樓下卻是直通到底，沒有任何阻隔，屋子裡也沒有別的擺設，只有角落堆放著一些已經腐爛的稻草和麻袋，看起來這樓下的屋子應該也是作為庫房用的，而樓上，應該是原來庫房的夥計們的住處。

允瓔看到那些，轉身到外面找了些枯草桿綁在一起當作掃把，回來開始清掃。

「大妹子，這麼大的房子，你們都買下來了？」陳四家的留下幫她的忙，邊忙邊好奇地打聽著。

「是呢，之前那位房東也是做生意的，可後來喬家擴展生意，幾乎壟斷了這一帶碼頭所有的貨源，那位房東因此關了門，後來又租了幾家，都虧了，他才低價把這庫房賣給我們。」允瓔簡單地解釋道。

「沒事，他們虧了，到我們這兒一定能發展起來。」陳四家的立即笑著安撫道。「兄弟們可都盼著跟妳和烏兄弟吃香喝辣的呢。」

允瓔失笑，她是有這個打算，而烏承橋也有收回一切的決心，成不成她不敢說，但她也總不至於讓他們沒地方去。

陳四家的也頗有眼力，見允瓔沒說什麼，也立即轉了話題，專心打掃起屋子來。

忙活了一天，這邊全部妥當，眾人高高興興地去船上搬了鋪蓋回來，各自收拾零零碎碎的雜物。

只是，樓下的房間裡卻沒有床板可以休息。

允瓔決定出門一趟，趁著天還沒有黑，去找找有沒有簡單的榻可以買。

她略略整理了一下身上的衣衫，先到庫房。

烏承橋正一個人坐在那兒和一布衣中年人說話，而庫房中間也多了許多工具，那中年人身後還跟著十一個年輕些的夥計，想來應該就是唐瑭所說的工頭和工匠們。

「相公。」允瓔走了過去。

「瓔兒，這位就是洪師傅。」烏承橋替她介紹道。

「洪師傅好。」允瓔客氣地行禮。

這位洪師傅長相雖然魁梧，但人看起來頗為和善，見允瓔客氣，也笑著點頭。

允瓔看到這位洪師傅，便問道：「洪師傅，您家可有床榻賣？」

「瞧小娘子問的，我是做這行的，什麼家具沒有？」洪師傅頓時樂了。

「我們這邊還缺不少床榻，也不用太好，便宜結實就好了。」允瓔也被自己的話弄得不好意思。

「有，小娘子要多少有多少。」洪師傅哈哈大笑。

「我這就去算。」允瓔想了想，轉身回了小院，各家問了一下需要的東西，默記在心，眾人體諒她的不易，除了床榻，別的什麼也沒提，只說一切有阿明兄弟在，自己打造就是了。

允瓔也不勉強，回去給洪師傅報個數，床榻十幾張、方桌和長凳一套，她準備放在自己房間裡用的。

「成，天黑前一定給妳送過來。」洪師傅爽快地應下。

允瓔看著烏承橋依然坐在那個位置，心裡忽然閃過一個想法，忙問道：「洪師傅，您那兒還能訂製東西嗎？」

「小娘子想訂製什麼？我們洪家鋪子的手藝，只有妳想不到，沒有我們做不到的，小娘子只管說。」

「我想做個會走動的椅子。」允瓔笑道，正準備解釋輪椅是什麼樣的，便被洪師傅打斷了話。

「小娘子是想給烏公子做個輪椅吧？」

「您知道？」允瓔驚訝地問。

「小娘子小瞧我們了，不就是輪椅嘛，我年輕的時候曾去過京城，在京城一位名匠手底下學的。」洪師傅頗有些自豪，看著烏承橋說道：「之前看到烏公子，我便想說了，只是怕魯莽得罪了烏公子，這會兒小娘子提及，我就不客氣了，烏公子沒個輪椅還真不方便。」

「無妨，洪師傅有話只管直說。」烏承橋倒不是那麼小心眼的人，笑著搖頭，沒有拒絕。

「成，我家裡有個現成的，一會兒一起給你們送過來。」洪師傅看了看外面，示意夥計們帶上東西走了。

送走了洪師傅一幫人，庫房裡暫時剩下允瓔和烏承橋兩人。

烏承橋看著允瓔，緩緩伸出了手。

允瓔以為他要起來，忙走過去，不想，卻被他扣住了手。

「瓔兒，辛苦妳了。」烏承橋抬頭看著她，眼中滿滿的憐惜。

這些天她四處奔走，而他卻什麼忙也沒幫上，今天一天他也只能坐在這兒看著眾人忙碌，連去方便也得阿康、阿明幾個幫忙，心裡早就五味雜陳，所以他也想過等閒了些，讓阿明幫忙改裝一個凳子當輪椅，沒想到她竟搶在他前頭。

「說這些做什麼。」允瓔白了他一眼，順勢將他扶起來。「我們房間在樓下呢，要不要去看看？」

「好。」烏承橋點頭。他坐了一天，也覺得有些累，剛好起來鬆鬆筋骨，只是……他試著踩了踩受傷的那條腿，雖然不痛，卻是膝上無力。

「來。」允瓔低頭看了看自己的衣衫。剛剛倒是把灰塵撣去不少，當下把烏承橋的手架上自己的肩，給他當枴杖，一隻手環住他的腰。「走慢些。」

烏承橋試著走了幾步，有些不習慣。

船上的感覺畢竟和岸上不一樣，他之前才習慣用木棍借力，這會兒依著允瓔，用力了怕她受不住，力道輕了，他這腿又支不住，走了兩步，都有些搖晃，還險些把允瓔帶倒。

「唉。」烏承橋無奈地嘆氣，他就這樣廢了嗎？

「怎麼了？」允瓔抬眸看他。「我受得住，你不用顧忌的，來，再來。」

「瓔兒。」烏承橋沒有動，低頭看著她，眼中滿是歉疚。「以後，只怕事事要妳擔待了。」

「說的什麼話。」允瓔嬌嗔地斜了他一眼。「你可是男人，男人養女人可是天經地義的，你可不許撒手不管，現在你還帶著傷，得好好養，養好了，我就不做事了，天天在家等著你賺錢回來買吃的買穿的。」

「我……」烏承橋苦笑。

「你什麼呀？你不想養我啊？」允瓔搶白他。「你這不是自己沒有自信，分明就是看不起我嘛。」

「瓔兒，別瞎想，我沒有。」烏承橋急急辯道。

「你分明就有。」允瓔哼了一聲，手緊了緊他的腰，另一隻手則緊緊抓著他架在她肩上的那隻手。「我允瓔的男人一定行的，所以你沒有自信，就是瞧不起我嘍。」

烏承橋聽到這兒，頓時啞然。他還以為她要說什麼呢，不過她的話，恍如一股暖流般注進他心裡，讓他剛剛突如其來的頹然漸漸消散。

「好啦，別想那些有的沒的，你現在剛回到泗縣，很多事情沒法出面，你就安安心心地養傷，外面的事有我呢。」允瓔見他緩了些，才柔聲安撫道。「你要是心疼我，就趕緊養好自己的身體，知道不？」

「好。」烏承橋嚥回所有的話，有妻如此，他還能說什麼？養吧。

「來，不說這些，慢慢走著。」允瓔送上甜甜的笑，再次鼓勵他邁開步伐。

烏承橋也只是一時想岔，此時轉過心思，認認真真地嘗試，倒是比剛剛好了許多。

「你放心啦，我扛得住，不會讓你摔倒的啦。」允瓔感覺到他沒有完全放鬆，還有些強撐著不倚向她。

烏承橋淺笑，這一次，倒是真的把整個重心壓向了她。

允瓔穩穩地堅持住，架著他走了兩步，笑道：「看，穩多了吧？」

「烏兄弟，我來我來。」田娃兒正幫陳四送東西過來，看到這情形，忙走過來要扶烏承橋，一邊還看了允瓔一眼，打趣道：「小娘子看著柔弱，力氣倒是不小。」

「田娃兒，你這話說的，這女人受得住受不住男人的力，跟柔弱和力氣都沒關係好不好？」幾個和田娃兒開慣了玩笑的船家漢子正清理院子，聞言，順口就接了一句。

「去去去，說什麼。」田娃兒笑罵著，看了看允瓔，沒有多說什麼。

「有人在嗎？」這時，門口響起了一個溫和清朗的聲音。

第七十章

「是喬承軒！」烏承橋卻是變了臉色。

「誰啊？」田娃兒好奇地問，見烏承橋的臉色不對，他也沒有魯莽地出去，而是扶住了烏承橋。

「田大哥，幫我把我相公扶進去，快！」允瓔卻是清楚地聽到烏承橋的話，急急把他交給了田娃兒。不過，她一轉眸就看到眾人驚訝疑惑的目光，忙解釋了一句。「就是那柯家倚仗的喬家公子，之前在石陵渡迎娶柳家小姐的那位，也不知道是不是因為柯家的事查到這兒了，你們都先進去，別出來，我出去看看。」

「如果是那樣，怎麼能讓妳去？還是我去看看吧。」田娃兒一聽，立即說道。

「田大哥，我去。」允瓔立即攔下田娃兒，讓他去？管什麼用？

「田娃兒，把烏兄弟扶進來，小娘子能應付。」戚叔從堂屋出來，鄭重地對田娃兒說道。

田娃兒這才不放心地停住腳步。

「喂！屋裡有人嗎？」這時，外面又響起喊聲，卻不是喬承軒本人。

「拜託了。」允瓔給烏承橋遞了個眼神。她擔心的是喬承軒的來意，可不能讓他發現烏承橋在這兒。

烏承橋淺笑，朝她點頭，主動鬆了手，由田娃兒揹走了。

「來了來了。」允瓔理了理衣衫，慢條斯理地出去，順手就把這邊的門也給關上了。她到門口一看，果然是喬承軒站在那兒，依然是白衣勝雪，手中還是那把玉扇，在他的身後還有一個管家、兩個隨從。

「喲，喬公子，是你呀。」允瓔狀似驚喜地上前，曲膝行禮。

「邵姑娘，怎麼是妳？」喬承軒臉上卻是真真實實的驚喜，他手中的玉扇「咻」地一收，打量著允瓔，疑惑地問道：「邵姑娘，妳怎麼在這兒？」

「我呀，準備在這兒開間小鋪子，做點小買賣。」允瓔很隨意地說道，笑得嫣然。「沒想到今天剛過來，就遇著喬公子你了，看來我以後這買賣一定能興旺。」

「妳……在這兒開鋪子？」喬承軒更驚訝了，目光越過允瓔看向裡面，只是此時天色漸暗，屋裡又沒點燈也沒有窗戶，哪裡看得清楚。

「是呀，雲大哥和唐公子有心，想一起合夥做些小生意，正好這邊的庫房又合適，所以唐公子就把它給買下來了。」允瓔指了指屋子，笑著解釋。

「雲大哥就是柯至雲，柯家公子呀，只不過他和他爹鬧翻了，不願我們喊他柯大哥，他今天出去談生意了。唐公子麼，喬公子來得不巧喔，他家有急事，今早回洛城去了。」

允瓔帶著幾分刻意地提起唐瑭的去向，她雖然不清楚唐瑭的家世，但單從柯老爺表現出對洛城唐家的顧忌，就能知道這洛城唐家不是一般人，希望這喬承軒也能顧忌到這點，這樣她也能多一重護身符。

「好遺憾。」喬承軒也確實表現出遺憾，他看著允瓔笑道：「我也是剛剛才回到泗縣，方才在渡頭看到姑娘的船，正想著能不能在泗縣遇上姑娘呢，沒想到這麼快就見到了。」

「喬公子來這兒有事嗎？」允瓔避開喬承軒的話，反問道。「公子難道是來找這房子的前主人嗎？不好意思，我也沒見過他呢，這邊的事原來都是唐公子在辦的。」

「不不不。」喬承軒忙搖頭，笑如春風。「我只是看到這邊門開著，一時好奇過來看看，要知道妳這前面也換了幾家生意……呵呵，緣分啊。」

「原來是這樣。」允瓔恍然，好吧，她大意了，不及時關門才招來這大尾狼。「喬公子，對不住，我們也是剛剛過來，這屋裡亂的……也沒個地方請你坐下喝茶，抱歉。」

「無妨。」允瓔擺明了是趕人，可喬承軒卻一點也不在意，手中的玉扇再次展開，徐徐搖了起來。

這大冷的天搖扇子？允瓔見狀，心裡腹誹不已。

「邵姑娘，妳這鋪子做的是什麼買賣？不知喬某可有參一份的榮幸？」喬承軒搖著扇，緩緩問出這一句，笑容也越發和煦。

「喬公子，你說的……是我理解的那個意思嗎？」允瓔聽到這一句，頓時愣住了。

「不知邵姑娘理解的又是哪個意思呢？」喬承軒被允瓔這話逗樂，目光帶著幾分趣味在她身上轉了轉。

「我……」

允瓔正要問個清楚，喬承軒身邊的管家抬頭看了看天色，開口說話。

「公子，天色不早，夫人還在等著呢。」

喬承軒聞言點點頭，對允瓔笑道：「邵姑娘，天不早了，我還有事，參一份的事，稍後得空再談。」說罷，喬承軒搖著扇，帶著管家和侍從轉身走了，猶如來時一樣突然。

允瓔一愣一愣的，心裡生出疑惑，注視著喬承軒緩步離開。

昏暗中，他挺拔的背影和烏承橋還真有幾分相像……

允瓔嘆了口氣收回目光，飛快地關上門，快步往後面跑去。

烏承橋坐在堂屋中，等得心急，但表面卻越發沈靜，看到她進來，他抬起頭，語氣平靜地問：「瓔兒，怎樣？」

「是喬家的二公子，他路過，看到這邊門開著，就過來瞧瞧。」這會兒滿屋子的人，允瓔也不好說別的，便挑著簡單地說。「他們家的喬記倉就在右邊，想來是看看我們是不是和以前那些人一樣也做相同的生意吧。」

「不是因為柯家來的？」田娃兒急急地問。

「不是。」允瓔搖頭。

「那就好、那就好。」眾人紛紛鬆了口氣，各自散開。「開飯了，早些吃了飯，你們幾個守船的都早些回船上歇著去。」

「好嘞。」阿康帶頭應下。

允瓔驚訝地看了看，顯然她不在的這一會兒，他們已經安排好去船上輪值的人員。

馬上，陳四家的端來飯菜，允瓔和烏承橋坐在一邊，戚叔和幾位老人也都圍坐一起，至於其他人，都打了飯菜回屋吃去了。

飯後，庫房那邊的門又被敲響，允瓔擔心喬承軒的人去而復返，快步去開了門，外面卻是洪師傅派來送床板的夥計。

滿滿兩板車的東西被推進庫房，其中一個夥計白天來過，認得允瓔，便遞給她一張紙，客氣地說道：「夫人，東西都在這兒了，我們師傅說，銀子明兒跟他結算，我們先走了，鋪子裡有急活兒等著呢，這些勞你們自己動手搭裝一下了，很簡單的，反正妳這兒也有會木工活的兄弟，應該一瞧就會。」

「好。」允瓔謝過，喊聲田娃兒等人過來幫忙把東西搬下，當面點清了數，送走了兩個夥計。

幾套架子床、幾套八仙桌凳就這樣堆在空曠處。

「這東西怎麼搭？」田娃兒圍繞著那堆木材打轉，一頭霧水，扯著嗓子喊著。「怎麼還有板有整塊的？阿明、阿明，快過來看看。」

「別喊了，應該是這樣的。」允瓔細細看了一下。她前世的祖母也是睡在架子床，對於這些多少有些認識。

於是她放下那張清單，上前把東西挑出來。「喏，這兩頭是一對，這個長的扇形是裡邊的木板，然後……這個長的方形應該是外面的，還有這中間應該是兩條橫槓，上面再鋪上木板……就是這樣，拿那邊屋裡試試。」

「小娘子，我服了，妳都是從哪兒學的這些？」田娃兒驚訝地看著允瓔，接著卻是把她挑出來的往後面搬，一邊攔著聞聲過來的阿明往回走。「走，走，我知道怎麼搭裝了，你來學學。」

「就你還……」阿明笑罵了一句，跟著田娃兒走了。

其餘的，不用允瓔吩咐，眾人早就把東西都搬走了，邊走邊討論著。「裡面好像有一套寬點兒的，就放烏兄弟和小嫂子的房間吧。」

允瓔聽著他們的話，微微一笑，也不攔著，由他們去安排。她推著古代版輪椅，在庫房裡試了試輪子，居然還挺靈活，只可惜這輪椅沒有煞車。

「相公，你來試試這個。」允瓔推著輪椅到了後面，朝烏承橋招手。

「明天再試吧。」烏承橋搖搖頭。他心裡還想著今天喬承軒的來意，他總覺得事情沒這樣簡單。

「也行。」允瓔見天色漸深，便想把輪椅推上三級臺階，可是這東西看著簡單，抬著卻十分的沈，手一滑，差點砸到自己的腳。

「妳當心點，放在那兒就好了，急什麼！」烏承橋見狀，脫口斥道。

「我來我來。」陳四家的剛剛提了桶水過來，忙幫著允瓔把輪椅抬到走廊上，一邊朝烏承橋笑道：「烏兄弟，大妹子也是為你好，有這個，你想去哪兒就能去哪兒，還能把腿養好不是？」

烏承橋意識到自己剛剛的語氣有些衝了，看了看允瓔，正要說話，陳四家的已經把允瓔拉進屋子裡去。

「大妹子，別往心裡去，有時候男人就是這樣，傷了腿做什麼都不方便，這如今買賣剛開始，他看著妳忙裡忙外的，心裡肯定心疼，自己又沒有辦法幫忙，說話自然就衝了，我們家陳四也是這樣呢。」陳四家的怕允瓔不高興，勸了幾句，指著屋裡被他們架好的床榻，笑道：「瞧瞧這個，他們幾個還真索利，妳快收拾收拾吧，都累了一天，早些收拾好了，好早點兒歇息。」

「謝謝陳嫂子。」允瓔哪裡有生烏承橋的氣，只是見陳四家的這樣熱心，她也不好解釋什麼，順勢道謝。

「謝啥。」陳四家的笑著拍拍允瓔的肩，出去了。

屋子裡，寬寬的床榻結結實實地架著，前面還擺著剛剛送來的那套八仙桌椅，桌子上放著允瓔之前從船上搬來的被褥以及裝著衣服的包袱。

只是，還有很多東西還在船上沒有取來……允瓔嘆了口氣，邊忙活邊隨意地想著怎麼安排明天的事，她想得入神，也沒注意到烏承橋坐著輪椅自己推著進來了。

烏承橋關上門，在後面看了許久也沒見允瓔轉身，以為她真的生氣了，心裡不由有些歉意和緊張，靜坐好一會兒，允瓔依然自顧自地忙碌，他有些沈不住氣，推著輪椅上前，輕聲喊道：「瓔兒。」

「嗯？」允瓔驚了一驚，下意識地轉頭，看到坐在輪椅上的烏承橋，忙笑著迎上去。

「怎麼樣？還合用吧？」

「對不起。」烏承橋點頭，拉住允瓔的手，為之前的事道歉。

「都說了，別說這些。」允瓔莞爾。看來陳四家的那番大驚小怪倒是把他給嚇著了。

「夜深了，我去打水，一會兒還有事跟你說呢。」

烏承橋這才鬆了手。

無奈，屋裡連個遮擋的布片也沒有，允瓔想洗澡，屋裡又有烏承橋在，沒辦法，只好簡單地洗漱，等到他們都歇下了，又是小半個時辰過去。

來到這兒後第一次睡在榻上，允瓔竟有些不習慣，剛躺下就又抬身看向整張床鋪，他還有傷，可別掉下去了……

「瓔兒，喬承軒來說了什麼？」烏承橋卻沒注意，逕自問起了喬承軒的事。

允瓔看了一眼床鋪，見還有足夠的餘地，這才鑽了回去。

「他真是看到這邊門開著過來看看的，不過他也說了一句很奇怪的話，居然說要參一份，你說，這參一份是入夥的意思嗎？」

允瓔問出心裡的疑惑。

「他要參一份？」烏承橋頓時錯愕，眉心鎖得緊緊的，他轉過身，平躺著看著黑暗中的床頂，一時沈默。

允瓔卻是側身，單手支著頭看他。「如果真的只是單純入夥的意思，我覺得也不是不可行，畢竟這兒是泗縣，我們初來乍到，有他的加入，很多事情能方便很多，可是……」可是，她擔心他不能接受。

「他若再來，妳好好問問，就算他不是單純地入夥，妳也想辦法讓這件事變得單純就好。」烏承橋許久才輕聲開口。

「你的意思，是同意他參一份？」允瓔驚訝了。

「嗯，沒什麼不可以的。」烏承橋卻平靜地說道。「記得，讓他只投銀子管不了事就可以，其他一律免談。」

「我明白。」允瓔還在黑暗中細細打量他的表情，真的想開了？

「看我做什麼？」大事說罷，烏承橋拋開那些煩心事，注意到允瓔，他沒忘記自己今天一時的失態，伸手抱住，將她攬在懷裡。「辛苦一天，睡吧。」

「嗯。」允瓔還在看他。「你真的想開了？讓他入夥？那樣的話，他很可能常來常往，萬一他發現你怎麼辦？」

「最危險的地方才是最安全的，他肯定想不到我會在這兒。」烏承橋一隻手按揉著她的背，幫她緩解一天的疲勞，一邊低聲分析道。「待我傷好，倒是不懼他發現我，只是如今卻是要辛苦瓔兒……」

「你還當我是你媳婦不？」允瓔嘟著嘴問道。

「嗯？」烏承橋不解地看著她。昏暗中，看到她一臉不滿，不由愣了一下，他又說錯啥了？

「當我是你媳婦，你就不該說辛苦啦、謝謝啦、對不起之類的話，弄得我跟個外人似的，哼。」允瓔最不喜歡他這樣。她既然決心跟著他，那麼做這些事都是應該的，被他一說，卻反而像個外人似的，讓她心裡很不舒服。

「好好好，不說，以後再也不說了。」烏承橋聽明白了，低低地笑著。

「咚——」這時，樓上突然傳來一聲響，兩人同時愣了一下。

「什麼聲音？」允瓔奇怪地抬頭。

緊接著，樓上又傳來床榻吱吱呀呀的聲音，她短暫一愣，立即明白過來了，苦笑道：「我們樓上不會是陳嫂子家吧？」

這驚天動地的聲音，似乎也只有陳四家折騰得出來吧？

「估計是。」烏承橋失笑，應道。

「陳嫂子可真是精力充沛……」允瓔收回目光，嘀咕了一句，正打算閉上眼睛睡覺，突然覺得不對勁，再次睜開眼睛時，烏承橋的臉已近在咫尺，還不待她說話，她已被噙住。

許久許久，允瓔才低吟著微微推開他，阻止了他想要繼續的舉動，低聲說道：「身上髒呢，今兒弄得跟灰人兒似的，又沒地方好好洗……」說到這兒，突然停頓，她這意思……難道身上不髒，他們就真的在今晚……呃！

所幸，烏承橋也沒有繼續的意思。

今晚的他，心裡的火熱來得洶湧，他也怕再繼續會讓自己失控，他還答應過要補她一個難忘的洞房花燭夜，今天雖然睡在新榻上，卻不是他想給她的那種。

「睡吧。」黑暗中，兩人相依相擁，聽著樓上時強時弱的動靜，安然入睡。

第七十一章

翌日，天還沒亮，樓上樓下就熱鬧起來。允瓔睜開眼，烏承橋已經把自己收拾好了，正坐在輪椅上，膝上放著木盆，看他樣子似乎是要出去打水。

興許是聽到動靜，烏承橋回頭看了一眼，笑道：「還早呢，再睡會兒。」

「不了，今天還有很多事情要做。」允瓔在被窩裡伸了個懶腰，才掀被而起，索利地穿衣、收拾被褥。

今天確實有很多事情，庫房那邊的裝修倒是暫時沒有她的事，但這邊的生活用品卻還要收拾添置，至少洗澡、睡覺的地方都得隔一隔，現在這樣，門一開，一切都通透了。

允瓔收拾好，快步跟上烏承橋，可一出去，便看到他已經到了井臺邊，幾位中年大叔正在打水。

允瓔一低頭，看到自己的房門前多了一個被人用土堆出來的緩坡，正好方便烏承橋上上下下。

她會心一笑，快步過去接了烏承橋膝上的木盆，這上下坡的，他又要控制輪椅又要控制水不潑出來，還真有難度。

烏承橋也不攔著，兩人回屋洗漱。

再出來，陳四家的幾人已經把早飯做好了。

吃飯的時候，戚叔代表眾人開口問道：「小娘子，我們需要做些什麼？」

「這幾天大家先安頓吧，那邊庫房的隔間就麻煩阿明兄弟，大夥兒得空多幫忙。」

允瓔看了看烏承橋。兩人也都是沒經驗，究竟怎麼開展生意，還真沒頭緒，不過允瓔倒是想起唐瑭的話——柯至雲已經去聯繫送貨的業務，興許也快回來了，想了想便道：「雲大哥估計快回來了，他那邊順利的話，我們這邊可能馬上要出船，戚叔，這船的調度便有勞您了。」

「這個沒問題，我們今兒就能把船全收拾出來。」戚叔爽快地點頭。

「我和我家相公這段日子怕是也沒辦法行船，那漕船閒著可惜，戚叔看著安排吧。」允瓔之前想著直接給陳四接管，可現在想想，還是改了主意。戚叔的話一直很有分量，既然船隻交給他調度，那麼她的船也直接交給他安排最好，以免引起不必要的麻煩。

「行。」戚叔點頭。「我找個行船最好、最穩妥的人負責，畢竟這船與柯家有關，遇上他們的可能也是極大的。」

「您看著辦吧。」允瓔微笑著點頭，安排別的。「陳嫂子一會兒和我一起上街吧，我們的糧食不多，還有許多東西也得添置。」

陳四家的還沒有開口，戚叔卻搶著開口說道：「小娘子，我有句話，不知當不當說？」

「戚叔，您還跟我們客氣啥。」允瓔笑道。「您有話，只管說。」

「我們這次能出來，已經沾了你們的光，現在總不能再事事依賴妳。」戚叔語重心長地說道。「昨晚我們幾個老傢伙也商量過了，這些天就麻煩妳這兒，他們呢，有想留下的，妳就公事公辦，不要特意照顧；有不想留下的，另有出路的，就由他們去。」

「沒錯，就是留下的，小娘子其實也不用管他們，讓他們自己過自己的，這一切都讓小娘子和烏小兄弟破費，我們也過意不去。」其他幾位老人也紛紛附和。

「按我說，就現在，我們也可以自己管自己的了。」陳四家的幾個婦人站在後面，也跟著附和。「大妹子把我們帶出來，又給我們供了房子，這麼多天還供了這麼多糧食，已經夠仗義了。」

「戚叔說的，守望相助。」烏承橋看了看眾人，笑道：「你們是我和瓔兒的恩人，我們現在做的，都是理所應當的，以後大家有需要我們的地方，只管開口。」

「烏兄弟，快莫說這些，這些事，一碼歸一碼。」戚叔反駁。「你總說我們於你有恩，可現在你和小娘子做的，不也是對我們的恩？這些是我們大家之間的交情，莫要扯上公家事，就這樣說吧，這貨行要單是你和小娘子的，我們這些人還真就賴著不走了，你開多久的門，我們就給你們做多久的事，但現在這貨行不單單是你們的，還有另外兩位東家，我們不能讓你和小娘子為難，一切按規矩來。」

「謝謝戚叔和大家理解，那這樣，大夥兒有地方去的，我們也不會攔著，要留下的，我們負責住和吃的，可好？」允瓔順著戚叔的話應道。戚叔說得沒錯，如今的生意不完全是她和烏承橋的，而且從管理上來說，必須公事公辦，她也不想因為一時援手，演變成以後的牛皮糖。

說定了事情，前面有烏承橋去盯著裝修，允瓔和陳四家的一起去了趟街上，添置食材，購買生活用品。

忙忙碌碌三天，允瓔總算把住所佈置出來，眾人的生活也安穩下來。

來到這兒的第五天，有幾家人尋到了別的生計，紛紛向允瓔和戚叔等人告別。

允瓔沒有阻攔，送上了些乾糧送走了他們。

到目前為止，她之前攢下的那點銀子已經花用得差不多，身上餘下的只有唐瑭留下的那袋碎銀以及柳柔兒給的那張銀票，而柯至雲，還不曾回來。

深夜，允瓔盤了一遍帳目，有些犯愁，難道要動用柳柔兒那銀票？

「還是再等等吧，再不行，我們就在船上再開麵館……」允瓔說到這兒，頓時停了下來。她想到一件事，或許還真的行得通。

「莫心急，日子要一天一天過，這邊的櫃檯也快弄好了，我們先走一步算一步。」烏承橋也只能這樣安慰她。

「呼……」允瓔的主意只是在心裡轉了轉便打消。雖然小院已經空出幾戶人家，但大部分還是滿的，她想把麵館開在這邊，總也得有個經營場所吧，現在麼，還是不可行。

「砰砰砰——」這時，庫房那邊傳來一陣急促的敲門聲。

允瓔和烏承橋不約而同地看向門的方向，聽著這節奏，來者不善啊，難道是……喬家還是柯家？

「我去瞧瞧。」烏承橋想也不想就要推著輪椅出去。

允瓔忙過去攔下。「你瞧什麼呀，萬一真是喬家或柯家的人，你出去不是麻煩了？還是待在這兒，我去看看。」
烏承橋沈默。剛剛他出去看看純粹是下意識的，這會兒也回過神來，萬一真是柯家或喬家的人，他出去只會給他們帶來危險。
「別出來。」允瓔把他推回屋中，叮囑一句後自己出了門。
其他人也都嚇到，這會兒都開了門站在門口張望，他們不知道來的是誰，也不敢出去應門。
「我出去看看。」允瓔示意。
「我陪妳。」陳四家的立即提著別人遞過來的燈籠跟上。
到了門後，允瓔湊在門縫上瞅了瞅，外面烏漆抹黑的，什麼也沒看到，她又側耳聽了聽，小心地問了一句。「誰呀？」
「是邵姑娘嗎？是我，柯至雲。」外面傳來柯至雲有些著急的的聲音。「快開門，我快不行了！」
「什麼?!」允瓔一聽，嚇了一大跳，忙抬起粗粗的門閂，打開了門。
只見柯至雲扶著柳柔兒站在門前，兩人都有些狼狽，柳柔兒整個人都掛在柯至雲背上，壓得柯至雲大口大口地喘氣。
「你們這是……怎麼了？」允瓔見狀，頓時傻眼了。
「快……快別說了，把她……弄下去。」柯至雲雙手撐著自己的膝蓋，看到允瓔，他才努力騰出一隻手指了指背上的柳柔兒。

「出什麼事了？她還沒醒過來呀？」允瓔邊問，邊上前扶柳柔兒，只是柳柔兒的噸位哪裡是她能撐得起的，這一扶，硬是沒扶起來，還險些讓提前鬆懈的柯至雲摔下去。

「小心！」陳四家的驚呼一聲，朝小院那邊喊了一聲。「來幾個嫂子幫忙啊。」說罷，她放下燈籠去扶柳柔兒的另一邊。

聽到喊聲，那邊嘩啦啦過來好些人，陳四當仁不讓地跑在最前面，看到這情況，他也愣住了，不過很快就上前扶住了柯至雲。

他們這時才明白陳四家的喊的是幾位嫂子。

人群中的婦人們紛紛上前，總算把柳柔兒抬回了小院。

柯至雲也在陳四的幫忙下，喘著粗氣跟在後面。

庫房被重新關上，柳柔兒也被安頓到樓上的空屋裡，柯至雲坐在堂屋裡，大口大口地喝著水，眾人也都各自散去，只有烏承橋和允瓔陪著。

允瓔和烏承橋互相看了看，又不約而同地盯著柯至雲，這會兒他還沒緩過來。

烏承橋見柯至雲只顧著自己喘氣，也沒解釋的意思，忍不住開口問道：「到底怎麼回事？你不是去談事情了嗎？」

「你怎麼弄成這樣？還有柳小姐，她一直沒醒？你沒給她請郎中嗎？」允瓔也催促道，上上下下打量柯至雲一番。「你怎麼一副被人打劫的模樣？難不成……」

柯至雲聽到這兒，抬頭看她，心裡隱隱的不妙。「難不成啥？」

「難不成被柳柔兒劫了色？」允瓔戲謔地看著柯至雲。

她本來只是玩笑話，沒想到柯至雲聽罷，卻脹紅了臉，劇烈地咳了起來。

「不會吧？還真是？」允瓔瞪大眼睛，和烏承橋兩人面面相覷，她是開玩笑的呀。

「不……咳咳……當然不是。」柯至雲好不容易才平復咳嗽，帶著幾分幽怨地看著允瓔說道：「我們只是……遇到柳家人，起了衝突，砸了清渠樓不少東西……青嬤嬤……對不起，那邊的銀子……怕是收不回來了。」說到最後，柯至雲已經快把自己的頭埋到桌底下去了，聲音也越來越低。

「你的意思是，所有賣到清渠樓的東西，都收不回銀子了？」允瓔錯愕地看著他。她以為他們只是遇到些麻煩，沒想到居然是這樣的大麻煩。

「不止，連小院裡存的那些……也被青嬤嬤算作賠償了。」柯至雲聲音越發的低。

允瓔頓時無語。她盼著柯至雲帶回來好消息，沒想到竟是這樣的消息，那邊的銀子收不回來，也就等於他們之前做的一切都白搭了，還虧了本錢進去。

「沒了就沒了，我們從頭再來。」烏承橋卻絲毫沒覺得意外，之前他便曾阻止他們把貨存在清渠樓。「你先說說是怎麼回事。」

「烏兄弟，之前你就勸過讓我們別把東西存那兒，是我們沒聽進去。」柯至雲嘆氣。

說罷，柯至雲細細說起事情的原由。

「我還以為才兩批，她怎麼著……」

原來，允瓔把柳柔兒送到清渠樓之後，柯至雲去尋了郎中給柳柔兒看診，第二天柳柔兒就醒了，看到柯至雲之後，就賴上了他，連柯至雲出去接生意，她都硬是要跟著。

這次，柯至雲去雁鄰鎮接了一趟送貨的生意，昨天晚上才回到清渠樓，一回到小院，他就發現小院存放果酒的房間門被換了鎖，他覺得奇怪，就想去尋青嬤嬤拿鑰匙，柳柔兒寸步不離地跟著，在清渠樓前廳遇到了柳柔兒的庶兒柳方。

柳家和柯家到處在找柳柔兒，看到她當然不會放過，柯至雲本不想蹚渾水，可誰知柳柔兒死纏著他不放，硬是把他當作擋箭牌，害他還挨了一拳。

柯至雲也不是個肯吃虧怕惹事的人，當場還了手，在清渠樓的前廳鬧了個雞飛狗跳。青嬤嬤便借題發揮，算了一大筆賠償費，數額之大，就算是他們把之前的貨款和庫存全算上都不夠，最後還是青嬤嬤說看在果酒的分上免了餘下的。

「柳柔兒呢？她就一點也沒表示？」允瓔有些奇怪，柳柔兒隨便一張銀票，應該也夠了吧？

「她哪有錢？」柯至雲鄙夷地撇嘴。

「你不知道她身上帶著銀票，隨便拿出一張就能抵我們幾倍的貨款了。」允瓔倒不是眼紅柳柔兒的銀票，她只是單純好奇，怎麼說柯至雲也是因為柳柔兒才動的手，難道她就一點表示都沒有？

「她身上有銀票？」柯至雲愣住，急急說道：「妳怎麼知道的？可是剛剛我們跑出來的時候，她連買包子的錢都沒有，還把身上戴的鐲子換了包子啊。」

「呃……」允瓔和烏承橋面面相覷。這是什麼情況，這才幾天，這柳柔兒就把身上的銀票給花光了？

「你們真看到她有銀票？」柯至雲抬起頭，神情非常認真。

「是呀，之前求我們帶她來……」允瓔話還沒說完，就看到柯至雲突然起身衝上樓去，她不由一愣，看了看烏承橋。「他……不會是去搶劫吧？」

「妳呀，想的都是什麼？」烏承橋搖搖頭，推著輪椅往房間去。「也不早了，回去歇著吧，有事明天再找他說。」

「好。」允瓔起身，幫著推他進房間，一邊感嘆。「那位青嬤嬤真是那種人嗎？」

「她素來愛占便宜，從不做無利益之事，只是這一次……怕是清渠樓的生計出了問題，她才會使這樣的手段。」烏承橋嘆氣。「雲哥這次是被算計了，估計那些東西根本不值那些。」

「你的意思是，青嬤嬤是故意的？」允瓔驚訝地問。

「故意倒不至於，將計就計卻是可能。」烏承橋搖頭，也不願多說什麼。

柯至雲的到來，既帶來了壞消息，也帶來了好消息，允瓔心疼那兩批貨的同時，也把希望寄在那還沒確定的好消息上。

所以，天還沒亮，允瓔就起來了，等著柯至雲和柳柔兒起來問個究竟，她也在好奇柳柔兒到底是花光了錢，還是假裝沒錢纏著柯至雲？若是後者，那他們還真得小心柳柔兒的心機了。

可這一等，允瓔便等到了辰時後，日頭已升得老高，也沒見柯至雲和柳柔兒下來，她有些等不及，果斷地上樓找他們。

問過眾人，知道柳柔兒就住在陳四家的隔壁，柯至雲則在柳柔兒的隔壁，允瓔直接來到柯至雲門前。比起確定柳柔兒的事，還是確定她等的好消息更要緊。

「砰砰砰——」允瓔將門敲得震天響。

「誰呀？這麼早……」屋裡傳來柯至雲睡意濃濃的聲音。

「都什麼時候了，還早？趕緊起來，這麼多人等著消息呢。」允瓔大聲喊道。

「喔……」柯至雲似乎還在迷糊，應了一聲之後就沒了動靜。

允瓔以為他已經起來，在門口正打算往柳柔兒那邊去，可是突然覺得不對，柯至雲的房間依然那樣安靜，她立即轉了回來，站在門口聽了聽，接著不斷敲起門，一點兒也沒有保留地喊道：「喂！柯至雲！起床啦！」

第七十二章

「來了來了。」裡面終於有了動靜，沒一會兒，門開了，柯至雲穿著單衣，睡眼矇矓地出現在允瓔面前。「幹麼呀？這麼……早。」

總算，他在看到允瓔時清醒過來。

「清醒了？」允瓔挑眉看著他，一臉不高興。「柯大公子，我們這麼多人在等著你呢，你好意思繼續安眠？」

「喔喔喔，對不起對不起，我馬上下來。」柯至雲一個激靈，立即陪笑臉，作了個手勢關上門，進去換衣服去了。

「真是的。」允瓔瞪了緊閉的門一眼，轉身往柳柔兒那邊走去，抬手正要敲門，門已經開了。

柳柔兒一臉不高興，只著單衣伸著懶腰走了出來。「哪個不長眼的？大清早這麼吵，擾人清夢啊？」

允瓔眯起眼，斜著眼打量柳柔兒。「柳小姐，該吃中飯了。」

「啊！」柳柔兒猛然看到允瓔站在她面前，驚叫一聲，往後退了退，有些迷茫地打量了一下四周，愣愣地問：「這是……妳怎麼也在清渠樓？」

「柳小姐，這兒不是清渠樓。」允瓔好笑地看著她。「妳是還在夢遊呢？還是太眷戀清渠樓，捨不得出來了？」

語氣中不無嘲諷。

此時，樓上還有很多婦人在收拾屋子，看到允瓔這樣對待柳柔兒和柯至雲，私下都有些暗爽。要知道，她們離開苕溪灣就是他們倆間接造成的，就算不是他們的意思，可也與他們有關。

「邵……邵姑娘，我……」柳柔兒這時也算清醒過來，忸怩地看著她。

「起來吃飯。」允瓔瞟了她一眼，直接下樓。

烏承橋坐在堂屋，看到她，有些不贊同。「瓔兒，不可對雲哥無禮。」

「知道啦，我只是喊他起來罷了。」允瓔朝他吐吐舌頭，快步過去。「我這不是著急嘛，大家都等著，他們倒是睡得安穩。」

「妳呀，一會兒記得跟雲哥道個歉。」烏承橋無奈地笑著。

「不用不用，是我的錯。」柯至雲笑著從後面轉了出來。「我這人就這點不好，貪睡，一睡著還喊不醒，邵姑娘，以後要是遇到這樣的情況，儘管再大聲點。」

他這樣一說，倒是給允瓔解了圍。

「那個……」柯至雲坐到烏承橋面前，臉都沒洗，直接切入主題，他從懷裡取出幾張紙，放到烏承橋面前。「這是和雁鄉鎮陳員外簽的契約，一年之內，他們糧鋪的船運都由我們來負責了。」

「一年內？具體時日呢？」允瓔直覺地問。「這年關也沒兩個月了。」

「這是大前天簽的，一直簽到明年的這個日子。」所幸，柯至雲還沒那麼白癡。

「什麼時候開始？」烏承橋拿起契約看了看，上面的條款倒是沒有問題。

「呃……」柯至雲想了想，驚呼。「就是明天！慘了慘了，我把這一路的行程給忘記算進去了，烏兄弟，船呢船呢？人呢人呢？」

「什麼船呢？人呢？」允瓔白了柯至雲一眼。「你能不這樣大驚小怪嗎？」

「我……」柯至雲不好意思地撓撓頭，不知道說啥好，半天才憋了一句。「這兒到雁鄴鎮起碼得一天半，這……」

「要多少船？」烏承橋笑問道。

「這次的貨，十條船足夠。」柯至雲說罷，又補了一句。「是十條漕船。」

允瓔無語地看著柯至雲。「趕緊洗漱吃飯吧，再不出門，真的晚了。」

「喔喔，我這就去。」柯至雲立即站起來，往外衝了兩步，又停下，不好意思地看著允瓔。

「那個……邵姑娘，麻煩幫忙一下，我不知道哪兒有熱水……」

「幫忙有好處嗎？」允瓔挑眉，可已經往廚房走去。

她聽到烏承橋在後面說道：「雲哥莫在意，瓔兒心直口快，並不是有心的。」

「我知道，我就是喜歡你們夫妻這直爽脾氣，自在。」柯至雲毫不介意地笑道。

等到柯至雲洗漱完畢，陳四家的也特意送上了新做的熱湯麵。

允瓔則和烏承橋商量著派船的事。其實這也沒什麼可商量的，船都閒著，隨時能出發，唯一要商量的就是要派幾條船？

這點，她和烏承橋都沒有經驗。

烏承橋也不逞強，讓允瓔去找戚叔安排。

戚叔和幾位老人很快就來了，陳四和田娃兒也聞訊趕來，他們早就知道柯至雲出去接生意的事，昨兒柯至雲回來，他們今天也都早早地準備接任務了。

「二十條船，一般漕船能抵我們兩條到三條的船，也就是說我們得出去二十條以上。」陳四一直跑長路，也頗有經驗，第一個就開口報了數。

「出二十三條吧，以防萬一。」戚叔和幾位老人商量，作了最後決定，說罷，戚叔看著允瓔問道：「這次的貨要送往哪裡？路上需要幾日？」

這個……允瓔立即看向柯至雲，他還什麼都沒說明白呢。

「不遠，來回最長也就十天。」柯至雲反應過來，忙說道。「雁鄰鎮送往陽源城的糧，送到就結算這一趟的工錢，這頭一趟，我領著一起去。」

「來回十天，這路上的乾糧還得備著。」戚叔說道。「路上是日行夜宿還是連夜趕路？要是日行夜宿，一條船一個人也就行了，可是連夜趕路，這最起碼兩條船得有三個人輪流，人數多少，帶的乾糧也得考慮。」

允瓔又看向柯至雲。

這次，連柯至雲也犯迷糊了，他真不知道呀，支吾了半天，硬是沒憋出什麼話來，不由紅了臉。「對不起，是我疏忽了。」

「雲哥初時涉及這些事務，一時想不到難免。」烏承橋見狀，忙打起圓場，看著戚叔說道：「戚叔，這第一趟依我看，就按著三人兩船先派吧，下一次我們也有了經驗，相信不會再出這樣的疏忽了。」

「對對對，絕對不會。」柯至雲連連點頭。他以為接到生意就行，誰知道這背後還有這麼多的道理。

「行。」戚叔點頭，朝陳四說道：「去通知大家。」

「我們去備糧。」陳四家的也帶著幾個婦人去準備乾糧了。

所幸，之前允瓔買的糧食也足夠，做乾糧已經來不及，陳四家的乾脆自動請命，帶上一套鍋灶跟著一起去給眾人做飯。

戚叔把允瓔的漕船安排給了陳四家，不到一個時辰，船隊已經集結完畢，這也算是他們第一單買賣，眾人興致高漲。

烏承橋也坐著輪椅來到碼頭送行，直到眾人的船遠去，幾人才慢慢地往回走。

「相公，我有個想法，你看行不行？」允瓔看到自家小院的方向，再一次，心裡湧現之前的想法。

「說來聽聽。」烏承橋聽這語氣就知道她也在猶豫，當下笑著鼓勵。

「我想把我們的小院改改，重開一間麵館。」允瓔停下腳步，看著他說道：「我們現在貨行生意未開始……就算貨行開了業，一時半會兒的也不會收益很多，花用卻是不少，我覺得重開麵館，至少還能收些現錢回來周轉，你看呢？」

「倒是可行，只是……」烏承橋有些猶豫。

若在之前，他必定一口回絕，偏偏現在清渠樓那邊出了事情，這邊沒有收入，還有這麼多人要吃飯……可是這樣一來，她只會更辛苦。

「我知道你是怕我辛苦。」允瓔看出他的想法，笑道：「辛苦只是一時的，只要我們撐過這一時，以後肯定會越來越好的。」

「妳打算怎麼做？開麵館也需要地方，我們現在的小院已經安排滿了，能騰得出的也就幾間屋子，這要是招待客人，總有些不便。」烏承橋嘆了口氣，算是認同了她的主意。

「你看這樣行不行？我們呢，在家裡做好麵，熬好湯底，然後讓人分批用車子推出去，在人多的地方擺攤。」允瓔立即說起想法。前世不是有很多流動的小吃攤嗎？他們為什麼不可以試試？

「走，先回家，回去好好琢磨琢磨。」烏承橋微笑。他的小妻子主意越來越多，甚至有時候，他都覺得她根本不像個船家女。

「好。」允瓔得到他的認可，越發高興，推著他的輪椅回到庫房。

庫房裡，洪師傅已經帶著人開工了，看到烏承橋坐著輪椅，洪師傅笑問道：「怎麼樣？不錯吧。」

「謝謝洪師傅，這手藝沒得說。」允瓔笑著朝他豎了豎大拇指，想起之前送來的東西還沒結帳，忙問道：「這些東西多少錢？我這就給您取來。」

「不急不急，反正這兒的工錢也得結的，到時候一起吧。」洪師傅倒是豪爽，也不怕他們跑了。

「這些還是先結吧，工錢另算。」允瓔其實是想盤算一下自己的銀子到底夠不夠，要知道，貨行開業還得有本銀，要不然真來了人要賣貨給他們，他們怎麼辦？

「那也行，一共九套架子床、四套八仙桌椅，總計四兩四百文，只是這輪椅貴些，要十兩，所以……呵呵。」洪師傅說到這兒，呵呵笑著，意思已經很明白。

十兩……允瓔看了看烏承橋，這兩日他用輪椅進進出出的，確實方便，看他心情也好了許多，十兩就十兩吧。

「成，我這就去取。」允瓔快步進了小院。

烏承橋留在後面和洪師傅說話。

允瓔的銀子自然是放在空間裡的，回屋也只是掩飾，一進門，她就取出錢袋，從裡面數出十五兩碎銀子，看著這一袋，允瓔多少有些唏噓。這攤子鋪得太大，之前攢的銀子也花得乾淨，如今還動用到了這一袋，唉……麵攤計劃已然勢在必行了。

允瓔沒有多耽擱，把其餘的扔回空間，拿著十五兩碎銀子出來，付給了洪師傅。

「多的六百文也不用找來找去的麻煩了，反正要付給洪師傅的。」烏承橋笑道。

「行，記在帳上。」洪師傅收好銀子，對這對豪爽的小夫妻越發有好感。

「您忙，失陪了。」烏承橋點頭，和允瓔一起回了小院。兩人沒有回屋，而是到了堂屋，戚叔和幾位老人不知從哪兒弄來的藤條，正在編著各種簍筐，還有幾位老婦人坐在桂花樹下編著草簾。

看到兩人進來，戚叔笑著舉了舉手裡的簍筐，問道：「小娘子，妳看這些拿出去賣可有人要？」

「應該會有人要吧。」允瓔對行情不懂，也不敢多作評論。

「戚叔，瓔兒倒是有個主意，我覺得不錯，只是不知各位嬸子、嫂子們願不願意一起做？」烏承橋拿起簍筐，細看了看，引開話題。

「烏兄弟，今兒說話怎麼不爽快了？我們這些人留下來，不就是要跟著你們一起幹的嗎？說吧，派我們什麼活兒，我們保證全力配合。」戚叔等人大笑。

「幾位想來也知道我和瓔兒之前在船上開麵館的事，那段日子雖然辛苦，收入卻是不錯。」烏承橋點頭，細細說起那段日子的麵館如何，然後才說到允瓔的主意。「泗縣的碼頭比起黑陵渡更大些，往來的船隻行人也更多，所以瓔兒覺得，我們或許可以弄個麵攤子，在人最多的地方擺，這樣也能多些進項貼補一下花用。」

「應該的。」戚叔點頭，表示無條件的支持。

眾人一向也是附和戚叔的話多些，再加上烏承橋和允瓔多次出主意幫大家度過難關，此時自然也沒有異議。

得到眾人支持，允瓔說幹就幹，拿了紙筆出來，把麵攤的樣子細細介紹了一遍。

眾人圍了過來，越聽越覺得可行，同時也紛紛提出自己的建議，很快，一個簡易又實用的麵攤車子便出了圖樣。

「小娘子，這車子還是讓阿明做吧，可不能讓他們去做，免得……」戚叔指了指庫房方向，他口中指的當然是洪師傅他們。

允瓔點頭，她倒不覺得這有什麼重要，畢竟車子一推出去，明眼人一看也能仿出個大概了，不過讓阿明做也沒壞處，至少不用付工錢。

允瓔一想到這兒，就忍不住肉疼那十兩輪椅錢，誰知道洪師傅會對麵攤車開出什麼樣的價呢？

吃過了午飯，阿明便被留在小院，允瓔把圖紙交給他，一邊細細述說其中的細節，阿明越聽，眼睛越亮，到最後，拍著胸脯接下任務。

這邊忙完了，允瓔才想到自今早之後就沒見到柳柔兒，不由奇怪。「你們誰看到柳小姐了？她還沒下來嗎？」

「今早下來過的，拿了兩個饅頭又上樓去了，門一直關著，也不知道在做什麼。」戚嬸忙應道。

兩個饅頭夠她塞牙縫嗎？

允瓔懷疑地抬頭看了看柳柔兒的房間。

「瓔兒，去看看吧，莫餓出什麼事來。」烏承橋開口提醒道。

允瓔上了樓，來到柳柔兒門前，抬手輕敲了敲。她沒指望柳柔兒能立即聽到，可事實往往總是與想像相左，她的手還沒放下，門卻開了，只見柳柔兒頭髮凌亂地站在她面前。

允瓔打量了柳柔兒一番，目光越過她看向屋裡，被褥也是亂亂的，她收回目光，一低頭，果然，柳柔兒的裙襬也有些亂，腳上的鞋子也是趿著，還不曾穿整齊。

「剛起來？」允瓔無語。看著柳柔兒挑了挑眉。「不餓嗎？」
「餓。」柳柔兒老實地點頭，再看到允瓔，她還是有些不自在，顯然是想起了那夜允瓔的凶悍。
「餓還不下來吃飯？這兒可不是你們柳府，大家都有事要忙，過了飯點可沒人專門給妳做飯。」允瓔還是那副不耐的語氣。
「我……我這就下去。」柳柔兒還真就服她這一套，完全沒有之前在鎮上初見的樣子。
「嗯。」允瓔點點頭，轉身準備離開。
「邵姊姊。」柳柔兒卻又突然喊道。
「怎麼？」允瓔停下腳步，側身看了看她。
「柯……柯公子呢？他……去哪兒了？」柳柔兒微低著頭，目光瞟向隔壁的房門。
「他出船了，八、九、十天的回不來。」允瓔說了個大概。
「啊！」柳柔兒卻聽得岔了，驚呼出聲，圓睜著眼，看著允瓔不敢置信地問道：「他……去哪兒了，要去八、九十天？」
「接貨去了，最晚十天回來，妳要是願意在這兒等，就配合一下，我們這兒可沒人手伺候妳，妳要是想回去呢，我可以幫妳雇個船。」允瓔說道。「反正妳盤纏足夠，想去哪兒都去得成不是？」
「我沒盤纏了……」柳柔兒弱弱地說了一句，低了頭。
「沒盤纏了？」允瓔正色看她。那夜把她帶到這兒，分明還有那麼多銀票，她不會一進清渠樓也一擲千金了吧？「哪兒去了？」

「那位青嬷嬷說，小院也是他們清渠樓的，還說他……沒付房租，我就……付了房租，還有這幾天的吃用……」柳柔兒越說臉色越差，顯然到這會兒她也清醒過來，她和柯至雲都被青嬷嬷給算計了。

允瓔實在無語，也懶得多說什麼，直接轉身下樓。她決定了，之前柳柔兒給她的銀票，她不還了，就當是柳柔兒賠給他們的損失。

因為柳柔兒，他們的苕溪灣被奪。

因為柳柔兒，他們放在清渠樓的貨也沒能收回來……哼，區區一張銀票，能彌補他們失去家園的損失嗎？

第七十三章

允璎快步下樓，到了樓下，一張臉還臭臭的，烏承橋在院子裡，正和阿明討論著什麼，看到允璎這模樣，不由凝眸，推著輪椅迎了過來。

「璎兒，柳小姐呢？不下來？」烏承橋伸手拉住允璎，淺笑著問。

「別管她了，就一傻大姊兒，缺心眼。」允璎氣呼呼地說道。「那清渠樓也太不是東西了，騙走了她那麼多銀子，還全扣了我們的貨，這口氣真嚥不下。」

「怎麼回事？」烏承橋驚訝地看著她。

「你都不知道那青嬤嬤有多過分，剛剛我上去問她，她居然說她那麼多盤纏都被青嬤嬤給拿走了，還是替我們還的房租，哼，明明自己缺心眼，還好意思賴在我們頭上。」允璎越說越鬱悶。「不行，我非得想個辦法出這口氣不可。」

「好了好了，要出氣還不簡單，氣壞了身子可就不划算了。」烏承橋笑著安撫。「我替妳出氣，到時候讓青嬤嬤當面向妳道歉，可好？」

允璎瞪他。「你跟她很熟？」

「熟……」烏承橋苦笑，捏了捏她的手。「妳莫要瞎想，青嬤嬤過分的事也不是這一樁兩樁了，想讓她吐出銀子已然不可能，但對付她出口氣的法子還是有的。」

「什麼法子？」允璎急急問道。

「這事不急。」烏承橋笑笑，目光越過她，看向跟下樓來的柳柔兒，他斂了笑。「妳還是先安頓柳小姐吧，吃過了飯，雇個船送她回柳家。」

「不！我不回去！」柳柔兒嚇了一跳，反應激烈地擺著手。「我不回去，我要在這兒等柯至雲回來，他還欠我一個解釋。」

「柳小姐，因為妳，我們這些人失去了家。」烏承橋平靜卻直接地說道。「妳留在這兒，只怕我們這兒的一切又要不保，妳還是回家等吧。」

「什……什麼意思？」柳柔兒被他的話嚇到，有些迷茫地看了看烏承橋，又看了看眾人。「我做什麼了？」

「因為妳，柳家、柯家到處在找人，他們覺得是妳去了苕溪灣一帶，帶人封鎖了那邊的水路，害得他們有家難歸，所有浮宅被毀，無數船隻受損，這一切，都是因為妳逃婚所致。」不知道為什麼，允瓔對柳柔兒說話的語氣就是好不起來。「趕緊的，吃過中飯我就送妳回去，別賴在這兒再給我們招禍。」

「我不走，我要等柯至雲回來給我解釋，我逃婚，也是他造成的，你們怎麼不去怪他？」柳柔兒帶著哭腔說道。「我什麼都沒做，憑什麼就要承擔一切嫁給那死老頭？我不走……」

說到最後，一屁股坐在臺階上，伏在膝上大哭了起來。

「妳不回家也行，去妳姊姊家吧，反正她家就在泗縣，而且妳住在她那兒，你們家的人還有柯家的人，絕對不敢上門找的。」允瓔面對這樣的撒潑，有些頭疼。

「我不去，她從小到大就看我不順眼，她不會幫我的。」柳柔兒連連搖頭，哭得更響。

「行了！再哭把妳扔大街上去。」允瓔皺眉。她這是遇上什麼牛皮糖了啊，想甩都甩不掉，早知道這樣，她早上就該把柳柔兒揪起來，讓柯至雲去對付了。

柳柔兒的哭聲頓止，臉上還帶著淚，她抬頭可憐巴巴地看著允瓔，等著她後面的話。

「想留下？可以，但妳也別想當小姐，我們這兒可沒有白吃飯的人。」允瓔瞪著她，一時半會兒也甩不脫她，那麼也只能等柯至雲回來處理了。「妳不能離開這個小院，不能出去，免得給我們再招來麻煩，妳能做到嗎？」

「能，我能！」柳柔兒生怕允瓔反悔似的，把頭點得跟雞啄米般。「我以前在家也是大門不出二門不邁的，我絕對能做到。」

「在我這兒，可不是讓妳當小姐，這兒可沒人伺候妳，妳想吃飯、想住在這兒，就得付出勞力，知道嗎？」允瓔皺著眉，她在懷疑自己的決定是對是錯。

「知道，我會做飯、會繡花、會洗衣服。」柳柔兒連連點頭，應得飛快。

「行吧，現在去吃飯，吃完把廚房收拾乾淨了。」允瓔見狀，也不好再說什麼。

柳柔兒聞言立即站了起來，她看了看左右，小聲地問：「那個……邵姊姊，廚房在哪兒？」

「後面。」允瓔指了指堂屋裡面。

柳柔兒臉上還帶著淚，朝允瓔笑了笑，轉身進了堂屋，去了廚房。

「真是的……」允瓔嘀咕了一句。

「妳呀，不喜歡她又何必留下？」烏承橋一眼看穿允瓔的心思，不由失笑。「刀子嘴豆腐心。」

「我哪有刀子嘴。」允瓔臉一紅，她明明很溫柔的好不好？

「來，看看這個。」烏承橋拉過她，往阿明那邊走去。

阿明已經在動手鋸木板了，圖紙就放在一邊。烏承橋過去拿起圖紙，剛剛他和阿明在討論這車子，又修了一些地方。

允瓔看了看，見原來的圖上面又加上了一個頂、一個車把，這樣就能推著走了，放下來時，車把能擱上木板，延伸為一個木案，在上面切菜、放碗都可以，比起她之前想的快餐車，又更切合實際些。

「這兒開了門，兩邊放灶，這空餘的地方就用來放柴禾。」烏承橋指著圖紙跟她商量道。

對喔，這個時代可沒有天然氣或煤氣，也不知道有沒有煤球，她居然把要生火的事給忘記了。

允瓔看到烏承橋修改的地方，不好意思地吐吐舌，承認自己的不足。「我忽略了。」

「妳能想出這樣的麵攤，已經很不錯了。」烏承橋安撫道。「初次做這樣的，難免有想不到的，我們慢慢想，有不對的改就是了，反正有阿明兄弟在呢。」

阿明聞言抬頭笑道：「小嫂子比我們厲害多了，能想到這些，讓我想，可想不出來。」

阿明兄弟兩人日夜趕工，終於在三天後，第一輛麵攤車完成了，完成的時候正是黃昏，除了出船的人，其餘人都到齊了。

這一次接貨，差不多出動了所有船隻，餘下的幾條船這幾日在碼頭也拉了些散客，這會兒也不在，所以眾人倒也不用去守船，都留在小院，看允瓔示範怎麼擺攤，幾個自願出去擺攤的婦人更是圍在她身邊，認真看著她的一舉一動。

幾個婦人都是家中做慣家事的，做飯自然也不在話下，沒一會兒就學會了。

不過今天只是試驗，沒有湯底，只有清湯，麵倒是現成拉好的，但以後，學著也不會很難，所以眾人對這麵攤都極為看好。

「明兒我們就去試試。」幾個婦人已經按捺不住。要不是這會兒天色已晚，她們現在就想出去試。

「我們還能做餃子、餅、饅頭，各種各樣的，都能賣。」

「賣餅和饅頭倒是不用這樣的車，挑個擔子就能搞定了。」

「對，我們在家做好了，明天就可以拿出去賣，反正這兒離碼頭這麼近，賣完了隨時能回來拿，賣不完，我們還有這麼多人，就拿那些當飯了，一點兒也不浪費。」

眾人說得興起，各種各樣的想法也都紛紛出籠。

「邵姊姊，我會做饅頭。」柳柔兒站在人群後面，怯怯地說道。這幾天她真的在廚房幫忙，做事還算索利，這讓允瓔很驚訝，她好歹也是柳家的小姐，做這些事居然不像個生手。

「妳會？」允瓔回頭，語氣倒是好了許多。

「嗯。」柳柔兒重重點頭，臉微紅地解釋。「我容易餓，經常吃過了飯就餓，可家裡有規矩……我就只好偷偷讓丫鬟們買了東西，自己躲在院子裡做……」

「妳去做些出來，成不成還得我們吃過才行，這賣出去的東西可馬虎不得，省得砸了我一間麵館的招牌。」允瓔想了想，給了柳柔兒一個機會。

柳柔兒得了允許，高興地進了廚房。這會兒廚房的飯還沒開始做，她做些東西出來，也不會浪費。

「我們明天就能出攤了，明天我先去吧。」戚叔的大兒媳搶先說道。

「反正就一輛車，我們明兒都一塊兒去看看唄，我還沒擺過攤，不知道怎麼弄呢？」

「阿明兄弟，下一輛車子不急著做，先做些矮的、能摺疊的小桌子、小凳子，擺攤麼，總得讓人有個坐的地方，也不用帶太多，一個攤子兩張就好了。」允瓔想起前世那些路邊攤，又把想法和阿明細細說了。

阿明認真聽著，一一記下。

烏承橋則在和眾人說擺攤的事。「泗縣街頭也不是隨意能擺攤的，若遇到衙役收錢，大家也不用怕，給他就是。」

至於給多少，他卻是不知，那些事他也只是旁觀過，不曾經歷過。

「烏兄弟說得沒錯，做買賣，重的是和氣生財，要是他們來了，我們大可以客氣些，請他們吃個餅、吃碗麵的，沒啥。」戚叔也這樣說道。「衙役也是人，是人都希望受到尊重，我們尊重他們，想來他們也不好意思再為難我們了。」

議論紛紛中，柳柔兒去而復還，手中端著滿滿一盤煎餅。

「這是……」允瓔看著那煎餅，頓時愣住了。

她想起了前世的外婆。外婆做得一手好煎餅，每年端午和冬至，外婆就會開兩爐，給家裡、鄰里做煎餅，那時她就愛看，看外婆一手抹麵一手揭餅，一雙手猶如舞蹈般飛舞，絕對是一種享受，只是沒想到柳柔兒居然也會。

能在這兒看到記憶中的東西，允瓔心底某處柔軟頓時被重重戳中了。

「這個叫薄餅。」柳柔兒乍然被這麼多人看著，頓時侷促起來，這些人，這幾天可都是把她當成影子的呀。

「這東西這麼薄一張，怎麼賣？這幹活的人，一頓得幾張才能吃得飽？」戚叔的大兒媳表示懷疑。

她說的也是實情，幹活的人都食量大，饅頭就能啃好幾個，這薄餅一看就是有錢人家的公子小姐才吃的，反正他們不用幹活，吃得也少。

「那倒是不會。」允瓔搖搖頭，看著柳柔兒，難得地放緩語氣。「妳知道這個怎麼吃嗎？」

「就這樣，一張一張的，捲起來配菜吃。」柳柔兒見允瓔似乎挺喜歡她做的煎餅，圓圓的臉上出現笑意，忙拿起一張示範起來。

允瓔見狀，搖搖頭。「戚大嫂說得沒錯，這樣吃，幹活的人得吃多少張才能飽？」

「那……不行嗎？」柳柔兒頓時不安起來。時辰太緊，她做饅頭的麵團還在發呢，剛剛也是怕他們等得煩了，才臨時起意做這個。

「行，換個辦法吃就行。」允瓔卻肯定地說道。「我去做幾道菜，你們看看能不能？」說罷，快步進了廚房。

記憶中的煎餅……那是故鄉的味道。

允瓔許久不曾想起的前世往事，全被柳柔兒的煎餅給挑了起來。

她想她的外婆外公，想她的爺爺奶奶，想她的爸爸媽媽……她明明有個很幸福的家，她卻從來沒有發現……

允瓔心潮起伏，心頭五味雜陳，一時不能自已。可她的動作卻絲毫沒有停下，雞蛋絲、炒肉絲、豆腐煎、紅菇絲……幾道小菜很快就被她整治出來。

柳柔兒跟著進來，見允瓔忙碌，也沒敢吭聲，只小心翼翼地在旁邊當幫手，直到這時，看到允瓔做好了菜站在灶邊發呆、掉淚，她才吃了一驚，愣愣地問：「邵姊姊，妳怎麼哭了？」

「我只是被熱氣迷了眼睛罷了。」允瓔回神，抬手一把抹去眼淚，抽了抽鼻子，抬眸看到柳柔兒還在看她，不由瞪了一眼。「不許告訴別人！」

「我不說。」柳柔兒連忙又搖頭又搖手。

「行了，把這些端出去。」允瓔有些不自在。她怎麼在柳柔兒面前失態了……哼，都是被這柳柔兒的煎餅勾的。

給自己的情緒找了個藉口，允瓔調整了一下自己，才端著餘下的三盤菜出去，卻在門口險些和回轉的柳柔兒撞上，幸好她反應快，及時後退，才避免了盤子打翻的悲劇。

「毛毛躁躁的幹麼？」允瓔雖然語氣不善，但比以前的喝斥好了許多，瞪了柳柔兒一眼，邊走邊說。「拿個空盤子和筷子來。」

「好。」柳柔兒也察覺到允瓔今天的變化，高興地應下，進了廚房。

「好香——」眾人看到允瓔出來，笑道：「許久沒嚐到烏家小娘子的手藝了，說真的，還真有些饞了。」

「小嫂子的手藝就是好。」阿明收起圖紙，推著烏承橋走過來。

「喜歡就多吃點。」允瓔笑了笑。

烏承橋的目光卻落在她眼睛上，微微一愣，她怎麼了？可這會兒，卻是不方便找她問問。

「邵姊姊，來。」柳柔兒很快回來，把手中的盤子、筷子遞給允瓔。

眾人見只有一個盤、一雙筷子，不由有些奇怪，不過也沒說什麼，興許是允瓔想試給他們看呢。

「去打水給大家洗手。」允瓔吩咐柳柔兒。

柳柔兒二話不說，龐大的身子歡樂地滾向……移向井臺邊，打水去了。

允瓔拿了兩張煎餅放到空盤上，兩張微微錯開，拿起筷子把每道菜都挾了些許放在煎餅上，呈長條形，然後把煎餅的一頭摺過一些，再將煎餅捲起來，雙手遞給戚叔。

「水來了。」柳柔兒來得及時，直接提著水和木盆到了戚叔身邊。

戚叔含笑洗了手，接過允瓔手中的煎餅卷咬了一口，笑道：「不錯。」
允瓔笑笑，繼續開捲，這次遞給了烏承橋，然後才是幾位老人和其他人。
柳柔兒做的不多，每人一卷還是省著品嚐的，不過總算都嚐到了味道，紛紛豎著大拇指讚道：「不錯，這個行。」
「這個就跟饅頭一樣，提個籃子就能賣了。」眾人沒忘記擺攤的事，紛紛說起自己的見解。
允瓔只是含笑聽著，站在烏承橋身邊。
「瓔兒，給。」烏承橋自看到她的眼睛有些異樣，就一直留意著她，這會兒見她把東西都分了，自己卻不吃，便把他的截了一半下來遞給允瓔。
允瓔側頭，看著他的笑，暖暖一笑，伸手接過。
「可這個肯定貴呀，會有人要嗎？」戚叔的大兒媳又提出了疑問。
「貴不貴的，明兒去試試就知道。」戚叔的小兒媳反駁道。「我和幾位嫂子明兒去集市上試試，我就不信沒人買得起，要知道這兒可是泗縣，可不是我們小小的苕溪灣呢。」
「也是，倒是我想岔了。」戚叔的大兒媳也不在意，笑著說道。
「欸，妳還會什麼？一塊兒拿出來讓我們嚐嚐，今兒晚飯我們大家也省了，就嚐這些吧。」幾個女人頭一次對柳柔兒正面說話。
柳柔兒頓時激動了，連連應著，一邊退往廚房。「有的有的，我這就去。」

第七十四章

夜深人靜，忙碌了一天的人們都紛紛熄燈入眠，允瓔卻久久不能成眠，許久不曾想起的家人就這樣被一張煎餅給勾了出來。

烏承橋沒有問她怎麼了，只是默默地抱緊了她，緊箍的雙臂傳遞著他無聲的關懷和體貼。

許久許久，允瓔才伏在他懷裡低低地說道：「我想他們了……」

她說的他們，是前世的親人們。

他們現在還好嗎？

她的離開，一定讓他們很傷心很傷心，特別是她的爸爸、媽媽。當初他們堅持只要她一個女兒，可如今失去了唯一的女兒，他們的年紀也大了……

「妳還有我。」烏承橋卻是直接把她的話理解成了想念邵父邵母。他們是因為他才出事的，除了默默的擁抱，他能給她什麼？只有一直一直的陪伴。

「你總有一天會離開我。」允瓔卻低低說道：「喬家……會允許你娶一個船家女嗎？」

她的思緒總算從那深深的懷念中退了回來，她沒忘記自己現在是船家女邵英娘。

「別瞎說。」烏承橋低聲輕斥道。「那兒早就不是我的家了，我想討回一切，也是因為嚥不下這口氣，我不想看到我爹創下的這份家業毀在他們手上。從我踏上妳家的船，我的家就只有一個，妳在哪兒，哪兒就是我的家……」

低語最後淹沒在緊緊相依的雙唇間，這一次，是允瓔主動堵上了他的話，說不清這是一種什麼樣的感覺，她只是想要一味地索求，也是想藉此表達自己的心意，她在的地方，是他的家，他在的地方，何嘗不是她的家？

黑暗中加劇的呼息和心跳聲，最終化作烏承橋長長的克制嘆息聲。「睡吧，明兒還要起早出攤呢。」

「嗯。」允瓔低低應著，在他懷裡安然入睡。前世已只是記憶，而他才是她現在的擁有。

斗轉星移，當黑沈的夜再次亮起，允瓔醒來，已然收拾好了自己的心情。

新的一天，又是全新的開始。

等她收拾好來到廚房，廚房已經極熱鬧了。柳柔兒白白胖胖的手在鍋中不斷起伏，抹麵、揭麵，雖然不像她外婆那樣飛舞，卻也很是熟練了。

戚叔的兩個兒媳婦和幾位負責三餐的婦人都在廚房裡忙碌，燒火、洗菜、切菜，各自分工，比起之前，她們對柳柔兒的敵意已經好了許多。

「早。」允瓔含笑進入廚房朝幾人打招呼。

「早。」眾人紛紛回應。

戚叔的大兒媳叫楊春娘，今天她負責麵攤的活兒，眼見天已大亮，她把碗筷都備好了，卻還不見允瓔出來，正心急，允瓔就到了，她忙急急地迎過來問道：「大妹子，我還得準備些什麼？」

「今天頭一天，先做陽春麵吧，一會兒我去集上買些食材回來。」允瓔邊說邊挽起袖子，準備和麵。

楊春娘把她準備的東西都報了一遍，一邊問道：「還需要什麼？」

「這兒還有紅菇，熬些紅菇肉末湯吧，再多切些蔥花帶著。」允瓔想了想，說道：「陽春麵三文，加紅菇肉末就算五文錢。」

「行。」楊春娘點頭，快步去準備。

允瓔舀了麵粉到一邊和麵，她得給楊春娘準備今天的麵條，不論是拉麵還是刀削麵，做好了用乾麵粉撒勻，這樣涼的天氣，存個一天沒什麼問題，只是不知道今天的生意如何？可似乎沒有人考慮這個問題，大夥兒都在熱火朝天地準備著。

半個時辰後，允瓔的麵條做好了，她拿了個扁簍裝上麵條，交給楊春娘，一會兒她自然要一起去示範一下。

柳柔兒也攤好了煎餅，這會兒她們幾個正在鋪雞蛋餅，早早蒸下的饅頭也已經好了。

允瓔過去幫著一起捲煎餅，應她們的要求，分成素的、葷的兩種。

幾個婦人各自取了籃子過來，籃子裡都墊上厚厚的棉布墊，裡面再放上盤子，鋪了乾淨的布巾，才把煎餅一個個裝進去。

允瓔驚訝地看著她們的籃子。沒想到她們昨晚也沒歇著，連夜趕製了棉布墊給這些食物保溫。

「我們倆留著做早飯，做好了再跟上，妳們先去吧。」不僅如此，她們連分工都商量好了，留下兩人幫柳柔兒一起做早飯，絲毫不用允瓔操心。

於是，戚叔的小兒媳白妮兒帶著幾個人，提著煎餅和饅頭出門兜賣，允瓔則和楊春娘一起推著車子去碼頭，這兒離小院也近，附近的人也多。

來到碼頭邊，找了個背風朝陽的地方擺開攤子，允瓔開始點火生灶，還沒動手，就有人圍過來。

「咦？一間麵館？」有人站在她們的攤子前，看著麵攤車子驚訝地說道。「一間麵館不是在船上嗎？怎麼成攤子了？」

允瓔有些奇怪，他怎麼知道她的一間麵館？

帶著疑惑，她走了出來，看了看麵攤車子，只見上面端端正正地寫著四個大字——一間麵館。

她不由失笑，看這字應該是烏承橋的手筆，只是不知他何時做的。

「這位客人有所不知，我家的船被柯家給毀了，一間麵館開不下去，這不，現在只能用麵攤子來謀生計了。」允瓔笑道，一點也不避諱船被柯家毀了的事。「你知道一間麵館？只是我不記得你……不好意思，恕我眼拙，想不起來了。」

「我沒吃過，但聽說過，他們都說黑陵渡有條船開了個一間麵館，名字怪，味道卻是相當的好。」那人笑道。「既然遇上了，不管真假，給我來一碗。」

「好，客人稍坐，馬上好。」允瓔笑著，馬上動手，楊春娘則機靈地放下一條長凳，請人坐下。

她們的小桌子還沒做好，只能用長凳先替用著。

幸好，她們帶有熱水，火一開始燒，沒一會兒熱水便沸了，允瓔往裡面加了把麵，一邊開始備料。

楊春娘認真地看著每個步驟，暗暗記在心裡，她也很明白，以後允瓔不可能天天來指導她，這攤子終究得靠她一個人。

允瓔也沒有什麼遮掩，動作也不快，在碗裡加了調味料、少許醬油、半碗紅菇湯，麵已經翻滾起來，她又舀了一勺熱湯調在碗裡，湯已然八分滿，這才把麵條撈上來放到碗裡，再撒上蔥花，便完成了。

「客人請，三文錢。」允瓔抽了一雙筷子，端到客人面前。麵不多，與以前的陽春麵比，也就多了些許紅菇湯，但這湯鮮美香甜，只要三文錢，必能讓人喜歡的。

「果然挺香。」那位客人挺滿意，點點頭，示意允瓔把碗放到凳子上，從錢袋裡摸出三文錢遞給允瓔，他也不講究，蹲在長凳前就吃了起來。

允瓔把錢交給楊春娘統一保管，這會兒工夫，已經有不少瞧熱鬧的人過來了，見那人吃得香，也聞著了味兒，紛紛要求一碗。

允瓔立即動手，讓楊春娘招待客人，她動手煮麵。一個時辰後，人散去，滿滿一簍的麵條已經用完了，楊春娘特意備的錢袋也鼓了起來。

「要不要我再去拿些麵回來？」楊春娘問道。之前允瓔做的可是一天的麵，她們帶的只是三成。

「妳在這兒吧，這會兒大家都開始幹活了，吃的人也不多，妳試試，我去取。」允瓔看了看碼頭，人來人往，個個忙活著，但往這邊的人卻是少了，以她之前的經驗，這個點兒應該也沒什麼人了。

「成。」楊春娘剛剛一番忙碌，已經把允瓔的那一套看進去了，眼見這會兒不忙，也有些躍躍欲試。

允瓔點頭，快步往小院走。今天的開端不錯，相信其他人也有不錯的收穫吧。

到了小院，烏承橋不在，戚叔幾人依然在編著簍筐和草簾，看到她都紛紛問起情況。

「挺不錯呢，都賣完了。」允瓔笑道，進了廚房，這一忙，她把早飯都給忘記。所幸，這會兒的廚房倒是不缺吃的，灶上還騰著一籃饅頭，鍋裡還熬著中午要用的紅菇肉末湯。

允瓔隨意吃了一些，記起楊春娘似乎也和她一樣，沒吃飯就出門了，便尋了碗幫她舀了一份，才又端了一扁簍麵條出門。

回到碼頭時，楊春娘正在招呼三位客人，允瓔一過去就愣住了。「關公子？」

來人正是關公子和他的兩個丫鬟，他居然不嫌棄地坐在長凳上，興致勃勃地看著麵攤上寫的那四個字。

聽到允瓔的喊聲，他回頭，有些意外。「喲，原來是小娘子。」

「你……」允瓔不知道該怎麼說才好。

楊春娘接了允瓔手中的東西，笑道：「這位公子點了三碗麵，我正愁著麵沒了呢。」

還真是來吃麵的？允瓔心裡卻起了警惕。

關公子顯然也聽說了一間麵館的名聲，指著那麵攤車上的四個字笑道：「原來一間麵館是小娘子開的。」

「沒想到關公子居然也知道一間麵館。」允瓔也不知道該欣慰還是該苦笑，她知道這關公子的興趣只怕並不在一間麵館上，而是烏承橋。

「之前並不知，這次去陶伯那兒，才聽幾位朋友說起柯家燒毀一間麵館的事，沒想到竟然就是小娘子家的。」關公子細心，主動解釋。

這種名氣……允瓔苦笑。「別提了，一段誤會而已。」

「小娘子，妳之前說你們在泗縣開的貨行，不知在哪兒？我今兒剛回來，正打算去找呢。」關公子點頭，問起貨行的事。

「如今正在修繕中，還未開業，等開了業，關公子再來吧。」允瓔敷衍道。

「不知在哪條街上？」關公子追問。

「就在那邊。」允瓔想了想，還是告知位置，畢竟她也瞞不下去。

「喔，可方便我去看看？」關公子站起來，看著像是急著去查看，只是礙於禮貌問了一句。

「不方便。」誰知道，他的假禮貌遇到了允瓔的真不客氣。「關公子有心了，等貨行開業，第一份帖子定送到府上，只是不知關公子府上在哪條街？」

「正英街，泗縣四大主街之一，很好找的。」關公子點頭，倒也沒有勉強，他轉身朝兩個丫鬟微微示意。「拿我的名帖給小娘子一份。」

「是。」兩個丫鬟面面相覷。雖有些不情願，卻也沒有辦法，乖乖從行囊裡取出一張繪著紫色花卉的帖子遞給了允瓔

允瓔倒是鄭重，雙手接過。「多謝關公子。」

帖子上大朵大朵的花卉，翻開之後，卻只有簡簡單單的四個字——泗縣關麒。看著似乎很有來頭，可允瓔卻看不懂，她收了帖子，朝關麒微笑賠禮，先回了庫房。

庫房裡，洪師傅帶著人已經在給櫃檯收尾了，烏承橋在一邊和洪師傅時不時地說上幾句。

裝修，無非就是修修改改的事，允瓔沒有過多關注，大致掃了一眼，見烏承橋把她想要的全都表現了出來，她更是沒得挑剔。

「相公，剛剛我遇到關公子，他給了一份名帖呢。」允瓔看了看洪師傅，沒刻意避開，把名帖遞給烏承橋。

烏承橋有些驚訝，接過名帖一看，臉上倒是沒顯出什麼波瀾來。

洪師傅聽到「關公子」幾字，轉頭看了看他們，見烏承橋如此，以為他不知道關公子的名頭，便笑道：「你們剛來泗縣，只怕還不知道關公子是誰吧？他可是我們縣的小衙內，要

是有他照拂你們，以後在泗縣就不用擔心有人對你們不利了。」

「小衙內？那是啥？」允瓔一頭霧水。

「他爹是泗縣縣太爺。」烏承橋笑道，朝洪師傅抱了抱拳，示意允瓔推他去小院。

洪師傅含笑回去做事了。

允瓔推著烏承橋回到自己的小屋，看著他問道：「他是誰？」

「關麒。」烏承橋回到屋裡，神情才有些鬆懈，流露些許惆悵。「我們也算是……從小一起長大。」

「怪不得……」允瓔恍然。怪不得那天在黑陵渡，關麒一眼就認出烏承橋。

「我還沒想好怎麼面對他們。」烏承橋嘆氣，伸手抱住允瓔，臉埋在她腹前，低聲說道：「那天我走投無路，去找他們……這才知道什麼叫真正的朋友，他們……」

「他們不幫你？」允瓔沒動，只是靜靜由他抱著。如果是那樣，以後這關麒就得更小心，最好將他納入拒絕往來的黑名單。

「一個也沒見到……」烏承橋第一次主動說起這段往事。「青嬤嬤倒是見了一面，給了我一百兩碎銀子，但她說的話很過分……反正從那時起，我便絕了念頭，過去種種已經過去，所謂的朋友也不再是朋友。」

「沒關係，沒有他們，我們一樣能過得很好。」允瓔心裡一揪，她無法想像他那時是如何絕望。被逐出家族、被追殺、被冤枉，連個相幫的人都沒有，他應該就是在那樣的情況下，接受了平凡的船家女邵英娘的吧？

或許，但凡他有一絲一毫的餘地，都不會娶她吧？

想到這兒，允瓔心頭五味雜陳，她不願多想，轉移話題。「對了，他好像認出你了，剛剛還一直問我們貨行的事，我擔心他會突然跑過來，到時讓他遇到你……」

「沒事。」烏承橋輕輕鬆手抬起頭，這片刻他已經收斂了之前的憂傷，溫柔地看著她。「放心，就算遇到，我也不會有事的，關麒這人本性還算不錯，他應該不會揭穿我。」

允瓔不贊成地嘟嘴。「無論如何，在確定他的用意之前，你不能大意，別忘了，喬承軒還盯著這邊呢，萬一哪天他也突然上門來了呢？」

「好，我儘量不去前面。」烏承橋失笑，明白了她的意思。

「讓戚叔去前面照應吧。」允瓔想了想，徵求他的意見。

「行。」烏承橋點頭，鬆了手。「妳不是要去街上嗎？記得幫我帶些筆墨紙硯回來。」

「好。」允瓔點頭，看了看他懷裡的名帖，伸手敲了敲。「不許去見他。」

「知道啦，快去吧，早去早回。」烏承橋點頭淺笑。「放心吧，我不出去。」

「我馬上回來。」允瓔這才開門出去，走了幾步又退回來，拿出二十兩碎銀子交給他。「洪師傅那兒好像快完工了，這銀子你先拿著。」

烏承橋接下。

允瓔這才放心地出門，仍從庫房那邊出去，她不由自主地往楊春娘那邊看了看，倒是有兩個人在吃麵，但關麒卻已經不見，她鬆了口氣，快步往城中走。

第七十五章

這兒算是泗縣的東城門口，允瓔進了東城門，順著街道緩步而行，邊走邊打量著兩邊的商鋪。可能是因為東城門外就是碼頭的關係，東城區的鋪子也比別處多，一進城門便是寬寬的街道，林立的鋪子。

上一次送貨，他們只是搖著船從城中穿過，卻不曾步行進來逛過街。之前和陳四家的來買食材和生活用品，也是匆匆打聽了最近的集市，匆匆買了東西回去，並不曾駐足細看。

不過，很快允瓔就發現，這一帶的鋪子雖多，卻大多是糧鋪、麵鋪、油鋪，再就是陶器鋪、木器鋪、客棧、飯館之類，都極為簡單，算不上精緻。

集市就在左邊，拐過兩條小巷就能到，但允瓔還是想先去城裡看看，至少得替烏承橋把東西先買全了。

允瓔快步穿過一個街口，越往前，鋪子的陳設也顯得越精緻起來，她站在街口左右看了看，左邊那條街倒是有間書坊，正打算往那邊轉，突然，她看到左邊緩步走來三個人。

正是關麒和他的兩個丫鬟。

允瓔撇撇嘴，放棄去那間書坊，而是快步往前走。她不想和關麒瞎扯，尤其現在知道了關麒曾經對烏承橋袖手不管。

一路綢緞莊、玉器鋪、金銀樓、古董店頻頻出現在眼前，允瓔邊走邊看，很快就在錢莊旁發現了一家文房四寶的鋪子。

那鋪面裝飾得古色古香，連那匾額也帶著幾分濃濃的墨香。

允瓔毫不猶豫地走進去。

「這位姑娘，妳需要點什麼？」一進門，立刻有夥計上前招呼。

「我要筆墨紙硯。」服務態度不錯。允瓔對這家店的印象不錯，一邊說道，一邊打量著店裡的裝飾。

靠牆三面都擺著高高的紅木架子，各種貨物分門別類擺放整齊，每一格的下方還都掛了木牌，清清楚楚地寫著商品的名稱和價格。

允瓔定睛一看，都是以銀或金為單位的，不由咋舌，忙移開目光。

連著的三面櫃檯上也擺著各種貨物，櫃後還站著五、六位夥計，正中央站著的卻是一位青衣老者，看著像是掌櫃的。

允瓔目光一掃，發現右邊還有一個通道，架子後面似乎還有樓梯通往樓上。

「姑娘這邊請。」夥計並沒有因為她衣著寒酸而看輕她，但，也沒有把她帶往貴重商品區，而是到了左邊的櫃檯前，上面擺放的商品明顯普通許多，一邊豎著的木牌上標注的果然也是以文為單位的價格。

還算能承受。允瓔絲毫不介意這位夥計的舉動，她穿得寒酸是事實，買不起昂貴的東西也是事實。

允瓔心平氣和地挑了筆墨紙硯，爽快地付了錢，便要轉身離開。

卻只見關麒和喬承軒邊說邊笑走了進來，而那兩個丫鬟卻已經不見，允瓔此時早已到了門口，想避開也來不及，只好硬著頭皮向兩人打招呼。

「邵姑娘？」

「小娘子？」

不同的稱呼從喬承軒和關麒口中響起，兩人喊罷，又同時互相看了一眼，問道——

「二少認得小娘子？」

「關少也認得邵姑娘？」

兩次異口同聲，讓兩人似乎找到什麼開心的事般，哈哈大笑。

「喬公子、關公子。」允瓔微微後退一步，讓到門邊上，讓兩人進門。

誰知，喬承軒和關麒卻只是站在門口，看著允瓔。

「沒想到能在小店遇到邵姑娘，不知姑娘可否賞臉，樓上稍坐？」喬承軒溫和地笑問道。

允瓔一愣，聽他這話，這店是他的？

「原來小娘子姓邵。」關麒也接著說道。「這家四寶齋是二少的，相請不如偶遇，既然遇上，邵姑娘便給個面子吧。」

允瓔見二人這態度，心知自己一時是走不了，便從善如流，點頭應下。「那就打擾兩位公子了。」

「請。」喬承軒這才往裡走了幾步，側身延請關麒和允瓔上樓。

「請。」關麒笑呵呵地看著允瓔，也作了個手勢。

允瓔沒有動，只是微微頷首。「兩位公子先請。」

一個是主人家，一個是衙內，她一個船家女若真走在他們前頭，只怕兩人心裡要生疙瘩了，她還是小心些為好。

果然，喬承軒和關麒也不客氣，兩人並行先上了樓梯。

允瓔看著他們的背影，微微皺了皺眉，抬腿跟上。

剛剛接待允瓔的那個夥計往她這邊連連看了幾眼，暗暗鬆了口氣。

二樓上，依然是各種貨架，不過這兒的貨架擺飾卻是名貴許多，貨架上的商品也是包裝精美，一看就非凡品。

允瓔掃了一眼，跟著兩人穿過通道，來到裡面一間雅室，看裡面的擺設應該是間接待室。

「邵姑娘請。」喬承軒在主位坐下，一邊客氣地示意。

關麒則隨意地挑了個位置，搶先問道：「你們怎麼認識的？莫非，二少也去一間麵館吃過麵？」

「一間麵館？」喬承軒有些疑惑。「那是什麼？」

「你不知道？那你是怎麼認識人家的？」關麒好奇地問。

允瓔淺笑。「我和喬公子相識，說起來慚愧，因為一時失誤，險些鬧了喬公子的吉時，實在抱歉。」

「都過去了，邵姑娘不必再提。」喬承軒顯得大度地擺擺手。這件事他還真沒放在心上，讓他放在心上的一直是另一件事……

「怎麼回事？說來聽聽呀。」關麒好奇，連連催促。

「關少，這件事稍後我再與你細說。」喬承軒安撫道，轉向允瓔問道：「邵姑娘，那天妳還不曾回答我，你們貨行做的是哪種營生呢？」

「她那貨行叫五湖四海貨行，這個我知道，其中賣的有一種就是果酒。」關麒搶著回答。

「關公子說得是，我們貨行做的，是五湖四海的生意，不拘哪一種營生。」允瓔含糊其辭。

「五湖四海……」喬承軒略一思索，笑了。「不知喬某能否參一份？」

「還能參一份？」關麒興趣大起，立即轉向允瓔連連說道：「那我也參，我也要參一份。」

允瓔不由苦笑，這一個還沒打發，又來一個，她要怎麼說才能像烏承橋說的那樣，把他們可能不單純的目的變成單純？

「兩位公子如此信任，允……英娘受寵若驚。」允瓔小心措詞，開口說道。「只是我們貨行還未開張，這生意也不知道好不好……哪能讓兩位公子跟著擔風險呢？」

「做生意總是有風險的。」喬承軒搖頭反駁道。「邵姑娘想來也知道，我們喬家的商隊可是泗縣數一數二的，若是能參一份，於姑娘於我，都甚是有利。」

喬承軒這還是謙虛的說法，喬家豈只是泗縣數一數二的？便是整個江南運河上，喬家要想認第二，只怕就沒人敢擔那個第一，當然，那是以前的喬家，如今卻是情況未明。

「喬公子，不瞞你說，我們這貨行小本經營，卻已有兩個合夥人，這參一份的事，我一人無法作主呀。」允瓔為難道。她這可不是假話，這事確實得等柯至雲和唐瑭同意才行，要不然幾個合夥人我行我素的，這生意也做不了多久。

「不知那兩位現在在何處？我們找個時日，聚一起商談商談如何？到時我作東，邵姑娘也可隨妳家相公一起過來。」喬承軒笑道。

允瓔險些招架不住。他說得沒錯，這談生意的事可不就是男人的事嗎？到時候唐瑭和柯至雲來了，她也來了，烏承橋卻不出現，未免說不過去。

「雲大哥帶人出船接貨去了，十天半個月的怕是回不來；唐公子家中有事，也回了洛城，說是得過了年才能回。」允瓔拖延道。

「這麼說來，這邊的事務都是姑娘和妳家相公作主嘍？」喬承軒直切核心。「那……不知妳家相公何時有空？我們見見？」

「喬公子，抱歉，我家相公……這次因為柯家的事，他受了傷，一時半會兒的出不了門了。」允瓔嘆氣，找了個理由搪塞。

「柯家的事？」喬承軒果然感興趣。之前他便聽允瓔說過一次柯家的事，難道柯家還有後續？

「是。」允瓔帶著幾分無奈。「柯家……還有喬公子家的小姨子的事。」

「我家小姨子？」喬承軒越發驚訝。「快說來聽聽，是怎麼回事？」

「是呀是呀，我最愛聽這些閒事了。」關麒也湊熱鬧地說道，起身坐到允瓔身邊。

「這事還得從喬公子那天的婚禮說起。」允瓔想了想，略略改了改一些小細節。「那日喬公子大度，未與英娘計較，但看在有些人眼裡，英娘卻是招了他們記恨，柳家小姐柳柔兒就是其一，我那日在鎮上買糧，便遇上她，她以詠荷之事相脅，讓我帶她離開。」

「帶她離開？為何？」喬承軒疑惑地問。他當然知道柳柔兒是誰，所以見允瓔說起柳柔兒和詠荷，心裡已信了幾分。

「她告訴我，柯公子與柯老爺斷了父子關係，柯老爺沒有兒子可以和她家結親，就不能巴結上喬家，所以柯老爺起了心思，要娶她為續弦，她不願，想出逃，恰巧在鎮上遇到我，就……」允瓔嘆氣。「我不允，便回了船上，誰知那位柳小姐不死心，還是想辦法逃了家，柯家迎親沒接到新娘子，顏面盡失，大怒之下，派出人手四處尋找，只因有人指認柳小姐上了一條船，似乎往苕溪灣那邊去了，結果柯老爺遷怒，把苕溪灣一帶的船家盡數趕出，因為這件事……無數船家失去了棲身的避風水灣，甚至還有無數的船隻被毀，漢子們不服，也……唉。」

允瓔始終沒有提烏承橋何時受傷，只說了柯老爺的種種作為。她看了看喬承軒，見他眉頭深鎖，想了想，再次說道：「喬公子，按理說，你能青睞我們的小貨行，我們高興還來不及，但現在……」

「現在如何？」喬承軒問道，鬆開眉頭，再現之前的溫文爾雅。「邵姑娘有話儘管直言，不必顧忌。」

「現在，一來是做買賣之事，合夥人一多，這手下人不好做事，萬一遇到什麼事，他們也不知聽誰的為好。」允瓔輕笑，坦然說道。「其二，是我們貨行的這些船家們都是從苕溪灣過來的，他們的家沒了，船也受了損傷，對喬家……實在是頗有微詞，要是他們知道喬公子加入，只怕以後做事……會不服安排。」

「我從不曾去苕溪一帶，也不曾和他們結怨，他們為何對喬家不滿？」喬承軒很不解。

「喬公子有所不知，在苕溪灣那一帶，所有人都知道柯家傍上了泗縣喬家，做什麼事都有喬家為他們撐腰。」允瓔笑道，又拋出一個消息。「那時縣上圍壩，柯家的那位管家……唉，口口聲聲打的都是泗縣喬家的號，縣上派發賑災糧，他們打的也是喬家的號，喬公子，這些你難道都不知道嗎？柯家打著你的旗號，怕是連刨人祖墳拉死人充數的事都幹了，你說，我哪敢……實在抱歉。」

「荒唐！」喬承軒聽到這兒，忍不住重重地拍了一下桌子。

「呃……」允瓔有些驚惶地說道：「喬公子，對不住，我……」

「這事與妳無關，我氣的是這柯老爺真……」喬承軒朝允瓔擺擺手，氣憤地說道。「真是無法無天，如此壞我喬家名聲，還想與喬家結盟，作夢！」

「這種人，不死也該脫層皮！」關麒涼涼地說道。

喬承軒看了看關麒，若有所思，頓了頓，轉向允瓔問道：「邵姑娘，若是……妳可否願意出面作證？」

「這……」允瓔只是遲疑一小會兒便明白過來了，為難地說道：「柯老爺到底是雲大哥的親爹，我這樣做對不住雲大哥呀。」

「妳現在說未免太晚了吧。」關麒取笑道。

「我方才只是在說事實，那些事雲大哥自己也知道，只是作證卻是不一樣了。」允瓔搖搖頭。「雲大哥為了我們的船已經和柯老爺鬧翻了。」

「妳說的雲大哥就是柯家公子？」喬承軒問道。

「是。」允瓔點頭。

喬承軒不置可否地點頭。「邵姑娘，既如此，妳且先回去和柯公子、唐公子商量參份的事。」

「你……」允瓔驚訝，他還是不放棄啊？

「邵姑娘，以妳剛剛的話，這柯家，我是不能與之合作。」喬承軒笑道，一副勢在必得的樣子。「我知道姑娘的顧慮，我也不為難妳，不過希望邵姑娘為喬某帶個話，我只是純粹想參一份，至於你們平時的買賣如何做，我卻是不會過問干涉的，你們儘管放心。」

這麼簡單？

允瓔突然發現自己有些無力，她說了這麼一大堆，原來人家壓根兒就是這樣打算的。

「沒錯沒錯，我跟他一樣，只出銀子，不管你們平時怎麼買賣，只要過年的時候能分到一些銀子零花，就行了。」關麒根本就是湊熱鬧，根本不在乎管理權。

「那……」允瓔想了想，這樣倒是和烏承橋說得差不多，她要再推，只怕要讓他們起疑心，當下點點頭。「我會把兩位的意思帶給他們的，至於他們同不同意……我也是左右不了，到時還請兩位公子見諒。」

「沒關係。」喬承軒含笑點頭，顯得很寬容。

「告辭。」允瓔立即起身，這兩人都不是省油的燈，她還是趕緊走吧。

「邵姑娘請留步。」喬承軒卻站起來，朝外面拍手。「來人。」

允瓔暗暗心驚，他想幹麼?!

「公子。」二樓守著的夥計立即走進來，躬身朝喬承軒行禮。

「去取一套四寶，贈與邵姑娘。」喬承軒示意道。

「不用不用，喬公子，不要破費了。」允瓔忙連連擺手。

還不待她說完，關麒便笑了。「邵姑娘，二少鮮少送人四寶，要知道他這鋪子裡的四寶，在泗縣可是人人稱道的，就是當年的喬大公子，那麼一個大紈袴，也是愛極了自家的四寶。」

「那麼貴重，我更不能要了。」允瓔頓時警惕起來，好好的幹麼在喬承軒面前提起烏承橋?但她不能接這個話題，只能推託。

第七十六章

「別聽他胡言，四寶無非就是筆墨紙硯罷了。」喬承軒不由分說，接了夥計取回來的四寶，塞到允瓔手裡。「我和邵姑娘幾次偶遇，也算有緣，這一份是喬某的小小心意，邵姑娘莫要推辭。」

「喬公子，這使不得……」允瓔還欲反駁，卻見喬承軒臉一沈。

「邵姑娘莫非是瞧不起喬某？」

他這樣一說，允瓔反而不好說什麼。「喬公子誤會了，只是我們小門小戶的，哪敢用這樣貴重的東西。」

「邵姑娘，他有的是這些，妳就別推了，不敢用就供起來，傳家得了，反正呀，不能不收。」關麒開口。

「恭敬不如從命，那……」允瓔見這樣夾纏不清，自己也沒法出去買東西，便轉了念頭收下。「多謝喬公子。」

「沒什麼。」喬承軒這才笑了，親自送她到樓梯口。

允瓔下了樓，捧著那燙手的禮盒，在眾夥計的注目中匆匆走出了門，快步走過一段路，她才停下來，回頭看向喬承軒的鋪子，斗大的四寶齋幾個字在陽光下有些晃眼，她微瞇起眼。突然看到二樓窗前站著兩個人影，那兒，正是她剛剛離開的房間，那兩個人影無疑就是喬承軒和關麒。

顯然，他們在留意她，允瓔乾脆微微一笑，揮揮手，抱著東西轉身離開。

她急著回去，也不再逛街，到前面的路口便往右隨意拐進一條小巷——像這樣的縣城，大街小巷必然是四通八達的——而且她這次出來，還得把空間裡的東西扔車子過明路，要不然只能待在空間裡發霉了。

所幸，她的直覺又準了，七拐八彎之下，居然走到集市口，她忙停下來，左右瞧了瞧，趁著無人，把空間裡的板車拿出來，然後把文房四寶扔進去，除此，空間裡還有袋之前她留的糧食，也被挪了出來，一切準備妥當，這才推著板車出去，邊走邊買著要買的食材和雜物。

一圈轉下來，要買的也就差不多了，允瓔一刻不停，推車往回走，這會兒快到午飯點了，那邊的情況不知道怎麼樣？

「大妹子。」剛出集市，允瓔遇到了出來兜賣的婦人，她的籃子已經賣空，滿臉笑容走到允瓔身邊，把空籃子往車上一放，就接過允瓔手中的車把。「我來我來。」

「嫂子，怎麼樣？」允瓔動作沒她索利，只好在邊上跟著，一邊詢問著今天的成果。

「都賣完了呢，尤其是這會兒要的人更多，我回去就再提一籃來，來得及。」婦人高興極了，想他們這麼些年在苕溪灣，何時一下子見過這麼多進項？

兩人邊走邊聊，很快就回到小院，院子裡，出去兜賣的婦人們都回來了，正在堂屋裡向戚叔點交今天的收入，一邊等著新的食物出爐。

「小娘子回來了。」戚叔已經收了錢，正按他自己的方式記錄著各人的進項。阿明在桂花樹下繼續做摺疊桌子，烏承橋和他討論著，看到允瓔回來，他迎了過來。

「回來了。」烏承橋笑道。

「是呢，在街上遇到喬二公子和關公子，耽擱了。」允瓔看著烏承橋，暗示了一下。

「小娘子，這些妳收著，還有這個，都是她們各人的銀錢數。」戚叔走過來，把用繩子串起來的銅錢交給允瓔，同時遞上一塊木板，上面寫著誰家賣了多少，記得清清楚楚。

「戚叔，我買了紙，一會兒給你一套，我家相公說了，他現在不方便，還請戚叔出面當個掌櫃的，幫我們招呼一下生意。」允瓔沒接，只是笑道。「這些錢您也收著，等晚上大夥兒都收工了，我們再一起結算。」

「我當掌櫃的？這……我不會呀。」戚叔被她嚇了一跳，連連擺手。

「戚叔，您肯定行的。」烏承橋也到了這邊，幫著勸道。「我腿腳不方便，瓔兒到底是婦人家，在前面應客，有些事怕是擔不住，而我們一時半會兒也找不著可靠可信的人，您是最合適的。」

「這……我怕做不好呀。」戚叔沒信心。

「戚叔，我們也是初做生意，一切都在學，遇到什麼難事，我們一起解決就是，您不用擔心的。」允瓔笑道。「您幫我們照應著前面就行了。」

「那……我就試試？」戚叔咬咬牙答應了。

「太好了。」允瓔高興地拍手，這下烏承橋就不用出去，可以降低遇到熟人的機率。

這邊談定，那邊已經有人開始搬卸東西，允瓔忙過去，趁著沒人注意，在車子那邊搗鼓了一番，把空間裡的那套文房四寶取出來，拿到烏承橋身邊。

「相公，這個是喬二公子的禮物。」允瓔把四寶拿到他面前。

烏承橋看到這四寶，臉色有些隱晦不明。他接過錦盒，打開看了看，淡淡地問：「他為何送這個？」

「他還是想參份，還有那個關公子也是。」允瓔推著烏承橋緩步往自己屋中走去，進了門，她才輕聲把事情細細說了一遍。「你看，這事怎麼處理？」

「答應他們。」烏承橋一直安靜地聽著，此時沒有半點猶豫，說罷，他又頓了一下。「不，等雲哥回來，讓他去談。」

「讓雲大哥去？」允瓔有些不好意思。「相公，你說雲大哥會不會怕我多事？我之前光想著逮住機會破壞柯家和喬家的合作，把喬承軒可能追究柯老爺的事給忽略了，你看，那畢竟是雲大哥的爹……」

「不會，雲哥明理，不會怪妳的。」烏承橋搖頭，安撫道：「這事就算妳不做，有一個人還是會做的。」

「你說單子霈？」允瓔立即會意。想到單子霈，她不由皺了皺眉。「以前他是跟你合作，可現在雲大哥在這兒，他和你的約定還作數嗎？他會不會有什麼想法？」

「不會。」烏承橋不想讓她多擔心，笑著搖頭。「單兄弟是明理之人，他對雲哥的離開，說不定還是慶幸的，他也曾說過，這些年在柯家全多虧雲哥照應。」

允瓔點頭，不再糾結。這會兒距離柯至雲回來還有好些天，多說也是無益，大不了等他回來，她道歉唄。

把四寶交給烏承橋後，允瓔便來到廚房幫忙，烏承橋則一個人在屋裡待著。

廚房這邊早已準備好了食物，婦人們也開始準備中午的兜賣。

「先吃了飯再去吧。」允瓔見午飯點快到，眾人還沒吃飯，忙提醒道。

「不用不用，等賣完這些再回來吃。」誰知眾人興致高漲，提上籃子就走了。

餘下柳柔兒幾人滿頭的汗，周轉在灶臺間。

允瓔對柳柔兒多看了幾眼，倒是沒說什麼，只挽了袖子過去幫忙做午飯，一邊關注著麵條的存量。

忙碌一天下來，婦人們來來回回跑了幾趟，終於在黃昏時收工，一干人都坐在堂屋，把今天的進項交給戚叔。戚叔就著燈，一個一個的清點、記錄，加上中午結算的，一整天居然有一千三百多文的進帳，其中麵攤更占了五百多文。

「太好了，阿明，你可得加把勁了，趕緊多做幾個攤子，這樣春娘嫂子一人五百，再加一人就一千，四人就二兩……哎喲，我們這麼多人，一天好多呢！」

「是呀是呀，阿明，你得趕緊的。」

「嫂子，我才一雙手，這……」阿明為難地笑著。「我盡力。」

「別難為他了，這幾天他只差沒站著睡覺了。」戚叔擺擺手，笑著把所有東西遞給允瓔，一邊說道。「再說了，現在我們也是剛開始，大夥兒也就是圖個新鮮，今兒才有這樣好的進項，長此以往就難說嘍。」

允瓔也不推，收下戚叔給的清單和錢，笑道：「戚叔說得對，一樣東西很可能會讓大家膩味，等過段時日我們再上新的，這樣才能保證以後的生意興旺。」

「大妹子真有想法，我們跟著妳，錯不了。」楊春娘讚道。

「我就怕讓大家失望。」她這樣一說，允瓔反倒不好意思。收好東西站了起來，又道：「這些我先收著，等每個月的月底，我給你們發提成。」

「啥叫提成？」有人不解。

「就是從妳們一個月的收入裡，拿出一成給妳們當工錢。」允瓔笑著解釋。有獎罰才有動力，她可不希望她們日子長了各有各的小心思，從而演變成大碗飯混日子。

「哎呀娘呀，那春娘今兒不是就有五十多文錢了？」

楊春娘聞言，驚喜地看向允瓔。她們壓根兒就沒往這上面想，總想著這些天跟著她出來，吃她的住她的，大夥兒好好幹活就是極好的報答了，沒想到居然還有這樣的驚喜。

「是的，妳們自己也可以每天記錄一下，看到時候我算的可有差錯？」允瓔點頭。「既然做起了生意，一切就按著公事公辦來，這些是妳們的辛苦所得，妳們也不用不好意思，應該拿的，過兩天我寫個規定出來，到時候大夥兒看看合不合用。」

「沒錯，無規矩不成方圓，這往後，大家好好幹，有獎當然有罰，做不好的，就要罰。」戚叔應道。

「應該的、應該的。」眾人紛紛附和。

吃過了飯，各自興奮地散去，允瓔打了熱水回來，和烏承橋兩人洗漱完畢，自己也不去歇著，坐在桌邊，掌著燈開始寫規章制度，只可惜她見過的規章制度不少，可都僅止於表面，這內裡的內容……唉，除了應徵船娘時看的，也就剩下學校裡的，可那些都不適用呀。

允瓔拿著筆苦想半天，才在紙上寫下歪歪斜斜的幾行字。毛筆倒是難不倒她，只是寫得好不好看就不好說了。

烏承橋原本坐在榻上擁被看著戚叔記錄的清單，坐了一會兒也沒見允瓔休息，他不由好奇地抬頭，便看到她又咬唇又咬筆的側影。

「在想什麼？」烏承橋想了想，掀被移到榻邊的輪椅上，來到允瓔身邊關心地問。

允瓔回頭，見他就這樣過來，連外套也沒穿，忙放下筆站起來，邊埋怨邊去取他的外衣。「這麼冷的天，也不穿上外袍，當心著涼。」

「妳家相公哪至於這樣弱？」烏承橋不在意地笑了笑，伸手拿起她寫的那張紙，見紙上字跡歪斜，嘴邊綻開一抹笑。

「笑啥？寫得難看吧。」允瓔取了衣服回來給他披上，正好看到他的笑容，不由臉上一紅，伸手取回那張紙。這不能怪她呀，只能怪這個時代只有毛筆，要是換成鉛筆、原子筆、鋼筆什麼的，她的字還是很不錯的。

烏承橋見狀，隨手一摟，把允瓔抱上自己的膝，笑道：「當然不是，妳會寫已經很令我意外了，寫得好與壞又有什麼關係？」

也是，邵英娘可是船家女，要真寫得一手好字，才會招人猜忌。

允瓔心裡一驚。這些日子在他面前太隨意，她竟不知不覺地忘記了這一茬，不過緊接著，她發現另一件重要的事，忙掙扎著下來。「當心你的腿。」

「我這條腿又沒事。」烏承橋抱著不撒手。

允瓔低頭，果然，自己沒坐到那條傷腿……

「那也不行，萬一……」她還是不自在，這樣的坐姿，可是第一次啊。

「妳別動就不會有事。」烏承橋霸道地說著，把她往懷裡拉了拉，才又拿了她手上的紙。「妳想寫什麼？告訴我，我幫妳寫。」

「就是規章嘍，比如說怎麼算工錢、怎麼獎勵、怎麼罰？這麼大攤子的事，沒個規矩可不行，以後會出亂子的。」允瓔回頭看看他的傷腿，小心地窩進他懷裡，說起自己的想法。「像今天，她們賣了多少，我們一個月給她們提一成，就是獎，但我們還得和雲大哥、唐公子清算不是？所以還得算上做這些東西花了多少？每天賺了多少？付了多少工錢？不都得記嘛，我這字……」

「好，記帳的事交給我。」烏承橋淺笑，扶在她腰間的手下意識地撫了撫。

允瓔瞪了他一眼，背過身按住他不安分的手，繼續說道：「這也只是幾位嬸子、嫂子的工錢怎麼算，還有戚叔，每月該定多少？阿明兄弟留在這兒做木工，又得開多少錢？他們出船的又得怎麼算工錢？總不能讓人白做吧，自己手頭上有錢，那過日子才有盼頭。」

「好，妳怎麼說就怎麼做。」烏承橋看向允瓔的目光帶著幾分訝然。他的小妻子越來越讓他驚喜了，不僅懂得許多事，還能識字、寫字，甚至對生意也很有想法。

「幹麼這樣看我？」允瓔正要說，便瞟到他灼灼的目光，心裡發虛，不由伸手擋住烏承橋的雙眼。「不許看。」

烏承橋由著她捂著眼，把手中的紙準確地扔到桌上，笑道：「好，不看就不看，睡覺。」

說罷，雙手推著輪椅就往榻邊走。

允瓔嚇了一大跳，下意識地往後一仰，雙手也摟上他的頸，低呼。「當心，快放我下來。」

「別怕，我不會讓妳摔倒的。」烏承橋低笑著，不理會她的緊張，來到榻邊停下，正要伸手抱她上去，允瓔卻飛快地跳下去，站在一邊瞪他。

「胡鬧，腿傷還沒好索利呢，萬一再傷到怎麼辦？」允瓔嘟嘴，埋怨了一句，才上前扶他。「也小心著些。」

烏承橋淺笑地看著她。她對他的緊張，讓他心裡很受用，同時也有些小小的無奈，這腿傷……真是礙事。

「我去收拾一下。」允瓔扶烏承橋坐好，拉過被子給他蓋上，轉身去收拾桌上的紙筆，吹滅了燈回來，放下幔帳後，她才在外面邊脫外袍邊說道：「相公，那記帳和定規矩的事就交給你喔，我明天再去集上看看，買些食材回來，再讓人削些竹籤，到時候我們除了麵攤，可以再做些小吃什麼的，是了，茶葉蛋也不錯，一定會有不少人喜歡，還有……啊！」

她還沒說完，整個人便被烏承橋拽了進去，一個旋轉，等她反應過來，身上已經蓋上了棉被。

「瓔兒，很晚了，該歇息了。」烏承橋帶著笑，緊緊箍著她，額抵上她的額。「明天的事，明天再說。」

「可是……」允瓔剛剛開口，便被他封住，好一會兒才重獲自由，她這次學乖了，抬手先捂上他的唇，飛快地說道：「我這不是怕忘記嘛，你得幫我一起記著，眼下雲大哥和唐公子都不在，我們還不得多操份心。」

「妳說得都對，不過我的瓔兒，這不是還有相公我嗎？妳什麼都安排好了，讓相公我做什麼呢？」烏承橋拉下她的手，帶著幾分戲謔說道。「妳呀，乖乖睡覺，其他的，有我呢。」

「我……」允瓔一愣，想了想這幾天的事，似乎她真的忽略了他，事事都是她在作主，在這個時代，相公是天，她這樣做，他是真的覺得不舒服了？可是她還沒看清他的神情，就被他的吻封了口，好不容易逮著機會，才弱弱地說了一句。「我衣服還沒脫呢……」

「我來。」烏承橋隨意一句打發了她，果真就在被子底下幫她脫中衣。

「別鬧，你的傷……」允瓔嘆氣。

看來，她真的要注意一下自己的態度了，以後有什麼都跟他說、讓他出面……可是，他不能出面去外面呀。

就在允瓔糾結的時候，烏承橋已經脫去她的外衣，一邊還嘀咕了一句。「可惡的傷……」

第七十七章

忙碌的日子總是過得很快，一眨眼，便到了柯至雲一行人該回程的日子。

這幾日，庫房的門面已經改換完成，餘下的只有內裡一些小裝修，洪師傅已經和允瓔結了帳回去，餘下的東西，阿明的兄弟接手，戚叔也正式上工，帶著人在庫房那邊收拾忙活，準備等柯至雲一回來，就著手開張大吉。

而阿明，這幾日緊趕慢趕的，總算按著允瓔說的，趕出了三輛車子，上面都刻上一間麵館四個字。

允瓔給每輛車配上灶鍋，分派給了婦人們，隨著生意越來越好，一人守一輛車已然有些來不及，所以每輛車都配了兩個人、三套桌椅。

除了麵條、餃子，允瓔還教她們做了茶葉蛋和串燒，每個攤子賣不同的東西，果然生意迅速興旺起來，碼頭、集市附近的人很快就知道了一間麵館，楊春娘幾人的熱情也越發高漲，天天早早地起來，高興地出門，滿臉笑容的回來。

到了晚上清點時刻，更是眾人齊聚歡笑的時候。

這樣的氣氛，允瓔喜聞樂見，看著她們一臉高興，她又有了主意。

「相公，我去一下布莊，給嬸子和嫂子們做些制服回來，這樣，就會有更多人知道我們的一間麵館。」

烏承橋當然不會阻攔她做什麼，只是叮囑她小心、早些回來之類的話。

允瓔喊了一位大嬸，兩人推了板車出去，順便採購。

順著街，允瓔帶著人先到了布莊。

「兩位客人需要些什麼？」布莊不大，一進門，掌櫃的親自上前招呼。

「您是掌櫃的？」允瓔打量了一番，確認地問。

「是的。」掌櫃的微笑著點頭。「姑娘是要買布料還是做衣服？」

「掌櫃的，您這兒做一套衣裙，再加頭帕、圍裙，需要多少錢？」允瓔比了比自己身邊的大嬸。「就按著這位嬸子來量。」

掌櫃的細細打量大嬸一番，算了算，回道：「這得看布料，還有客人要做單衣還是棉衣？」

「這天氣，自然是冬衣了。」允瓔笑道。

「冬衣的話……約莫要六百多文吧，細棉布。」掌櫃的報了個數。

「烏家小娘子，妳要做衣服？要不，買了布回去自己做吧？」那位大嬸見狀忙勸道。

「不用了，就在這兒做，我們自己哪來得及。」允瓔笑著搖頭，回頭朝掌櫃的說道：「掌櫃的，您先幫這位大嬸量一下，先做一套樣衣給我看看，到時候您派人去碼頭的小樓，我們就住那兒，我想給她們配上一樣的衣裙，六個人呢，一人兩套。」

「成。」掌櫃的點頭，一一記錄允瓔說的，又讓人給那位大嬸量了身，做了記錄。

「這是定銀。」允瓔取了一兩放在櫃檯上。

「好，客人放心，後日便可出樣衣。」掌櫃的收銀子，連連點頭。

「行。」允瓔同意，帶著大嬸出來，推了車子往集市走去。

路上，那位大嬸又是歡喜又是心疼。「小娘子，這兩套衣服要一兩多銀子呢，妳何必做那麼好的？買塊粗麻布，我們自己就能做了。」

「嬸子，這是形象投資。」允瓔只是笑。

「啥？形……」大嬸聽不明白。

「就是給妳們穿上一樣的衣衫，人家一看，就知道妳們是一間麵館的，這樣我們的生意必定更好嘛。」允瓔隨口解釋道。

突然，她看到了一個人，清渠樓的青嬤嬤正悠哉悠哉地提著挎籃走進前面的綢緞莊。

允瓔停了一下。

可就是她這一下的耽擱，青嬤嬤似有所感地回頭看了一眼，她看到了允瓔，朝允瓔這邊嫵媚一笑，緩緩轉身，竟走了過來。

允瓔有些奇怪，回了青嬤嬤一個微笑，便要離開，對於青嬤嬤，她心裡還是警戒居多。

「小妹妹請留步。」青嬤嬤卻笑盈盈地湊過來，攔住了允瓔的去路，打量了允瓔一番。

「我記得妳，妳之前跟柯公子一起來過我們清渠樓。」

「青嬤嬤好。」允瓔避不成，只好站住，帶著幾分疏離的笑。「我成親了，可不是什麼小妹妹。」

「妳比我小，喊妳妹妹也不過分。」青嬤嬤卻不在意地揮了揮手帕，笑著問：「你們現在搬哪兒去了？柯公子可有日子沒來我們那兒了。」

「青嬤嬤說笑，妳那兒哪裡是尋常人去得起的？」允瓔淺笑，淡淡地應著。「雲大哥想來也是怕了吧。」

「說哪兒的話，我那天就請妳來著，妳瞧不上。」青嬤嬤似乎沒把允瓔的話聽進去，依然笑得嫵媚，一點兒也沒為之前的事覺得不好意思。「你們現在在哪兒呢？以後我想買果酒，可還有？」

「有是有，不過這價……」允瓔看著青嬤嬤，淡淡一笑。「等雲大哥回來，我請教一下他，畢竟這酒也是難得，以前我們不懂，可虧大了呢。」

「成，只是希望你們能看在老主顧的分上，給我算便宜些。」青嬤嬤一點也沒在意允瓔語氣中的疏離，反倒很自在地以老主顧自居。

允瓔笑了笑。「我會轉告雲大哥的。」

「得空來我那兒玩。」青嬤嬤也不強迫，朝允瓔甜甜一笑，轉身走了。

「她是誰啊？看著不像個正經人……」允瓔身邊的大嬸疑惑地看著青嬤嬤的背影，嘀咕了一句。

「我們走吧。」允瓔看了那邊一眼，沒有多說什麼。

好在，大嬸也不是查根問底的人，見允瓔不願說，她也不多問。

兩人到集市上買齊了食材和米麵，推著車快步回去。

到了庫房門前，戚叔便帶了人出來接應，指揮著把東西搬進去。

「小娘子，妳看那人……好像一直跟著我們回來的呀。」就在允瓔要進門時，身邊的大嬸低聲說道。

允瓔回頭，果然後面不遠處站著穿紅戴綠的兩個人。

「這兩個，看著和之前的嬤嬤一個味兒，該不會是剛才那人派了來跟蹤我們的吧？」大嬸猜測道。

「應該不會。」允瓔搖頭，想了想，轉身迎上去。烏承橋認得清渠樓的人，她們若真是來自清渠樓，這門還真不能讓她們進來。「兩位有什麼事嗎？」

兩個女人看起來年紀差不多，都是三十左右，一個穿紅一個穿綠，描眉抹紅，看著風塵味極重，與青嬤嬤一比，反倒青嬤嬤更像是良家婦女。

其中一人打量允瓔一番，直接問道：「清渠樓的果酒就是妳賣給她們的？」

「兩位是？」允瓔一聽，略略鬆了口氣，這兩人不是清渠樓的。

「這是我們仙芙樓的柳嬤嬤，我是仙芙樓的紅芙。」紅衣女子倒是態度和善，直奔主題。「方才小娘子和青嬤嬤說話的時候，我們就在邊上的玉器店裡，出於好奇，我們才跟著來的。小娘子，清渠樓的果酒可是你們賣給她們的？」

「沒錯。」允瓔點頭。「兩位也是來買酒的？」

「正是。」柳嬤嬤看著允瓔，或許是覺得她不像是主事之人，態度帶著一些淡漠。「讓你們管事的出來一下，你們有多少酒，我們仙芙樓都包了，以後有多少要多少。」

「柳嬤嬤，這酒……可不便宜呀。」允瓔並不在意柳嬤嬤的態度，生意上門，萬沒有往外推的道理。

「多少？莫不是你們也要和清渠樓一樣，一壺十兩？」柳嬤嬤皺了皺眉，看著允瓔有些不耐。「讓你們管事的出來談，妳一小娘子想必也不懂這些。」

允瓔聞言，不由失笑，好吧，她去找管事的……

「兩位稍候。」允瓔轉身，走到庫房門前，朝戚叔招手。「戚叔，這兩位客人要買酒，招呼一下。」

戚叔朝允瓔指的方向看了看，帶著疑惑上前，他有些不解，她明明自己在談了怎麼還要他去招呼客人？

允瓔在經過戚叔身邊時，飛快地叮囑了一句。「戚叔，這兩人是仙芙樓的，要買酒，她們說什麼你且應著，不必答應什麼。」

戚叔頓時瞭然，點了點頭。

這次，柳嬤嬤和紅芙已經到允瓔身後。

「兩位，這位就是我們戚掌櫃，有什麼事和他談吧。」允瓔把戚叔介紹給兩人，就直接回小院去。

小院裡，烏承橋正站著，一手扶著輪椅背，慢慢地走著。他的腿傷已然好得差不多，但因是膝蓋處，加上許久不曾走路，這一會兒也不敢用力踩，走起來顯得有些僵硬。

「相公，你當心些。」允瓔快步上前扶住他。他似乎有些心急了，現在就走，能行嗎？

「沒事。」烏承橋回頭，朝她笑了笑，順勢坐回輪椅。他走了有一會兒了，確實有些累。

「相公，你知道仙芙樓嗎？」允櫻掏出手帕替他拭汗，一邊問道。

「嗯？」烏承橋卻驚訝地看著她。「仙芙樓的人？」

「對，她們自稱柳嬤嬤和紅芙，是來買酒的。」允櫻點頭。

「仙芙樓與清渠樓在同一條街上，兩門對開著，平日便頗多競爭，清渠樓如今的頭牌仙芙兒當年就是青嬤嬤從仙芙樓搶走的。」烏承橋說到這兒也感到有些尷尬，便稍稍停了一下，關注了一下允櫻的神情。

「喔。」允櫻淡淡地應了一句，不作表態。

「櫻兒，我……」烏承橋打量著她的臉色，按捺不住，伸手拉住她，想要解釋。

「嗯？」允櫻抽回手，想到烏承橋對這些樓個個熟悉，心裡忍不住一陣翻騰，挑眉看著他。

烏承橋嘆氣，不用說也知道她又胡思亂想了，他這會兒倒是想解釋，可是礙於院中還有其他人，又不便細說，只得嘆氣，伸手拉住允櫻，低語道：「那是以前的事了，年少輕狂……我知道錯了。」

「知道就好，以後不許理她們。」允櫻白他一眼，倒是沒真的和他計較。「你給句話吧，要不要把酒賣給她們？」

「我想，她們能找到這兒，必定是清渠樓有所動，搶了她們的生意。」烏承橋暗暗捏著她的手，溫柔一笑，分析起來。「仙芙樓裡，大多是清倌兒，與清渠樓相仿，素來是妳爭我奪，實力不差上下，然，仙芙兒去了清渠樓之後，形勢便一邊傾了，想來，青嬤嬤用果酒搶了生意，柳嬤嬤不甘，才尋到這兒。」

「她們之間怎麼爭，跟我們也沒什麼關係吧？」允瓔不屑地撇嘴，睨著他說道：「這酒賣不賣才有關係。我方才在街上遇到青嬤嬤了，她居然像沒事人一樣攔著我打聽雲大哥的事，還以老主顧自居，想要買酒，這兩人就是聽到青嬤嬤的話才跟上我的，你說吧，青嬤嬤和柳嬤嬤，這兩個相較之下，哪個更無恥、更可惡一些？」

「一個……是表面爽快背裡陰險，一個是光明正大的小氣。」烏承橋一愣，不解允瓔的意思，不過還是老實回答問題。

「就好像偽君子與真小人的區別嘍？」允瓔恍然。

「妳想做什麼？」烏承橋問。

「青嬤嬤詐了柳柔兒的銀子，還吃下我們兩批貨，我嚥不下這口氣。」允瓔嘟嘴。「我想教訓教訓她。」

「好。」烏承橋沒有猶豫。「那就把酒賣給柳嬤嬤。」

「兩個都要賣。」允瓔卻說道，看到烏承橋驚訝的目光，湊到他耳邊低聲說了幾句。

烏承橋無奈，看著她失笑地搖頭。「妳呀。」

「你可別心疼。」允瓔朝他揚了揚下巴。

「我如今只會心疼妳，他人與我何干。」烏承橋憐惜地看著她。

「我要讓她知道，得罪小人不可怕，得罪小女人……哼哼！」允瓔朝烏承橋得意地笑了笑，轉身往庫房走去。戚叔招待那兩人也有些時候，想來也有些底了吧。

如今的庫房，櫃檯前面已經隔出一區，用來招待客人，此時，柳嬤嬤和紅芙正坐在那兒，戚叔見到她，先是拱手行禮，接著往這邊走來。

看到允瓔，戚叔快走幾步。「東家娘子。」

允瓔暗暗好笑，沒想到戚叔也這麼會演戲，不過看到柳嬤嬤和紅芙投來的驚訝目光，她還是挺滿意的，讓她們看不起人。

「這兩位客人想要買我們的酒，出的價是每壺十兩，這事我不好作主，還請東家娘子示下。」戚叔有板有眼地說道。

「戚叔，您去忙吧，兩位客人，還是我來招呼。」允瓔配合地點頭，擺起東家娘子的譜，讓戚叔只管去忙，自己走了過來。「柳嬤嬤，不好意思，我方才以為妳只找我們管事的，所以……」

柳嬤嬤有些尷尬，不過很快便收起之前的淡漠，對允瓔說道：「是我們有眼不識金鑲玉，還請小娘子莫要見怪。」

「沒啥。」允瓔在她們面前坐下，笑問道：「柳嬤嬤想以十兩買一壺酒？」

「是。」柳嬤嬤此時也顧不得許多，直言道：「清渠樓出了果酒，賣的便是十兩一壺，偏偏那些客人們圖新鮮，都去了那邊，這半個月，我們樓中也就剩下幾個常客往來，姊妹的生計都……小娘子，只要妳能賣我們十壺八壺的，我們一定能挽回一些客人，到時候我們便可常來常往，做長期的買賣。」

「十壺八壺？」允瓔驚訝。

「不瞞小娘子，自從喬大公子幫著清渠樓撐起了場面，我們樓中的生意便一落千丈，如今煙浣樓新來了幾位姑娘，我們的生意更是清淡，幾乎……開不下去了。」柳嬤嬤帶著幾分苦澀，無奈地說起情況。

又是喬大公子，怎麼哪兒都有他的事……

允瓔撇嘴，看著柳嬤嬤說道：「妳真有信心憑著果酒重奪清渠樓的生意？」

「當然，她會的，我也會，我們如今差的只是果酒。」柳嬤嬤一聽忙說道。

「成，只要妳們真的能打擊到青嬤嬤的生意，我也不要妳們十兩一壺，十兩，買一送二。」允瓔伸出三根手指。「給妳們這個價，希望妳們不會讓我失望。」

「十兩三壺？」柳嬤嬤喜出望外。

「小娘子，妳為什麼……」紅芙卻覺得有些奇怪，看著允瓔問道。「請恕我冒昧，妳和青嬤嬤有過節嗎？」

「過節沒有。」允瓔淡淡一笑。「只不過，她使計吞了我兩批貨，我嚥不下這口氣罷了。」

「原來如此。」紅芙沒有細問，卻也恍然。

「她那些酒等於白得的，你們十兩一壺如何鬥得過她？」允瓔盤算著價，淡淡說道。

「如此，多謝小娘子。」柳嬤嬤立即明白過來。

「妳也別高興，這買一送二的事，也只是我想出口氣，等妳們生意好了，十兩一壺可是妳們自己出的價。」允瓔留了一手。「我總不能一直這樣虧著賣。」

「行。」柳嬤嬤一口應下。想到能把清渠樓的氣焰壓下去，她便雙眼發亮。

「小娘子，是否簽個契約？」紅芙顯得更謹慎些。

第七十八章

「可以，不過負責簽契的柯公子不在，妳們得過兩天再來看看。」允瓔自己的字實在拿不出手，而烏承橋也不便出面，只好推給柯至雲，反正他就是負責接生意的嘛。「還有，如今我這兒還沒開始，酒也沒到，到時候妳們一併過來取吧。」

「小娘子，妳可不能反悔，又應了青嬤嬤那邊的。」柳嬤嬤一聽，有些不確定了。

「柳嬤嬤，我也沒說不賣給青嬤嬤那邊，只不過怎麼賣、什麼價，就要看我心情如何了。」允瓔淡淡一笑，站了起來。「我還有事要忙，恕不能陪二位了。」

「可是……」柳嬤嬤還要再說，被紅芙及時拉住，她朝允瓔笑道：「那就說定了，我們兩天後再來，這會兒就不打擾小娘子了。」

說罷，朝允瓔曲了曲膝，拉著柳嬤嬤走了。

允瓔站在門口，目送她們離開，隨即轉身前往小院找阿明去了。

這會兒烏承橋已經回了屋，正在桌邊寫字，允瓔看了一眼，也沒進去，直接走向阿明。

「阿明兄弟，有事又要麻煩你了。」

「小嫂子有什麼事只管說，不用這麼客氣的。」阿明聞言，立即停下手中的活兒，站了起來。

「幫我先做些木盒子，越精緻越好，大概……先做五十個吧。」允瓔估算了一下，這賣多少，還不是她說了算，她就來弄個限量版。
「什麼樣的木盒子？」阿明無條件服從。
「就是這樣的。」允瓔蹲過去，隨手拿起一根廢棄的木枝，在泥地上畫了起來。「上面可以打開，能放得下酒壺就行了。」
「小嫂子，這得按著酒壺大小才能定呀。」阿明提醒道。
「你先準備著，我這就去找找酒壺。」允瓔點頭，扔了木枝站起來。
再一次出門，這次她沒有帶任何人。
她先去了一趟之前的布莊，花了幾百文買了一包小碎布，又要了一袋棉絮，才直接去了陶器鋪，幸運的是，她一進門就看到角落裡扔著的琉璃瓶子，顯然在這兒，琉璃製品不是很受歡迎。
「掌櫃的，你這些瓶子怎麼賣？」允瓔上前，指著那堆東西問道。
「小娘子要那些？」掌櫃的聞聲出來，很驚訝，不過他看了看允瓔，卻是搖搖頭。「我那些不零賣的。」
「那全部呢？又是多少錢？」允瓔驚訝地問。這是賣不出去，想打包處理的意思？這樣正好，要是價格合適，她一次拿了，也不用怕別人以後仿冒。
掌櫃的伸出兩根手指頭，含笑不語。
允瓔傻眼了，她不懂啊。
掌櫃的見她沒反應，笑了笑，說道：「二十兩，全搬走。」

「掌櫃的，就這幾個賣二十兩？您說笑吧。」允瓔指著角落裡那些全加起來也不到三、四十個的琉璃瓶子。

「當然不止這些，庫房裡還有十箱呢。」掌櫃的長吁短嘆地說道。「也是我鬼迷心竅，五年前去了一趟邊城小鎮，看到這麼漂亮的瓶子，心想著一定會有人喜歡，可誰知道路上碎了三成，到了這兒，看熱鬧的人多，買的卻一個沒有，擱庫房這麼些年，白占了地方，今天遇著姑娘妳了，我也不說價，便宜些賣了。」

「掌櫃的，你不厚道，我也就是看著好看，才想買兩個回去，你卻說不零賣，非要紮捆了賣，你說我花那二十兩銀子買一堆不能吃、不能穿的瓶子做什麼呀？」允瓔連連搖頭。

「小娘子看中這些，不就圖個新奇嗎？妳要是全買了，那整個泗縣可就找不著第二家了，到時候妳往家裡這麼一擺，客人來了，看著也稀罕不是？」對於這些破玩意兒，掌櫃的好不容易逮到一個客人問津，當然不會輕易放過。「我庫房裡面可不止是瓶子，還有盤子、碗，湊成一套完全沒問題。」

允瓔想了想。「不過，掌櫃的，你不會等我看了以後非讓我買嗎？」

「當然不會。」掌櫃的忙連連擺手。「我們家的鋪子在這街上也是有頭有臉的，小娘子只管放心，我們絕不做那坑人的事，買賣自願。」

「那成，就有勞掌櫃的帶路。」允瓔把自己的東西放到一邊，跟著掌櫃的來到庫房。

陶器鋪的庫房就在後院，院子裡七、八間屋子，擺滿了用稻草紮捆的陶器和箱子。

掌櫃的打開最裡面的一間，指著角落疊著的十個箱子。「就在這裡。」

說罷，掌櫃的打開一個箱子，果然裡面盤、碗都有，滿滿的一箱，色彩也極晶瑩剔透。

允瓔第一眼就喜歡上這些，甚至已經想到什麼樣的盤子配什麼樣的蔬果，但這會兒卻不能表現出來。

「掌櫃的，你真不單賣呀？」允瓔有些遺憾地拿起幾個盤子，對著陽光照了照，她表現出依依不捨，同時也表現出對全買沒興趣。

「不單賣。」掌櫃的搖搖頭。

「能賣多少是多少不是？你一開口二十兩，就算我有心，我也買不起呀。」允瓔嘆了口氣，把盤子放回去。「要不，你便宜些，十兩吧，我全買了。」

「小娘子說笑呢，十兩？太少了，我報二十兩都虧大了。」掌櫃的連連搖頭。「妳要真心想買，我也就再少些，清完這些也省得占地方，十八兩吧。」

「十一兩。」允瓔砍價。「我買這麼多回去，還不知道要被家裡人怎麼說呢，麻煩掌櫃的了。」

說罷，有些遺憾地放下盤子。

「唉，算了算了，小娘子也是誠心，那就十一兩吧，收回多少算多少，我騰出地兒來做別的生意，還能早些賺回來。」掌櫃的見允瓔要走，終於動搖了，這麼多年來沒這樣的買主，他錯過這個村，只怕就沒這個店了。

「掌櫃的真賣？」允瓔驚訝地轉身，臉上隱隱有些後悔般。

「賣。」掌櫃的見狀，忙一錘定音。

「好吧。」允瓔嘆氣。「只是，得麻煩掌櫃的派人幫我送一下。」

「這是自然。」掌櫃的連連點頭，生怕她反悔般，忙出去叫人安排搬運。

允瓔鬆了口氣，取出十一兩銀子，等到掌櫃的把倉庫裡所有琉璃製品都搬上車，還有外面鋪子裡的一起，沒落下一件，清點清楚，允瓔才把銀子給了掌櫃的。

「小娘子還需要什麼只管來。」掌櫃的接了銀子收起來，笑容滿面地送了允瓔出門，叮囑夥計一定要安全把東西送到。

「一定。」允瓔點頭，把之前的棉絮和碎布都放到車上，才隨車返回。

回到小院，允瓔也不小氣，摸了十幾文錢塞給夥計，笑道：「辛苦小哥。」

夥計幫著卸了貨，拉著空車走了。

允瓔讓戚叔把這些東西收到最裡面的貨房，自己也跟過去，開箱挑揀。

戚叔見狀，帶著人過來幫忙。

十多箱的東西，清理完畢之後，有七箱是瓶子、兩箱盤子、一箱的碗、一箱的杯子，大大小小的都有。

「這些好看是好看，只是容易碎吧？」戚叔好奇地問。「小娘子，這些是做什麼的？」

「酒瓶子。」允瓔拍手，指了指地上的碗盤。「戚叔，這些碗盤暫時用不上，裝箱子裡吧；這些瓶子先清洗出來，讓阿明照著做木塞，差不多……兩寸長吧，還有那些碎布，等盒子做好，找幾位針線好的嬸子、嫂子們做薄棉墊子，裝盒的時候保護瓶子用的；還有盒子，讓阿明先挑五十個不同瓶子來做盒子，旁邊留個空間，每個盒子裡配一個杯子。」

「好，我馬上去安排。」戚叔一聽任務來了，立即點頭應下，出去安排。

那邊安排下去，允瓔也沒閒著，轉身就去了洪師傅的鋪子，所幸這次倒是不用訂製，她在洪師傅的鋪子裡直接找到一個蒸糯米飯的蒸桶。

允瓔帶著蒸桶回來，翻來覆去地研究。

前世的奶奶家對面就有個做酒的小作坊，每隔三天就會做一次酒，她對那套東西倒是有些印象，無非就是灶上面擱個木桶，裡面……裡面到底如何，卻需要她自己來試了。

一套爐灶、一個蒸桶、幾大捆柴，還有什麼呢？

允瓔回到庫房就進了空間，開始準備試驗。

沒有用來密封的沙袋，她只好找縫製棉墊子的幾位嬸子，裁了好幾條長長的布條，準備縫製沙袋子。

就在這時，戚叔派人來通知了。「陳四他們回來了。」

「總算回來了，都晚了一天。」允瓔站起來，見烏承橋也從屋裡出來，便上前推了他一起往前面走去。

剛到庫房，柯至雲已經滿臉帶笑進來了，陳四等人卻還在碼頭那裡收拾船隻。

「辛苦雲哥。」烏承橋笑著招呼。

「這個好，方便！」柯至雲卻第一眼看中烏承橋的輪椅，上前拍了拍，讚了一番。

「怎麼樣？順利嗎？」允瓔最關心的還是生意，追問道。

「很順利，回來的路上又接了不少活兒，有一半的船這會兒往別處去了，回來的一半也是運了貨的。」柯至雲出師大捷，心情極好，看到允瓔，直接扔了一個錢袋子過來。「這裡面是這趟的工錢，一共六十兩，我拿了二十五兩，置辦了口糧分給兄弟們，他們可能要六、七天才能回來；另外還帶了一批乾貨回來，喏，這兒還有份清單，妳看著賣，估計最起碼能賺個幾成。」

這麼多人出去十天才六十兩……允瓔心裡暗暗嘆氣，不過，蚊子肉也是肉，積少成多，當下收起來，正要看單子上寫的什麼乾貨，柯至雲再次開口。

「下午我們還得走，這次還更遠，大概十天半個月回不來，不過，要去的地方越遠，我們帶回來的特產越能賣錢，這邊就交給你們倆了。」柯至雲這次出去，收穫頗豐，說話也意氣風發。

「等等等，你急什麼。」允瓔立即收起清單，搶著說道：「這邊還有事等你處理呢，怎麼就走了？」

「啥事？妳和烏兄弟看著辦不就好了？」柯至雲驚訝地說道。

「我們不方便。」允瓔看了看烏承橋。

「有什麼不方便的，我和瑭瑭都信你們，有什麼事你們決定就好了。」柯至雲卻大剌剌地說道，一點也不在意。「反正，這兒就交給你們。」

「雲哥，反正你也是下午走，我們先商量商量，你總得知道是什麼事，表個態，我們才好去做吧。」烏承橋也被柯至雲的無所謂給弄得哭笑不得。

「我也沒說現在就走，走，裡面說去。」柯至雲大笑，朝戚叔拱手。「戚叔，外面的煩勞您嘞。」

柯至雲似乎對戚叔站在外面當掌櫃的事，一點也不意外，甚至問都不問一下，就接受了。

把事情交給戚叔，三人到了允瓔屋裡，柯至雲自來熟地倒了三杯茶，笑道：「我這趟出去倒是很順利，接了好幾單生意，一會兒，我把單子放到戚叔那兒，另外我也摸清幾個地方有什麼特產了，正好這次過去要經過幾個地方，我會看著把貨給處理了。」

「雲大哥，對不起。」允瓔更直接，一開口就是道歉，把柯至雲聽得一愣一愣的。

「這是咋回事？好好的說什麼對不起？」柯至雲奇怪地看了看允瓔，轉頭問烏承橋。

「出什麼事了？」

「是這樣的。」允瓔把自己和喬承軒的幾次相遇說了一遍，直說到喬承軒要追究柯家才停下來。「對不起，我當時沒想那麼多，才……」

「就為這個？」柯至雲聽罷，哭笑不得。「我和柯家沒什麼關係，再說，他也是活該……妳就莫想多了，喬家要對他如何，也是他咎由自取，不是我們說一句兩句就能左右得了的。」

「雲哥，喬二公子和關公子有意參一份，他們的意思是，只投錢，不參與平日的買賣，你看這事……」烏承橋順著話轉了話題，說起了喬承軒和關麒的事。

「這是好事呀，以後有了這兩人的照應，我們在泗縣還不得橫著走？」柯至雲拍著大腿說道。「答應他們，我們正缺銀子呢。」

「所以，你今天哪裡走得成？最好，你趁著這次機會，去和他們談。」允瓔心想著，以柯至雲的精明，去和喬承軒談，必定有利，說不定還能讓喬承軒放柯家一馬。「還有仙芙樓的事，這些可都是你拿手的嘛。」

「什麼叫我拿手的？妳就笑話我吧。」柯至雲無奈地搖頭，眼底倒是流露些許感激。他明白允瓔和烏承橋的意思了，他們這是給他和喬承軒面對面談判的機會。「成，我先讓他們去接貨，反正他們也知道地方，我到時候直接半道會合就是。」

「仙芙樓的先不急。」允瓔把自己的想法說了一遍，惹來柯至雲和烏承橋的好奇。

「賣那麼貴？青嬤嬤真是……」柯至雲聽罷，長長一嘆。「好，妳怎麼說我怎麼做，非得好好教訓她一下不可，只是賣那麼貴，仙芙樓出得起價嗎？」

「她自己提的，十兩一壺，不過我說了買一送二，至於多大的瓶子麼……過兩天你們就知道了。」允瓔賣起關子。

「妳有好主意了？」烏承橋也有些意外，他還不曾聽允瓔說起具體的事情，以為她只是單純的分成小壺來賣，現在聽來，似乎不是這回事。

「嗯，要是順利的話，過兩天就有結果了。」允瓔衝他眨眨眼。

「我去跟他們說，安排一下。」柯至雲起身，笑著拍拍烏承橋的肩，往門口走去。

一打開門，只見柳柔兒正背朝著他站在門口，柯至雲頓時退回來，掩上門對允瓔和烏承橋無聲地問：「她怎麼還在這兒？」

允瓔和烏承橋互相看了一眼，笑而不語。

「她……」柯至雲無奈地撫額，緩緩轉身，雙手抹了抹臉，才面無表情地打開門。

「雲哥哥——」柳柔兒這會兒已經轉過身，看到柯至雲開門，滿臉喜悅，嬌滴滴地就迎上來。

「妳怎麼還在這兒？」柯至雲淡淡地問，走了出去。

「我在等你。」柳柔兒有些委屈。「你說了會對我負責的，而且我在這兒也不是白吃白喝，我有幹活，不信你問邵姊姊。」

允瓔聽柳柔兒提到她，反應迅速地轉身對烏承橋說道：「相公，你累了吧？要不要歇會兒？」

「不累，我還有些東西沒寫完，一會兒再歇。」烏承橋也配合，無視了門口那一對。

「那我出去做事了。」允瓔把他的東西都取過來，交代一聲就往外走，帶上了門，面對眼巴巴看著柯至雲的柳柔兒，她朝他咧咧嘴，從邊上溜走了。

幾位做針線的嬸子手巧，這一會兒的工夫，已經把允瓔要的幾樣東西做成了，允瓔拿了，直接往碼頭那邊去，她記得那邊有一處的土壤很像沙子，倒是可以一用。

碼頭處，戚叔已經帶著人卸下了貨，正說說笑笑往這邊走。

看到允瓔，眾人紛紛打招呼。

「大妹子。」陳四家的提著籃子跟在後面，看到允瓔就高興地跑過來。「這邊都搬完了，妳幹麼去？」

「我去那邊找些沙子。」允瓔抬抬手，示意了一下，笑道：「辛苦大家了。」

「我幫妳吧。」陳四家的伸手要幫忙。

「不用了，嫂子還是去準備乾糧吧，下午不是又要走嘛。」允瓔搖頭。這個她自己就能做到，還是他們的口糧比較重要。

「好嘞。」陳四家的也分得清輕重，當下點頭，跟著戚叔等人走了。

船上，陳四幾人還在照顧船隻，眾人臉上皆帶著笑意，顯然，這一趟的收穫讓他們信心十足。

第七十九章

用。

允瓔一一打過招呼，便往右邊走去，找到之前見過的沙子，雖然土質頗多，但也勉強能

費了小半個時辰，允瓔把幾個細布袋都裝滿，就著河水淘洗了好幾遍，直到洗出來的水變得清澈，她才停了手，把布袋的口紮好，扔進空間裡，不過為了避免惹人懷疑，她還是提了一個布袋在手上，快步回去。

再經過的時候，船上的人都已經回小院去了，船隻也都打掃得乾乾淨淨，等著下午出行。

回到小院，和眾人一起熱熱鬧鬧地吃了中飯後，出攤的婦人再次出攤，陳四夫妻帶著眾人出船去了，戚叔和柯至雲自去安排一切，烏承橋則和阿明聚到了一處，正幫著一起削木塞，他本就會削彈弓，削些木塞倒是得心應手。

允瓔到了庫房，直接把準備的東西都移進空間。

她按著自己的印象，開始試驗……

灶上架了大鐵鍋，空間裡還有兩大缸清水，足夠她用了，接著往鍋裡倒上清水，正中間再擺上蒸桶。

她又去廚房尋了一截枯黃足有拳頭粗的竹筒，讓阿明把前面三寸去掉，中間打通，一頭

截到竹節處，打了一個孔，外面再留兩寸長，有些像打酒的漏勺，然後回到空間，把竹筒固定到蒸桶沿上，蓋上蓋子，壓上長條沙袋，又細細地把各種可能漏氣的地方檢查一番，僅留著竹筒的那個漏孔。

做完這些，她洗了個大琉璃碗接在下方，便直接坐到地上，開始點火生灶。

剛剛坐下，她忽地想起自己又忘了最要緊的一環——沒把酒放進去，又匆匆出來，到廚房找了個小陶缸，接著又回到庫房，進了空間。

把果酒倒入乾淨得沒有一滴水的陶缸裡，陶缸剛剛好可以放進蒸桶，而且還只及蒸桶的一半。

再次封好了縫隙，允瓔才拍著手回到灶前。

火苗在灶中慢慢燃起，允瓔也不知道火候，雖然心急，卻也不敢燒得猛了，只好耐心地一點一點放柴禾，耐心地等待著結果。

好在，她並沒有等很久，水燒開之後，濃濃的酒香便飄了出來。

允瓔驚喜地湊了過去，她完全沒有把握，不知道這果酒是不是和白酒一樣可以提煉精純，這也是她在烏承橋面前堅決不脫口的原因。

只是，竹筒口還沒有反應，允瓔又退了回來，蹲得腳發麻，她也不管不顧，直接坐到地上，死死地盯著火，稍稍弱一些就添上，始終保持著那火勢。

燒了一段時間之後，竹筒終於有了反應，先是一滴清澈的水滴落下來，接著兩滴、三滴……漸漸形成細細的水流，注入到琉璃碗中。

成了？

有了成績，允瓔反而一愣，坐了好一會兒才站起來，舀了一勺水淨了手，走過去用手指沾了少許嚐嚐。

果然，比原來烈了不知多少。允瓔大喜，立即回到灶前看火。

這一坐也不知多久，奇怪的是，空間的光線似乎一直都是暗暗的，不曾很亮，也不曾變得完全看不見。

允瓔一時忘記了時辰，只知道幾大捆的柴禾燒盡，幾個大琉璃碗也裝得滿滿的，竹筒流出的水流也在慢慢變細，她才站起來，把幾碗烈酒倒進準備好的琉璃瓶裡，做完這些，才揭開蓋子，往裡探了探，只見陶缸裡僅餘下一層薄薄的水漬。

允瓔著急，手伸進陶缸裡準備取出來，這一碰，頓時燙得縮回了手，捏著耳朵直咧嘴。

想了想，她直接舀了一勺水進去，正打算再來一勺，忽聽到外面響起眾人的說話聲。

「小娘子這麼晚了還沒回來，這是去哪兒了？」

「你們街上都找了嗎？」戚叔的聲音。

「都找過了，我們還問了好幾家正打烊的鋪子，也說沒見過。」

「這會兒去哪兒了呢？」戚叔疑惑地說道。「下午可看到她出去了？」

「她今天出去好幾趟了，最後一趟是到廚房拿了個陶缸，對了，之前還拿了個竹筒。」

「雲哥，街上可有釀酒的鋪子？」烏承橋的聲音有點低沈。

都這麼晚了？

允瓔愣了一下，顯然，他們都往街上找她去了。

她忙把水勺扔回去，拿起地上的兩個大琉璃瓶就要出去，但，只是一閃念，她及時地停下來。

這會兒大家都在外面，她哪能出去？

允瓔屏氣凝神地聽著外面的動靜……

「可能我們從這邊走，和邵姑娘走岔了，我們再去烏兄弟說的釀酒人家找找，這會兒已經晚了，大夥兒分開，兩人一起，半個時辰後要是沒找著就先回來。」柯至雲報了幾條街的街名，安排了下去。「烏兄弟，你在家等著，莫心急，邵姑娘不是不可靠的人，她興許是有事耽擱了，說不定我們出去，她正好就回來了。」

「唉，正因為她不是不可靠的人，我才擔心。之前幾次她出門，都險些被錢發截住……」烏承橋嘆了口氣。「有勞雲哥和鄉親們辛苦了。」

「放心，吉人自有天相，小娘子不會有事的。」戚叔安慰道。「走，我們再去找找。」

「雲哥哥，我跟你一起。」柳柔兒嬌滴滴的聲音。

「去什麼去，妳還怕你們家的人找不著妳？」柯至雲沒好氣地說道。「老實待在家裡照顧烏兄弟，還有，邵姑娘出去這麼久，還不知道有沒有吃飯，妳給她備一些。」

「噢。」柳柔兒弱弱地應了一句。

緊接著，眾人的腳步聲離去，烏承橋的輪椅聲也往小院那邊進去，庫房陷入一陣靜謐。

允瓔側著身靜靜聽了聽，好一會兒才鬆了口氣，從空間出來，外面果然一片黑暗，只有通往小院的門開著，透著些許光亮來。

憑著平日的熟悉，允瓔拿著兩個大琉璃瓶快步往那邊走去，縱使如此，還是沒能避免踢到東西，險些摔倒。

「瓔兒？是妳嗎？」門外傳來烏承橋的聲音。

允瓔嚇了一跳，忙往亮光的地方跑了幾步，側頭看了看，幸好庫房的門虛掩著，要不然她怎麼解釋如何從鎖著的門裡進來的？

「是我。」到了門附近，允瓔忙應了一聲，快步跑過去。

誰知烏承橋心急，推著輪椅也過來了，允瓔猝不及防這麼一撲，直接撞上他的輪椅，碰得膝蓋生疼，偏偏她手上還拿著琉璃瓶，護都不能護一下。

「當心！」還是烏承橋反應快，及時伸手抱住允瓔的腰才讓她免於摔到一邊，只是她手中的瓶裡還是不可避免地灑出許多。

扶穩了允瓔，聞到她身上濃烈的酒氣，烏承橋不由皺了皺眉，語氣低沈，顯然動了氣。

「妳去哪兒了？怎麼滿身的酒氣？」

「相公，你看看這個，成功了呢。」允瓔穩住身體，獻寶似的遞上兩個大琉璃瓶。

「放著吧。」烏承橋見她回來，一顆心落了地，便鬆開她推動輪椅後退。

「相公。」允瓔拿著瓶子，愣在原地，剛剛的興奮勁瞬間消散，她有些無奈地看了看手上的瓶子，快步跟上去。

好吧，確實是她自己忘記時間，害得大家忙碌一天還要去找她。

「相公，生氣了？」允瓔跟著烏承橋進門，把瓶子放到桌上，轉身蹲到他面前。

烏承橋見狀，立即停下輪椅，才沒撞上她，確定她沒事，他才皺著眉看她。「蹲在這兒做什麼？滿身的酒氣，還不去洗洗。」

「相公，對不起啦，我只是一時……忘記時辰了。」允瓔伸手拉住他的胳膊，軟聲軟語地道歉。「我沒想到都這麼晚了，出來才知道的，一會兒等大夥兒回來，我一定好好跟他們道歉，而且不會再有下次了，別生氣了好不好？」

烏承橋低眸看著她。他只是擔心她，剛剛沒找著她時，一想到她有可能落入錢發手裡，那種幾近窒息的感覺讓他差點抓狂，直到她回來……到底是從什麼時候開始的？他竟離不開她了……

「相公，別生氣了，我也是著急果酒的事，才……」允瓔見他不吭聲，連忙解釋，可是話說了一半，烏承橋卻突然拉住她的手臂，將她拉入懷中，緊緊箍住，令她不由傻眼，他這是怎麼了？真是奇怪。

「以後不許一個人出去了。」許久，烏承橋低低吐出一句話，帶著隱隱的克制。

「啊？」允瓔還是一愣一愣的。

烏承橋卻沒再說話，只是緊緊抱了一會兒，才鬆了手，平靜地問：「妳剛剛說的，是什麼酒？」

「啊？」看著他奇怪的舉動，允瓔還停在當機狀態。

烏承橋看了她一眼，推著輪椅往桌邊過去，扶著長凳移坐到凳子上，伸手拿了一個琉璃瓶過來，湊到鼻端聞了聞，又舉著瓶子端詳一番。「這是什麼酒？」

允瓔眨眨眼睛，總算從烏承橋古怪的表現中反應過來，忙走過去，介紹道：「這一罈應該是葡萄酒，一罈酒也就得了這麼兩瓶，我嚐了一下，味道烈了好多，我去拿個杯子過來，你嚐嚐怎麼樣。」

「嗯。」烏承橋點頭，卻沒看她。

還真生氣了。允瓔瞄了他兩眼，快步出門，卻在堂屋裡遇到柳柔兒。

「邵姊姊，妳去哪兒了？大夥兒到處找妳呢。」柳柔兒看到她，立即喊道。

「我去辦事情了，一時忘記時辰，抱歉。」允瓔點點頭。對柳柔兒，她也沒什麼好說的，說罷，快步進了廚房。

柳柔兒緊隨其後。「那妳還沒吃飯吧？我正幫妳熱著飯，這就拿出去。」

「一會兒再吃。」允瓔點頭，拿了三個杯子就回了房間。

屋中，烏承橋還就著燈在端詳瓶中的酒，時不時地聞上一聞。

「相公，給。」允瓔理虧在先，這會兒對烏承橋也是頗為殷勤。「要不要拿原來的果酒對比一下？」

「嗯。」烏承橋低低地應了一聲，倒是接過一個杯子，倒出少許的酒，小啜一口細細品著，隨後忍不住驚訝地看向允瓔。

允瓔見他正視她這大半天的結果，也急於讓他分享她的成功，小跑著出去，到庫房挑了一小罈果酒回來，剛到側門，就聽到後面庫房門被推開，她轉身，看到戚叔帶著幾人回來了。

「戚叔。」允瓔忙停下招呼。

「小娘子回來了！」戚叔驚喜地喊。

「對不起，讓你們擔心了。」允瓔立即道歉，這是她的疏忽。

「沒事沒事，只要妳安全回來就好。」戚叔連連擺手，對身後幾人說道：「你們再去一趟，告訴大家都回來吧，小娘子回來了。」

「好嘞。」眾人沒有猶豫，提著燈籠轉身走了。

「戚叔，一塊兒來嚐嚐果酒吧。」允瓔邀請道。

「小娘子下午出去，就是為了這酒？」戚叔點頭，邊走邊問。

「是的。」允瓔不好意思地笑了笑。「一時入迷，忘了時辰。」經過堂屋，看到柳柔兒站在那兒，便喊了一句。「幫我再拿兩個杯子過來。」

「喔，好。」柳柔兒正不知道要不要端菜出來，便聽到允瓔的話，忙又轉向廚房。

「戚叔請。」允瓔把戚叔讓到屋裡，打開剛剛抱回來的酒罈，倒出滿滿一杯。

「這就是上次那兩位女客人說的十兩一壺的酒？」那些酒入了庫之後，就沒有再拿出來過，所以戚叔也是頭一次見，不由驚訝。「真香。」

「戚叔，請。」烏承橋拿起兩個空杯，倒了果酒進去。

「太甜了。」戚叔小口小口地品著。他沒有忘記，這可是十兩銀子一壺呀，這半杯下去，他喝掉了多少銀子？

「這麼甜，還這樣貴……」他想不明白，難道那些好酒都是這樣的？

「還有這個。」正好柳柔兒送來杯子，允瓔接過，把琉璃瓶裡的酒往兩空杯子裡倒了少許，蒸餾過的酒太烈，可別把兩人給燒著了。

「這個夠勁兒！」戚叔顯然酒量不凡，豎了豎大拇指，一口接一口地啜著。

這空檔，允瓔已經按著二比一的比例調了一杯混酒，分給兩人喝。

「戚叔，給個意見，看看哪種最合適賣出去。」允瓔不懂這兒的人都喝什麼樣的酒，虛心請教著。

「這個柔了些。」戚叔品嚐完畢，頗有見地的點評道：「第一杯太甜，適合女子們喝；第二杯，自然是會喝酒的男人們喜歡的；這第三杯倒是也還好，不論男女，想來都能受得住。」

「相公，你說呢？」允瓔故意看著烏承橋問道。

「都不錯。」有戚叔在，烏承橋當然不會不理她，淡淡說了一句。

「我是這樣想的。」說了等於沒說。允瓔不滿意地睨了他一眼。「這甜的，不妨定低一些價，嗯，小瓶八兩，不用盒子裝，做些漂亮的袋子就可以了；這兩種酒混一起的呢，甜的多一些的，就十兩，兩種一樣多的，就十五兩，烈的偏多，就二十兩；完全烈酒的，就四十兩，甚至是更多，當然越貴的包裝也得好看精緻些了。」

「這麼貴？能賣得出去嗎？」戚叔有些咋舌。

「可行。」烏承橋惜字如金，依然平靜地點頭，只是，看向允瓔的目光卻多了幾分若有所思。

允瓔又瞪了他一眼。

她都道歉了，還那樣小聲小意地哄他，在這二十幾年的人生裡，可是頭一次對一個男的這樣，居然不領情！

「我也覺得不錯。」就在這時，柯至雲走進來，大讚道：「邵姑娘冰雪聰明，這也能想得到。」

「雲大哥……」允瓔站起來，正打算道歉，柯至雲卻興沖沖地湊過來，自己動手倒酒了，一邊還抱怨道：「你們可真不夠意思，這麼美的事居然不等我回來。」

「抱歉，是我疏忽，辛苦大家了。」允瓔總算瞅了個空，說了一句。

「妳也是為我們大家嘛，只是下次要當心些，妳不知道，剛剛沒找著妳，他不知道急成什麼樣。」柯至雲指了指烏承橋，說完一口飲下那蒸餾過的烈酒，頓時深深吸了口氣。

「痛快！」說罷又伸了手。

允瓔一把搶過。「一罈酒就得了這兩瓶，你這樣喝，一會兒就沒了。」

「沒了再弄唄。」柯至雲伸著手，好奇地問：「妳在哪兒弄的？怎麼弄的？我喝著還是我們果酒的味兒呀。」

「現在，只能先保密。」允瓔隨口說道，她可說不出具體位址呀。

柯至雲見她護寶似的，只好作罷，拿起第二杯調和過的，這一次他學乖了，慢慢地品。

柳柔兒在門口站著，想進來又怕柯至雲不高興，只好忍著，直到這會兒才又提醒一句。

「邵姊姊，飯都熱了兩遍，妳先吃飯吧。」

「來了。」一允瓔這才想起自己還沒吃晚飯，忙應道，想了想，還是將酒瓶放了回去，一邊不放心地提醒道：「可不能喝完了，明後天柳嬤嬤那兒，全指望著這兩瓶呢，我跟她說好了十兩一壺，買一送二的。」

第八十章

「十兩？買一送二？」柯至雲驚訝地看著她。

陶伯那兒的價是他去談的，自然最清楚，當然明白她報的價意味著什麼，正要說什麼，烏承橋開口了——

「還不去吃飯？人家柳小姐等候多時了。」

明明就是心疼允瓔，卻偏偏說得像體恤柳柔兒似的，柯至雲看看兩人，忍了笑，低頭品酒。

允瓔忙出來，她也是真餓了，一坐下便狼吞虎嚥起來。

外出尋找的眾人也陸陸續續回來，面對允瓔的歉意，眾人都以一句「沒事就好」結束。

允瓔吃完飯，柳柔兒也體貼地燒好了水。

「謝謝。」頭一次，允瓔和顏悅色地對柳柔兒道謝。

兩個字把柳柔兒樂得不行，看著允瓔連連擺手。「沒關係，我也是閒著。」

允瓔見罷，不由汗顏。她對柳柔兒是有多惡劣，兩個字就把人樂成這樣？她無言以對，提著水回了房間。

戚叔和柯至雲已經離開，兩個琉璃瓶已經塞上木塞，外面還包了一層布，烏承橋也已洗漱完畢歇下。

她又不是故意的，他至於氣成這樣嗎？

真是的，小氣的男人。

反正她也道歉了，他不理她，那就自己慢慢消氣好了。

允瓔看了他一眼，提著水桶進了隔間，把熱水倒進浴桶裡，再自己泡進去，還在頻頻嘆氣。

想想她也真是失敗，前世今生第一次哄生氣的男人，居然失敗收場，唉，累了一天，還落得這個下場……

心裡不免有些委屈，倚著木桶深深地吸了口氣，起身穿好衣服，也懶得清理浴桶裡的水，直接把滿是酒氣的衣服扔進浴桶裡泡著。她打著哈欠鑽進帳幔，輕手輕腳地繞開烏承橋到了裡面躺下，一邊偷瞄著他。

居然真的不理她就睡了。

哼，他不滿意就裝大爺，想她之前還是家裡的小祖宗呢，看誰先理誰。

允瓔越想越覺得委屈，撇了撇嘴，也背過身去，這一委屈，頓時把瞌睡蟲也趕跑了，只得瞪著裡面的帳幔出氣。

就在這時，烏承橋翻了個身。

允瓔沒動，目光往外睨了睨。

沒動靜？

她有些火大，她都已經道歉了，還想怎樣？

好吧，她睡不著，他也別想睡。

想到這兒，允瓔轉身，正要發威，烏承橋卻伸出手，將她抱了個正著，力道之大，讓允瓔頓時悶哼出聲。

「睡吧。」悶葫蘆總算開了腔。

「鬆開。」允瓔手指戳著他的肩膀，僵著身。

烏承橋不理她，抱著她的手臂卻又緊了一分。

「鬆開。」允瓔使勁戳。「你不是不理我嗎？這會兒幹麼又抱？」

「沒不理妳。」烏承橋的嘆息幾不可聞。他抬起一隻手，將她的頭按在懷裡，低語道：「睡吧。」

「你明明就有。」允瓔扭著身子掙脫他的手，乾脆雙手捧著他的臉，迫使他正眼對著她，抱怨道：「我又不是故意的，而且我也道歉了，你還生氣。」

「沒生氣。」烏承橋一動不動，定定地看著她。

「你的表情告訴我，你生氣了。」允瓔指控道，撒氣似的揉搓著他的臉。「還不承認。」

「我只是……生自己的氣。」烏承橋也由著她揉，不過倒是低低地解釋了一句。

「什麼？」允瓔沒聽仔細，停了手問道。

「沒什麼，睡吧，明天還要做事。」烏承橋拉下她的手。

「不行，你不說清楚，就不讓你睡。」允瓔的大小姐脾氣也難得被激出來，拿出耍賴的架勢，絲毫沒發現自己整個人都貼在他身上。

「瓔兒。」烏承橋突然很認真地喊了一句。

「幹麼？」允瓔瞪他，喊她名字就放過他？想都別想。

「真不睡？」烏承橋挑眉，語氣越發低沈。

允瓔絲毫沒察覺，依然不退卻。「不睡。」

「好。」烏承橋的唇角一勾，按著她的手貼著他的胸膛緩緩滑下。

「好什麼呀？你今天說話怎麼怪怪的？」允瓔皺眉。

可是看著他似笑非笑的表情，隱隱的，她覺得哪裡不對。

但這會兒察覺到不對，已經晚了，她的手被他按到了某處，她頓時睜大眼睛，意識到是怎麼回事，一張俏臉徹底燒起來，手觸電般地抽回來，狠狠捶了他一下，迅速轉身躺下。

烏承橋低笑。

這下她知道老實了？

只不過此時此刻，連他也不敢再去抱她，一起這麼久，無數次都險些克制不住自己，可沒有一次，像今天這樣來得洶湧。

允瓔背對著他假裝睡覺，臉上的熱意卻一直未消，一顆心就像要跳出嗓子眼似的，思緒也亂了起來。

他這樣的暗示……不對，方才那樣已經是明示了，她就是再沒有經驗，也能明白他的意思，可是，他總不能讓她主動吧？

呼……帶火的男人惹不起，看來她以後都應該離他遠一些，以免引火焚身啊。
胡思亂想中，允瓔沈沈睡去。
而烏承橋，卻睜開眼睛，側身輕輕地擁住她，他已經平靜了許多，就在手環上她腰的那一刻，允瓔下意識地翻身，貼向他懷裡尋了個最舒服的位置。看著懷裡的她，他忍不住笑了，收緊手臂，閉上眼睛。

天微亮，歇息了半夜的眾人紛紛起來，精神抖擻地準備著今天要忙的事。
允瓔也不例外，雖然昨夜睡得晚，但還是如往常一樣起來了，瑣事忙完，便準備拿那兩瓶酒去試驗，按著昨天的說法，賣給柳嬤嬤的那些酒十兩一壺，只消加些許蒸餾的酒進去就好了。
允瓔想著便要往庫房走，昨夜試酒已經用去少許，還是再去搬一罈備用好了。
「瓔兒，妳去哪兒？」還沒走出幾步，烏承橋卻在後面喊道。
「我去拿一罈酒，就回。」允瓔頓了頓腳步，應了一聲，烏承橋沒再說什麼，她也不在意，去了趟庫房搬了罈果酒回來備用。
分裝的事，總不能在院子裡弄，允瓔把東西搬回房裡，烏承橋和剛剛吃過飯的柯至雲也聚了過來，不用說，他們也知道允瓔想要幹什麼了。
允瓔讓戚叔挑了幾十個最小的乾淨琉璃瓶回來，木塞全都泡在涼水裡，一個乾淨的陶缸也被戚叔搬進來。

戚叔放下允瓔要的東西後便退出去，允瓔幾人正在忙，也沒注意到戚叔的舉動。

「我來。」柯至雲搶著動手。

「你不去找喬二公子嗎？」允瓔驚訝地看著他。

「昨天已經遞了名帖，約了下午在茶樓會面，現在早著呢。」柯至雲不在意地說道，挽高袖子拿起桌上的瓶子，看著允瓔問道：「怎麼做？」

「我也不清楚，你先把那罈裡的倒進去吧。」允瓔想了想，就按著自己的理解來做。

「好。」柯至雲倒出昨晚開過的那罈酒，倒了一半，他又抬頭看了看允瓔。「這樣會不會太多了？」

「還是邊調邊倒吧。」烏承橋在邊上出主意。

於是，柯至雲停下來，把桌上的兩種酒都倒進去攪拌、品嚐、添酒、再攪拌、再品嚐。三個臭皮匠聚到一起，反覆嘗試，終於，調到三人都覺得還行才停手，開始裝瓶。

「別太滿了。」允瓔見柯至雲一個勁兒地加，忙阻攔道。

柯至雲哈哈大笑，對烏承橋打趣道：「烏兄弟，你瞧瞧你媳婦，這麼摳門，都收人家十兩一瓶了，還不讓加滿。」

「什麼摳門。」允瓔無奈地嘆氣，她可是見識過葡萄酒發酵炸開的威力的。

那時候在一位同學家裡，那同學的母親也是初學，拿著蒸餾水桶釀葡萄酒，釀得滿滿的，當時她也覺得那位阿姨很聰明，可後來睡到半夜，突然就聽到「砰」的一聲，嚇得全家人都起來了，到了客廳一看，原本放在角落的蒸餾水桶倒在對面的門口，玻璃製的茶几被撞得四分五裂，而天花板以及整個客廳到處都是葡萄皮和汁液，一屋子的酸臭味。

如今陶伯釀的酒會不會繼續發酵，她就不知道了，這琉璃瓶會不會和那蒸餾水桶一樣，更不知道，她想的是安全最重要，萬一炸了，傷了人找上門，對他們這小貨行來說，可是雪上加霜的事。

「我聽說，這果酒裝的時候不能太滿，太滿會溢出來的。」允瓔想了想，換了種說法。「那樣多浪費，再說我們正是缺銀子的時候，沒必要這樣大方。對她們來說，你這次大方了，下次再稍稍少那麼一丁點，說不定都會被她們說話，這好人做不得。」

一罈酒很快就分裝完畢，塞上浸泡過的木塞，最外面封上了蠟，幾十個小瓶子擺在桌子上，很是吸睛。

「下午，我帶幾瓶去和喬二談談。」柯至雲聞著那酒香，笑容滿面。「邵姑娘又立了一大功啊。」

「這哪算什麼大功，我也是聽說這法子，試著行不行罷了。」允瓔淺笑。「相公，我下午出去一趟，把東西拉回來吧。」

「去哪兒？」烏承橋問。

「就是做這種烈酒的地方。」允瓔指了指空空的大琉璃瓶，她的空間不能曝光，便只能胡編一個地方出來。

「昨天我們到處找，妳到底在哪家做的？妳那法子不是讓人看了去嗎？」柯至雲突然問道。

「離這兒也不遠的，其實也不是什麼做酒的地方，是做蒸桶的人家，不是鋪子，我偶然遇到，買了蒸桶，就借了他家的灶用了一下，那家人也不多，我做的時候他們都沒進來，沒人知道我這法子。」允瓔說到這兒，有些編不下去了。

她壓根兒不是會撒謊的人呀，可來到這兒，為了不讓空間曝光，她不得不這樣胡編亂造，只是，第一個謊言之後，都必須用更多的謊言去圓，讓她很是無奈。

「原來如此。」柯至雲也只是突然想到，才有這樣的問題，倒不是查根問底。

倒是烏承橋，若有所思地看著允瓔，眸光閃爍。

「下午找人陪妳一起吧。」好一會兒，他才開口。

「不用了，我們這兒人手本來就少，我今天也不去做什麼，把東西帶回來就行了，也沒多重，我一個人就行。」允瓔立即搖頭拒絕，說到這兒，她轉頭看了看，才發現戚叔竟不知什麼時候出去了。「戚叔呢？」

「我在這兒。」戚叔一直守在門口，聽到聲音才推門走進來，一眼就看到桌上的瓶子，掃了一眼，馬上收回目光。

「戚叔，您又不是外人，不必出去的。」允瓔猜到戚叔的心思。

「沒呢，剛剛去外面照應一下，剛回來。」戚叔擺擺手，笑道。

「戚叔，我這法子有用，以後怎麼釀這些酒還得您多費心呢。」允瓔看了看柯至雲和烏承橋。「我們的廚房要準備三餐的買賣，白天怕是騰不出空，只能晚上做，這活兒說麻煩也不麻煩，說省事也不省事，主要還是得熬，所以……」

「小娘子的意思是？」戚叔一愣。

「戚叔，我不知道這法子外面有沒有人會，但如今是我們想拓展生意最關鍵的一步，只有做好了，我們才能快速積累銀子，做下一步的生意。」允瓔認真地看著戚叔。「雲大哥不可能久留在這兒，到時候，這人手……」

「小娘子這樣信任老漢，老漢沒什麼可說的，我一定辦好這件事，只是我不懂怎麼做，還請小娘子多提點。」戚叔明白了，果真和他想的一樣，頓時心裡充滿感動。

「戚叔放心，這法子，您肯定一看就懂。」

允瓔笑了笑。她不可能一直偷偷摸摸地單人行動下去，蒸餾的法子能用，必然得交出去，而且還得交給可靠的人，戚叔就是這個人；至於掌櫃的，等以後生意做大了，再招幾個人就是了，相對而言，掌握技術的才是最根本。

「那今晚就開始？」柯至雲也是好奇，忙問道。

「行。」允瓔點頭，早點教完早點省心。

於是，吃過了中飯，眾人便各自行動，允瓔準備出門，柯至雲也跟上來。

「邵姑娘往哪邊走？可順路？」柯至雲手裡拿著一個盒子，這是他臨時找出來的，裡面裝著兩瓶酒，他約了在茶樓和喬承軒、關麒談合作。

「恐怕不順路喔，我在前面轉彎。」允瓔哪可能跟他順路，當下隨意一指，推著車往前走了。

柯至雲倒是沒跟上，只看了看她就自顧自地赴約去了。

允瓔順著小巷繞了幾繞，到了一處僻靜之處，四下打量，確認四周無人，才把空間裡的東西移出來。

昨夜她出來時，也來不及清洗那些東西，只往裡面倒了一勺水，這一搬出來，一股淡淡的酸味便撲鼻而來，卻不是東西餿了的那種酸臭，相反的還帶著淡淡果香。

允瓔一愣，眯著眼睛瞧了瞧，又聞了聞，心中靈光一閃，一個猜測湧入心底。

酒加了水繼續發酵就會變成醋，難道她昨天無意的舉動讓陶缸裡殘留的東西發酵成醋了？

允瓔顧不得別的，手指沾了少許，嚐了嚐，果然是酸的，不過這味道比起醋還是有些淡，水的味道還重一些，隱約還有酒味。

但，饒是如此，允瓔還是挺高興，她似乎又看到一條路，雖然比不起果酒，可蚊子肉也是肉呀。

一高興，她迫不及待地提起板車把手，拉著快步回了小院。

戚叔看到她回來，立即帶著人上前搬東西。

「當心些，裡面的東西莫要倒了。」允瓔忙提醒道。

烏承橋在院子裡站著練走路，聽到動靜轉身。「回來了？」

「回來了。」允瓔笑著應了一句，跟著戚叔等人進了堂屋，她急著去試想到的那個可能。

烏承橋皺眉。自來到這兒以後，她對生意的急切和關注遠遠勝過在他身邊的時候，這個認知讓他有些鬱悶，想了想，他緩緩挪回輪椅邊上坐回去，然後推著輪椅往廚房而去。

允瓔自然不知道烏承橋此時的想法，她正把陶缸裡的水往那空酒罈子裡倒。

柳柔兒和幾個婦人在準備食材，頻頻側目，幾個搬東西的人已經被戚叔支了出去。

烏承橋坐著輪椅進來，就看到允瓔抱個空罈子晃呀晃的，不由奇怪地問：「在做什麼？」

「相公，你知道醋是怎麼來的嗎？」允瓔這會兒在記憶裡拚命搜尋，倒是找出些許自釀醋的方法，可是她沒試過，也沒見家裡人做過，所知道的並不多。醋是酒的再發酵，這個毫無疑問，問題是多少酒摻多少水呢？這點卻是無從得知，不過她問烏承橋不是為了求助答案，而是純粹高興，又發現一條財路的喜悅。

「醋？」烏承橋不解地看著她。「什麼醋？」

第八十一章

「就是做菜用的醋呀。」允瓔抱著罈子朝他晃了晃，笑道：「我想，我知道醋要怎麼做了。」

「妳從哪裡學的？」烏承橋看著她，那怪異的感覺又襲上心頭。

「我猜的。」允瓔抱著酒罈走到他面前，把罈子湊到他鼻端。「聞聞，什麼味兒？」

「酸的。」烏承橋帶著幾分狐疑，聞了聞。「這樣妳就知道了？」

「當然不是這樣就知道啦。」允瓔搖頭，想了想，解釋道：「你也知道我爹娘以前給人送貨、擺渡的嘛，我曾聽一位客人說過，酒變酸就是醋，之前我還沒往這方面想，就在剛才，我聞著這味兒才想起來的，你看，那陶缸是用來放酒的，昨天因為太晚了，我也沒來得及清洗，就往裡面倒了一勺水，今天就有酸味了，你說，我們是不是可以試試做些果醋？拿出去賣一定有人要的。」

原來如此。

烏承橋看了看允瓔，見她說得有頭有尾，倒是信了七、八分。邵父、邵母長年行走水上，或許，她所會的就是這樣聽來的。想到這兒，他心頭略寬，笑著點頭。

「妳想試，那就試試吧。」

「那就試嘍。」允瓔得了支持，高興地站起來，對戚叔說道：「戚叔，一會兒讓阿明兄弟幫忙，把那個蒸桶邊刨些下去，剛好安竹筒就可以，想辦法固定好，不能漏氣喔，我們今晚就開始做。」

「好。」戚叔點頭，拿著東西找阿明去了。

夜靜更深，廚房裡只剩下允瓔和烏承橋兩人，戚叔自請來看下半夜，此時已回去休息了，柯至雲還沒有回來，其他人都各回各屋歇下。

灶上已經蒸上了酒，萬事俱備，允瓔只需要看著火就行。

她坐在灶後，時不時地添著柴，烏承橋若有所思地坐在一邊。

他在想剛剛的流程。蒸桶已經修改過，上面的蓋子蓋上後，壓上了長長的沙袋，每一處都被封得密不透風，只有那竹筒漏孔處，此時已經有了水氣，隔水蒸酒，她是從哪裡學來的？

他有些不相信她只是道聽塗說學來的，像她，不也在意被人偷學的事嗎？

哪個人會傻到在過渡的時候把這樣重要的事說與他們聽？

這不合理。

允瓔添了幾根柴進去，轉頭看了看烏承橋，見他眉頭深鎖，一直盯著蒸桶，不由問道：「在想什麼呢？」

「沒。」烏承橋收回目光，舒了舒眉頭，柔聲說道：「妳去歇著吧，這兒我看著。」

「只是添柴，一會兒換了戚叔就好了。」允瓔搖頭。

「嗯。」烏承橋點頭，目光停留在她身上。

「你怎麼了？怪怪的。」允瓔添了幾根柴禾，一抬頭就看到他這樣子，她越發納悶。

「我臉上有東西？」說著，抬手摸了摸臉，這不摸還好，一摸之下，手上的灰反倒沾到了臉上。

烏承橋見狀，略移動輪椅上前，伸手撫上她的臉，拇指輕柔拭去她臉上的些許灰塵，目光專注而溫柔。

允瓔只覺得奇怪，他今天怎麼一直怪怪的？

「你有心事呀？」允瓔好奇地問。

「沒有。」烏承橋搖頭。如今的她與初見時的她已有很大不同。長髮柔順了許多，膚色也漸漸褪去暗色，變得白皙凝滑起來，更重要的是，眉宇間比以前更……怎麼說呢，以前的她大膽爽直，整日裡樂呵呵的，眉眼帶笑，看向他的目光那般癡迷直接；現在的她，多了一分自信，做事周全許多，更重要的是，她對做生意的見解。

允瓔見他說著說著竟又開始發呆，不由嚇了一跳，最近他已許久不曾這樣了呀，難道又想起了以前的傷心事？

「相公，你怎麼了？是不是累了？」允瓔拉下他的手，湊到他面前揮揮手。

「不是。」烏承橋回神，嘆氣道：「我只是有些事想不明白。」

或許，她真的是因為突然失去父母，他又受了傷，兩人的生計落在她一人身上，才變成這樣的吧？

「什麼事想不明白？」允瓔驚訝地問。「喬家的嗎？」

「沒什麼要緊的事，妳莫胡思亂想。」烏承橋勾起一抹笑，安撫道。

「你又這樣。」允瓔不高興了。「不問你，你就不說，哼。」

允瓔回到灶後，只管自己添柴，注意著出酒孔，這會兒瓶子裡已經盛了少許，水流也在明顯增加。

烏承橋有些愧疚。

之前是不想讓她擔心，可現在，讓他怎麼跟她說？

難道告訴她，他覺得她跟以前完全像是兩個不同的人？

他相信，他這樣一說出來，她必定更不高興了。

允瓔檢查了一下灶上，又回來添柴了，看也不看他一眼，她心裡添了幾分鬱悶，什麼意思？還是不相信她？

烏承橋沈默，他沒想好怎麼跟她說。

允瓔也不理他，她只覺得委屈，她都做好了把自己交給他的準備，可他呢？什麼都不願意告訴她，他的身分、他的故事，都是她追問出來的。

難道在他心裡，他們共患難的關係還不算親密嗎？

這樣，有意思嗎？

允瓔抿嘴，看著灶中跳躍的火苗，心頭也是陣陣火熱。

就算他是因為昨天的事還生著氣，那她錯也認了，道歉也說了無數遍，便是哄他高興的話也說了不少，還想讓她怎麼樣？

「烏小兄弟還沒睡嗎？」這時戚叔走進來，看到烏承橋也在，笑著打了個招呼，對允瓔說道：「小娘子，要怎麼做妳告訴我，我來看著，你們去歇息吧。」

「戚叔。」允瓔站起來，指著灶中的火。「這火不能太旺，也不能一會兒弱一會兒旺的；還有，這瓶子怕是裝不下，一會兒找個陶缸來接，記得缸中不能有水，要不然酒會變酸，等到這出酒孔的酒變細或是繼不上，你再打開蓋子看看，下面的水也注意著，把這個沙袋挪開一些，舀那鍋裡的熱水進去，完了以後，裡面的陶缸可別用手碰，會很燙的，缸裡餘下的東西，舀上些冷水沖沖，倒入之前那罈子裡吧，我已經在那兒加上了些果酒，到時候封起來，過些日子就變成醋了。」

「好。」戚叔認真記下，點頭。

把這兒的事交給戚叔，允瓔打了一桶熱水回屋，又去打了一桶井水兌上，烏承橋卻沒有回來。

允瓔一瞧，越發不高興，直接管自己洗澡歇下，這一次，她打定主意等著他來哄她。

一躺下，初時還留意著門口的動靜，可片刻之後，她沈沈睡了過去。

一覺睡到天亮，睜開眼睛時，身邊還是沒有烏承橋，允瓔皺眉，伸手摸了摸，被窩倒是溫的，顯然他剛起沒一會兒。

「搞什麼？」允瓔嘟囔一句，起身收拾、洗漱，一出房門，便看到烏承橋和戚叔兩人在堂屋分裝果酒，這次的瓶子略大一些，一個人裝酒，另一個塞木塞封口，倒是配合得挺好。

「烏小兄弟好福氣，能娶到小娘子這麼能幹的媳婦，等你傷好了，你們夫妻二人，必能做成大事。」戚叔讚道。

聽到有人誇她，允瓔也不好意思現在出去了，她收回腳步，站在門口側耳傾聽，她想知道烏承橋都是怎麼說她的。

「我倒是希望，她能和以前那樣，什麼也不用操心，每天高高興興的……唉，是我沒用，連累了她。」烏承橋嘆了口氣。

戚叔昨夜就看出兩人的不對勁，這會兒也是有意勸幾句，聽到烏承橋的嘆氣，他順勢問道：「烏小兄弟，你是不是覺得，自己受了傷，什麼也做不了，而自己的媳婦又這樣能幹，心裡不舒服了？」

「並不是不舒服，只是覺得無力，要不是我……她也不用這樣累，她本該過著平平安安、無憂無慮的日子，如今卻要為我撐起這些生計的擔子。」烏承橋停了一下，繼續低低說道：「她說這蒸酒的法子是從過渡客人那兒聽來的，我卻是不信。她這些天必是去尋了什麼人，才求得這法子，我擔心她會不會受了委屈……」

「你既然心裡有疑慮，為什麼不問問她？」戚叔勸道。「兩口子過日子，要的是齊心，你這樣疑慮著，神情間難免會有所流露，你不怕她心裡也存了疙瘩不高興嗎？」

「這些疑慮，您覺得我該怎麼提？」烏承橋一臉無奈。「她一定會覺得我不相信她，是在質疑她。」

「烏小兄弟，既然你相信她，又何來這些疑慮？」戚叔聞言卻笑道。「她做的這些，還不是為了你們的家？而且，我覺得小娘子那人，也不是忍得下委屈的人，她要受了委屈，必定會想辦法討還回來，而且我瞧她這兩天挺高興，可不像是受了委屈的樣子，你呀，關心則亂，想多了。」

「或許吧。」烏承橋苦笑。

「我雖然沒什麼本事，但看人的眼光還是有的，你和小娘子都不是一般人，你也別為這些小事鬱結於心。」戚叔繼續勸道。「其實呀，依你的能力，就算現在傷沒好出不了門，也不是做不了事的，做生意的事我是不懂，可我覺得你們夫妻倆要是聯手，必有所為。」

「借戚叔吉言。」烏承橋淺笑。「我會好好想想。」

原來，他是在糾結她從哪兒學的蒸餾法子呀。允瓔聽到這兒，恍然大悟。

允瓔正想著，阿明拿著兩個盒子走過來，笑道：「小嫂子，盒子做好了，妳看看。」

「好。」允瓔走出來，掩上門，接了盒子往桂花樹下走去。「阿明兄弟，你會刻花嗎？」

「不會。」阿明不好意思地撓了撓後腦勺，搖搖頭，隨即說道：「烏兄弟會呀，要不，我去問問他。」

「還是我去吧。」允瓔想了想，主動拿著盒子進了堂屋，笑盈盈地開口，就如平常一樣。「相公，這盒子看著單調了些，你能在上面刻上花樣嗎？最好還能刻上我們貨行的名字。」

方才聽了戚叔和烏承橋的對話，知道他心裡的想法，她心裡多少也和緩了一些，就當是借這個機會給他一個搭話的臺階下吧。

「我看看。」烏承橋自然地接過，目光在她臉上停留片刻，就拿起盒子端詳起來。「妳想刻在哪裡？」

「就是這上面唄，不管哪兒，好看就行。」允瓔指著盒子外面。「有我們貨行的名字，有酒的種類就好了。」

「好。」烏承橋一口應下。

「小娘子準備用這盒子裝？」戚叔看了看他們兩個，笑著問道。

允瓔點頭。「是呢，嬸子們的棉墊做得怎麼樣了？」

「做了不少，要拿過來嗎？」戚叔站起來，出去拿東西了，把堂屋讓給他們小夫妻倆。

「瓔兒。」烏承橋伸手握住她的手，款款柔情。「昨天……」

「過去的事就不提了，我明白的。」允瓔微笑著搖搖頭，打斷他後面的話。「只是我希望，以後你心裡有什麼事，都要說出來，別瞞著我。」

「好。」烏承橋鄭重點頭。「再不會有這樣的事了。」

允瓔甜甜一笑，抽回手，拿起一瓶酒，馬上又放下，他們裝的時候沒注意，瓶身外面沾了不少，手拿著黏黏的。

沒一會兒，戚叔端著東西回來了，允瓔又去打一盆水，一瓶瓶的洗過、擦乾，拿了一塊棉墊墊在箱子裡，然後放上酒瓶，接著又跑了一趟庫房，取了杯子回來配上。

「怎麼樣？」允瓔滿意地看著盒子，兩眼冒光問著烏承橋和戚叔的意見。

「不錯，真不錯。」戚叔連連點頭。

「我估計柳嬤嬤今天就會過來，我們給她準備三十瓶小的，也不用這樣子裝了，這些留著開業的時候撐撐場面用。」允瓔笑得開心。總算有了結果，趁著這幾天，柯至雲還在這兒，也是時候開業了。

正說著，柯至雲笑咪咪地大步進來。「告訴你們一個好消息，一個月後是喬夫人生辰，喬二公子要訂我們的果酒招待客人，五十兩一瓶喔。」

「小瓶？」允瓔驚訝地問。

「沒錯。」柯至雲點頭，隨手朝允瓔扔過來一個小布包。「契約簽下來了，喬二公子和關公子各出一千兩銀子，占我們貨行一成的分子。」

柯至雲笑得如同偷腥成功的貓兒，有些得意。

允瓔打開布包，果然裡面放著一疊銀票，還有兩張契約，上面寫得清清楚楚，喬承軒和關麒各出一千兩銀子，加入五湖四海貨行，並且不參與平日經營。

「太好了。」允瓔朝柯至雲豎了豎大拇指。

「還有這些。」柯至雲從懷裡掏出一把銀票。「這些是喬二買酒的銀子，五十兩一壺，他還真捨得，不過在我看來，他就是裝的，比起當年的喬大公子，喬二的功夫還差著呢。」

「你就這麼喜歡喬大公子？」允瓔用古怪的眼神看著柯至雲。「我問你，聽說喬大公子如今落難了，將來有一天，你要是偶爾遇到了他，你會不會幫他？」

「那還用說？肯定幫，必須幫！」柯至雲想也不想地說。

「假如你幫了他，自己也會惹禍上身呢？」允瓔繼續問道。

「當然幫。」柯至雲拍胸。「他一定是被冤枉的。想想看，他身為喬家家主的接掌人，他何必做那樣的事弄銀子？等接管了喬家，那一切不都是他的了嗎？要是我，也不會做那些事，就是做，也不會傻到讓自己暴露形跡，所以喬大公子是冤枉的。」

「你倒是挺信他，可你知不知道，聽說連他的朋友都不幫他呢，你說，他要真冤枉，怎麼會弄到這等地步呢？」允瓔看了看烏承橋，試探著問。

「酒肉朋友也算是好友？」柯至雲不屑地應道。

這時，在外面照應的少年跑進來，向允瓔回稟道：「小嫂子，那天來過的兩位客人又來了。」

第八十二章

「我去會會她們。」柯至雲聽到這話，立即轉身出去。

「戚叔，把這些收了吧，之前的那些酒，挑三十瓶出來。」允瓔吩咐道，向烏承橋招呼一聲。「相公，我出去看看。」

烏承橋點頭，收了幾個盒子，也回屋去了。

允瓔到前面，便聽到柯至雲和柳嬤嬤、紅芙調笑。

「許久不見，柳嬤嬤是越來越有滋味了。」柯至雲笑道，只是，他的話總是讓允瓔納悶。之前說她有心計，這會兒說柳嬤嬤有滋味，這都是什麼形容詞？

「柯公子，真沒想到這兒的東家竟是公子你呀。」柳嬤嬤咯咯笑道，似乎很高興。

「我哪裡是什麼東家，只不過是和幾位朋友一起，尋一個混生計的門路罷了。」柯至雲擺手，一側頭就看到允瓔過來，笑著介紹道：「我只負責接生意，這兒真正的主事是烏家小娘子，相信妳們之前也見過了吧？」

「見過見過，說起來也是嬤嬤我門縫裡瞧人，險些得罪了小娘子，還好小娘子大人大量，不與我計較。」柳嬤嬤和紅芙忙站起來。

「兩位來了。」允瓔頷首，笑著上前。「兩位要的都準備好了，不知兩位需要多少？」

「不瞞兩位，如今我們仙芙樓的處境不太好，這算來算去，姑娘們勒緊了褲腰帶，也就籌了一百兩，這不……」興許是因為柯至雲在這兒，柳嬤嬤有些不好意思。

「小娘子，妳之前說過，買一送二，可還算數？」紅芙看了看柳嬤嬤，笑問道。

「當然算數，我們是第一次合作，這買一送二就當是我與妳們仙芙樓合作的誠意，只希望妳們不會讓我失望。」允瓔點頭，說出去的話，當然要算數了。

「那，能不能簽個契約，以後這些果酒只供我們一家？」紅芙接著問道。

「這不可能。」允瓔搖頭。「方才雲大哥已經與喬二公子談定了價，不是我說話不客氣，妳們樓如今這情況，我若應下只供給妳們，那我這些酒就得砸手裡了。」

「可是……」紅芙還待再說什麼，被柳嬤嬤制止。「小娘子說得對，我們有多大的飯量就吃多少的飯，不能貪心。」

「紅芙姑娘，我們也是做生意的，下面那麼多人等著吃飯呢，只供給妳們，我們吃什麼呀？」柯至雲也笑嘻嘻地接話。「再說了，妳們買的只是普通的果酒，再好一些的，只怕……呵呵，像喬二公子，他訂的就是五十兩一瓶的，我敢誇口，我們最好的酒，比清渠樓的那什麼杏花紅、桃花綠的，好不止一丁點，就是如今青嬤嬤上門來，也未必買得起。」

真能吹……允瓔看了看柯至雲，忍笑道：「兩位需要什麼，只管和雲大哥談，他專門負責接生意簽契約，我去準備東西。」

允瓔回到小院，戚叔已經把東西準備好了，三十瓶，分裝在兩個大竹籃子裡，琉璃多彩，加上果酒本身的顏色，顯得很好看。

允瓔想了想，去取了一瓶小的出來，帶上幾個杯子，和戚叔一起回到前面。

「柳嬤嬤和紅芙姑娘上次來，也沒嚐過這果酒，今兒不妨試試，看看是我們的酒好還是青嬤嬤的酒好。」允瓔開了瓶子，倒了三杯出來，分別遞給柳嬤嬤和紅芙，柯至雲也不客氣地拿了一杯。

柳嬤嬤和紅芙見她眼睛都不眨一下，就把十兩一瓶的酒給開了，不由互看了一眼，低頭嚐了一口。

允瓔含笑看著她們。「柳嬤嬤，還有一件事，這瓶子也是稀罕物，給我們供酒的那家人說過，這酒瓶可以收回去，三個一兩銀子，柳嬤嬤要是願意，到時候就賣給我們吧，反正這瓶子放著也是占地方，扔了就等於扔銀子了。」

柯至雲正低頭喝酒，聞言抬眸看了允瓔一眼，笑著附和道：「沒錯，這好事可是別家沒有的。」

「好，我記下了。」柳嬤嬤一飲而盡，爽快地掏了銀票。

一百兩的銀票，允瓔如今也學會了辨別，確定無誤，這才收起來。

戚叔把兩個大竹籃放到柳嬤嬤和紅芙面前。

柳嬤嬤和紅芙如獲至寶，起身接了，立即就向幾人告辭。

送走了兩人，允瓔很不解地問：「光憑這些酒，她們就真的能挽回生意，打敗清渠樓嗎？」

「她們是這樣想的。」柯至雲嘆了口氣。「和青嬤嬤一比，仙芙樓明顯鬥不過青嬤嬤，這些……」

「那倒是未必。」允瓔撇嘴。

清渠樓以前是因為有喬大公子的捧場，可如今呢？

她決定，得空和烏承橋好好聊聊，看看怎麼樣才能整到清渠樓，好好出口氣，至於仙芙樓生意如何，卻不是她關心的事。

有了今天的幾千兩銀子進帳，允瓔頓覺烏雲散盡，回到小院，柯至雲跟著她一起去尋了烏承橋，說起了下一步的安排。

開業的事，就選在這兩天，而且開業這一天要請什麼人，都在要商議的內容裡面。偏偏允瓔對泗縣有哪些重量級人物，完全一竅不通。

而烏承橋如今的身分，卻不適合表現出對泗縣的人太過熟悉，他只能隱晦地提了幾個，比如縣太爺、泗縣商會會長之類的。

至於合夥人喬承軒、關麒兩人，自然也是不可缺席的。

允瓔有些擔心地看向烏承橋，喬承軒和關麒明顯已經在懷疑他了，這次來，他們會不會……

他卻沒有什麼表示，神情自若地和柯至雲商量著名單、開業事宜，匾額、條幅、佈置、待客……到所有人的工錢，都一一作了討論。

直到深夜，所有事情才敲定完畢，交給戚叔去安排。

柯至雲要早些離開，所以開張的日子定在兩天後，冬月初九。

戚叔既要佈置開業事宜，又要忙蒸酒，未免忙不過來，允瓔便接下來，決定花一夜的工夫，把喬承軒需要的酒蒸了來，另外再準備一些放在貨行裡，等著開業那天打打廣告。

第二日，柯至雲便出門找喬承軒和關麒準備宴請名單了，畢竟這兩人一個是喬家家主，一個是衙內，有這兩人在，還怕請不到縣太爺和泗縣商會的會長？

戚叔帶著人開始準備雜事。

允瓔點了幾個婦子一起清洗今晚要用的瓶子。

烏承橋在趕工刻盒子的花紋。

其餘人各忙各的，負責小吃的做小吃，上年紀的也做些打掃之類的事。

貨行開業，將意味著新生活的正式開始，每一個人都努力著。

允瓔抽空去了趟街上，買回三個蒸桶和幾大塊蠟，交給阿明改裝，另外也讓人去趕製長沙袋。

做了一天的準備，入夜，等柳柔兒幾人收拾完廚房，允瓔開始蒸酒，兩個灶都用上。

柯至雲充當搬運工，把果酒一罈罈搬了過來。

「這樣就行了？」搬了十幾罈，柯至雲才停下來，湊到灶邊打量允瓔的佈置。前天他去赴喬承軒的約喝得有些高了，就宿在外面，今天是他頭一次看到這些東西。

「對，蒸乾就行了。」允瓔笑笑，繼續檢查著有沒有透氣的地方。

「都蒸乾了，那哪來的酒？」柯至雲奇怪地問。

「一會兒你就知道了。」允瓔賣起關子，走到灶後開始添火，灶中還有燒水留下的餘火，這會兒倒是省了她重新點火。

「瓔兒，妳去歇著，這兒我看著。」烏承橋帶著盒子進來。他打算在這兒邊守著火邊刻花紋，正好一舉數得。

「我不睡了，今晚要做的事不少呢。」允瓔搖頭說道。

「那我來吧。」柯至雲看看他們，主動請纓，只是他說話還是有些底氣不足。「不過，妳得先教我怎麼弄。」

「還是我來吧。」允瓔添好柴，起身提了一籃木塞去泡水，一抬眼就看到柳柔兒，她回頭看了看柯至雲。「你還是快回去吧，柳小姐找你。」

「找我做什麼？」柯至雲踱了過來，倚著門看著柳柔兒問道：「有事？」

「沒……沒事。」柳柔兒搖頭，欲言又止地看著柯至雲。

「沒事還不趕緊睡去，這兒要辦正事，妳別在這兒轉來轉去的。」柯至雲對她的態度是一如既往的差。

「雲哥哥，夜深了，天冷，你當心著些，多加件衣服。」柳柔兒忸怩地伸出藏在背後的手，手上拎著一件衣服。

「我又不是紙糊的，不用。」柯至雲睨了一眼，逕自轉身坐到灶後。

柳柔兒失落地站在那兒，低頭看著手上的衣服，雙手不住地絞著。

「給我吧。」允瓔泡好木塞，見柳柔兒這模樣，心裡終究不忍。

這段時日，柳柔兒始終安安分分地留在廚房幫忙，甚至可以說，柳柔兒幫了她們很多忙，當初對她的反感，早已消散，對柳柔兒的態度也改變許多。

「謝謝邵姊姊。」柳柔兒感激地看著她，把衣服遞過來。

「去休息吧，明兒還得早起。」允瓔點點頭，看著柳柔兒出去，才走到柯至雲面前，笑道：「雲大哥，這好歹也是人家姑娘一番心意，你給點面子行不行？」

「呼……我是不想被她纏上。」柯至雲無奈地嘆氣。

「拿著吧。」允瓔把衣服扔過去。「她也是一片好意，你不喜歡她，直說就是，但也不能整天給人家臉色看吧。」

「咦？她給妳餵了什麼藥？妳居然也幫她說話，之前，那給人臉色看的不也包括妳嗎？」柯至雲接住衣服，好笑地問道。

「之前是不瞭解她。」允瓔有些不好意思。「可現在不是相處過一段日子嘛，她也沒想像的那麼差，一個大小姐，能這樣由著我們支使，不容易了，而且她也幫了我們不少忙，我們……得就事論事。」

柯至雲把玩著一枝柴禾，撇著嘴說道：「反正我過兩天就出去了，她要愛在這兒待著，就讓她待著，她要不願意，你們就給她找條船，送她回去。」

「你不至於吧，這麼沒人情味，好歹人家也是找你來的，不對，是受你拖累的，你就這樣打發人家呀？」允瓔問道。

「我不是收留她了嗎？而且因為她，我們把兩批貨款都賠進去了，她還想怎麼樣？」柯至雲哼道。「再說了，也說不上誰拖累誰吧？她要是沒那樣的爹，也不會鬧出這許多事。」

「也是，要怪只能怪你們都有個不可靠的爹。」允瓔嘆氣。

「雲哥，你還是去歇著吧，明兒還有許多事需要你出面，這兒有我和瓔兒就行。」烏承橋聽允瓔提到柯老爺，忙打起圓場。

「行。」柯至雲看看烏承橋的腿，點點頭。「那行，我先回房，你們也早些歇息。」

烏承橋點頭，目送柯至雲離開，才對允瓔說道：「瓔兒，那些事，雲哥心裡有數的，妳何必去戳人心事。」

「看不慣唄，喜歡就是喜歡，不喜歡就是不喜歡，何必整成現在這樣，讓我們旁觀的人看著都累。」允瓔反駁道。「柳小姐雖然幫了我們很大的忙，可她在這兒，也是個極大的隱患，要是哪天柯、柳兩家的人撞見，借題發揮，到時候事情必小不了。」

「事情未必有那麼糟，妳別自己嚇自己。」烏承橋失笑。「一切順其自然就是了。」

「才不是自己嚇自己。」允瓔撇嘴，看到灶上的出酒孔已經出酒，立即打住了話題，認真做事。

一罈酒花了大半個時辰才蒸好，允瓔把蒸桶拿下，換上備用的繼續蒸。

忙到下半夜，烏承橋的盒子全部刻好，允瓔的酒也蒸了大半。

烏承橋細細打量允瓔的臉色，柔聲說道：「瓔兒，去歇著，這兒我來。」

「不了，前面蒸的那些已經涼了，馬上可以裝瓶，你一個人哪裡忙得過來？」允瓔搖頭，揉了揉眉心。熏了大半夜的酒氣，饒是她有些酒量，這會兒也有些微醺，她坐到烏承橋身邊，伸手抱著他的胳膊，枕著他的肩閉目養神。「出酒了喊我喔。」

「好。」烏承橋點頭，抽出手環住她的腰，讓她靠得更舒服些。

允瓔閉上眼睛，很快便睡了過去。

烏承橋側眸看著倚在肩頭的人兒，柔柔一笑。

火光染紅了她的雙頰，細細的呼息也帶了幾分酒氣，不知不覺地醉了他的心……

過了許久，出酒孔再次出現細流，烏承橋動了動，猶豫著要不要喊她，可是，不喊，他又動不了，喊她，她才睡這麼一會兒，他有些捨不得驚擾，怎麼辦？

就在這時，戚叔披著厚厚的衣服走進來，看到眼前情景，自覺地壓低了聲音。「烏小兄弟，這兒我來，你們去歇著吧。」

「戚叔，您怎麼起來了？說好不用的。」烏承橋驚訝。

「上年紀了，也睡不了幾個時辰，這會兒都四更天了，馬上就天亮。」戚叔笑著上前，看了看允瓔。「小娘子這樣睡會著涼的，你抱著她，我推你回去。」

「那好，我送她回房，再過來一起。」烏承橋看了看允瓔，點頭。

可就在他側身去抱允瓔的時候，允瓔卻驚醒了，一睜眼就問：「出酒了？」

「戚叔來了，妳回房睡吧。」烏承橋低聲說道。

「不了。」允瓔打了個哈欠，站起來。「你看著火，我和戚叔把這些酒裝了。」

烏承橋無奈，只好點頭。

等到五更鼓響起，允瓔停止蒸酒，這會兒，柳柔兒等人要來做早餐，一會兒就得出攤了，他們也不能一直霸著灶臺。

當下和戚叔一起把灶上的東西拆下來，各自清洗放置好，才重新過去裝酒。

戚叔打量著廚房，提議道：「一直夜裡用廚房蒸酒也不是辦法，小娘子，妳看我們把這廚房隔開，再放置幾個灶怎麼樣？」

第八十三章

戚叔提的辦法，之前允瓔也想過，這會兒當然也不會反對。

不過，今天是開業的日子，這些事也不用忙於一時，允瓔和戚叔兩人把酒包裝好，拿到庫房那邊，開始最後的檢查佈置。

一早，夥計便取回了匾額，罩著紅綢掛上去，對聯、炮竹都準備妥當。

「戚叔，我先去換衣服，一身的酒氣。」允瓔巡看一圈，和戚叔說了一聲，往房裡去。

回到房中，烏承橋正在寫字，允瓔快步過去。「相公，寫什麼呢？累了一夜，我去打些水，你洗洗睡吧。」

「好。」烏承橋點頭。今天的日子，他不合適出面，只能窩著補眠。

允瓔去了廚房，打了幾桶水，照顧烏承橋洗漱休息，才去收拾自己，等她打理好一切再出來時，已是辰時將近，有些客人上門了。

到了外面，戚叔也換去一身酒氣的衣衫，和柯至雲兩人招呼著早來的客人們。

「這位是？」允瓔一過去，便有人看到她，好奇地問著柯至雲，顯然，這幾人把她和柯至雲扯在一起了。

「這位是邵姑娘，也是我們貨行東家之一。」柯至雲笑著介紹。「邵姑娘，這位是泗縣通德錢莊的大掌櫃，這位是孫記糧行的東家，這位是錦然綢緞莊的大掌櫃。」

允瓔一一行禮。

通德錢莊的大掌櫃打量允瓔一番，笑問道：「柯賢姪，之前聽說石陵渡前，你衝冠一怒為紅顏，說的就是這位吧？」

「您說笑了，朋友妻不可戲，邵姑娘與烏兄弟都是我最要好的朋友。」柯至雲也知烏承橋有什麼顧慮，所以今天不會出來，便轉開話題。「我們邵姑娘可是做酒的高手，剛剛不是說到我們貨行的酒嘛，就是出自她之手。」

「哦？」孫老闆立即來了興趣。要知道，做酒離不開糧食，處好了說不定就是一大客戶，當下笑問道：「光聽你說這酒的好處，我們也不曾品嚐到，如何信你？」

「幾位稍坐，我這就去取來。」允瓔看了看柯至雲，明白他的意思，他是想利用今天好好宣傳一下這酒，倒是個好辦法，不過也就是孫老闆的提議，讓她意識到一件事，他們沒有準備待客的茶水糕點，這樣未免失禮。

允瓔腳步匆匆地回到廚房，找了柳柔兒。「妳會做糕點小吃嗎？」

「會，我會做桂花糕……」柳柔兒連連點頭。

「不論什麼糕，趕緊做個五、六道出來，食材不夠的找嬸子趕緊去買，各類水果也備些回來。」允瓔掏了銀子遞給她。「還有茶葉……不，茶葉不用，買得不好還招人說道，用酒替了，妳動作快些，客人已經來了不少。」

「喔喔，好，我馬上開始。」柳柔兒接了銀子，逕自找幾個婦人商量去了。

允瓔尋了個乾淨的托盤，托著三瓶不一樣的酒和幾個酒盅出來。

「請。」允瓔回到前面，只見喬承軒已經來了，柯至雲正出去迎接，之前三位正坐著閒談，允瓔到了前面，請三人品酒。

「果然不一樣。」幾人一嚐之後，紛紛指著那蒸餾過的酒說道。「這酒既有燒刀子的烈味，又有果香味，不知是怎麼做出來的？難道是瓜果泡了燒刀子？」

「不是不是，我家平常也愛喝些泡瓜果的酒，卻不是這個味兒。」孫老闆連連搖頭，他好奇地看著允瓔問道：「邵姑娘能否替我等解惑？」

「這確實是果瓜釀的酒，卻不是泡的酒。」允瓔只說了一句，對其他的閉口不言。「幾位若是喜歡，以後多多光顧我們貨行喔。」

「有啥好東西？也不給我嚐嚐。」喬承軒朗笑著走過來。今天的他一身湖藍錦衣，玉冠束髮，玉帶環衣，舉手投足盡顯瀟灑，他笑著對三人拱手。「錢掌櫃、孫老闆、沈掌櫃。」

「喬二公子。」三人齊齊放下酒盅，對著喬承軒行禮。

允瓔退到一邊，看著此時意氣風發的喬承軒，不免想到避在屋裡的烏承橋，一時心裡滋生出對喬承軒的絲絲不快。

喬承軒和三人寒暄幾句，轉向允瓔笑道：「邵姑娘，又見面了。」

「喬公子請。」允瓔勉強一笑，倒了一杯最烈的酒遞給他。

喬承軒接過，打量允瓔一番，笑道：「邵姑娘似乎不太待見我呀，不知我哪兒得罪了邵姑娘？」

「有。」允瓔乾脆順著他的話說道。他對烏承橋下手，就是最得罪她的地方，只不過，她不能說。「喬公子急著要那麼多酒，害我一夜未眠，今兒又不能補眠，可不就是你喬公子的錯嗎？」

「哈哈，如此說來，確實是喬某的錯。」喬承軒一愣，哈哈大笑，環視眾人一眼，雙手端著酒說道。「請容許我借花獻佛，向邵姑娘致歉。」

允瓔當然也不可能真徹底無視他，當下拿起酒杯，半真半假地說道：「喬公子真會算，拿我家的酒向我敬酒。」

「邵姑娘若不嫌棄，半月之後家母的壽宴，還請邵姑娘賞光，到時候我拿我家的酒向嫂子賠禮。」喬承軒也順著她的話邀道。

「好，一言為定。」允瓔對喬家還是挺好奇，尤其那位喬二夫人，如今機會送到面前，她當然不會拒絕去一睹廬山真面目。

「那喬某到時就恭候邵姑娘芳駕了。」喬承軒一口飲盡杯中酒，笑呵呵地朝允瓔亮了亮酒杯底。

允瓔笑笑，這點酒量她還是有的，當下學他一口飲盡。

「邵姑娘果然爽快。」喬承軒豎了豎大拇指。

這時，外面有人喊了一聲。「關大人到——」

「縣太爺來了。」喬承軒似乎是在提醒允瓔，說了一句便轉身快步迎出去，其他幾人忙跟上。

允瓔走在最後面。今天來的這些人都是泗縣有頭有臉的，她得把他們的臉都記下來，看看哪些人和喬承軒走得近、談得來，等晚上和烏承橋說說，看看對他可有幫助？他想重新奪回喬家一切，這些應該算是情報吧？

「草民見過關大人。」柯至雲大步上前，躬身便拜。

其他人也是，只除了幾個站著的，其餘都拜了下去。

允瓔跟在最後，也半蹲了下去，暗地裡打量著那幾個站著的，見他們都穿著儒衣，想必是有功名在身的人……

「免禮。」關大人從轎子裡下來，他沒有穿官服，一身深藍色布衣，堪比關雲長的美髯垂到胸前，在轎前站定，一雙丹鳳眼帶著溫和的笑意，環顧一周，輕輕抬了抬雙手示意眾人起來。

「謝大人。」眾人道謝起身。

這時，一直跟在一邊的關麒快步過去扶住關大人。關麒顯然肖似其父，只不過一個白面無鬚，一個美髯及胸，也更顯沈穩和書卷氣。

允瓔在後面看到，不由驚訝。沒想到這縣太爺是這般模樣，之前聽烏承橋說起往事，她還以為縣太爺是個圓耳、圓肚子的傢伙呢，沒想到竟這樣清雅。

這時，柯至雲和喬承軒已經到了關大人面前，喬承軒顯然和關大人相熟，替柯至雲介紹了一下。關大人撫著鬚微笑點頭，在兩人陪同下緩緩而來，眾人紛紛避讓，讓出中間的通道來。

關麒看到允瓔，笑問道：「雲哥，吉時到了沒？」

「還有兩刻鐘。」柯至雲答道。

「那太好了。」關麒樂道，扶著關大人說道：「爹，之前孩兒跟您提過的一間麵館，做的麵可好吃了，今天來了，您也嚐嚐唄。」

「麒兒莫要胡鬧，今兒五湖四海貨行開業，你提什麼一間麵館，也不怕人笑話。」關大人溫和斥道，對柯至雲和喬承軒說道：「讓兩位見笑了。」

「爹，我可不是胡鬧，一間麵館就是這貨行的東家之一。」關麒直接來到允瓔面前，眨著眼笑道：「邵姊姊，我和我爹今早出來，還沒吃飯呢。」

話都說到這分兒上，她還能拒絕得了？

允瓔在心裡無奈地一嘆，帶著笑朝關大人行禮。「能為大人效力，是民婦的榮幸。」

「有勞姑娘了，我兒好吃，之前便幾次提起一間麵館，無奈我一直忙於公務，也未能有機會出來嚐嚐，今天算是沾了光。」關大人倒是好說話，溫和地向允瓔點頭致意。

「原來一間麵館就在這兒？」眾人頓時議論紛紛。

「是呀，沒想到竟是貨行這兒的，我家孩子昨兒吃過一回，回到家便嚷嚷著讓家裡的廚子做，結果做的他又說不好吃。」

柯至雲朝允瓔使了個眼色，笑著朝眾人說道：「各位若不嫌棄，今兒都嚐嚐吧。」

允瓔點頭，朝關大人微微曲膝，退進了小院。

廚房裡，柳柔兒已經做了兩種糕點，出去買瓜果乾貨的嬸子也剛剛回來。

柳柔兒以為允瓔是來催她們的，忙說道：「馬上好了。」

「先送出去吧。」允瓔邊說邊挽了袖子。「家裡還有魚嗎？」

「有，昨天剛捕的幾條，養著呢。」馬上有人應道。

「糕點就那些吧，先送出去，縣老爺要吃麵條，準備魚蓉，我們做魚麵。另外，外面那麼多客人，也不能顧此失彼，準備胡蘿蔔汁、菠菜汁，來做蔬菜麵。」允瓔飛快地安排事情，取出了麵粉，估算著人數，倒了幾盆麵粉，然後轉身去準備食材佐料。今天要是打響一間麵館的名頭，想來以後的生意會更好，她得多花些心思。

「好。」柳柔兒幾人紛紛行動，送糕點、殺魚、搗菜汁、燒水。

幾人都是做慣了的，這段日子又對允瓔做麵的一些想法深深佩服，所以這會兒什麼疑問也沒有，很快就準備好食材。

允瓔接了，開始和麵。魚蓉不多，頂多就做個幾碗麵，給縣太爺和那個還不曾來的商會會長準備著吧，其他人麼，就用胡蘿蔔汁和菠菜汁做蔬菜麵討討喜。

「邵姊姊，我幫妳。」柳柔兒淨了手，來到邊上。現在一間麵館的麵食幾乎都是她在撐著，這和麵的本事不比允瓔差。

允瓔點頭，把兩種菜汁交給她。

沒多久，三種顏色的麵團便成了。

鍋中熱水也已燒沸，允瓔只負責魚麵，倒是挺快，她還特意取了幾個琉璃碗，調了麵湯，撈上麵，擱上燙過的青菜、少許蔥花、少許蛋絲。

為了好看，她特意把青菜擺出了花朵，蛋絲為蕊，蔥花點綴，看著色香味俱全。

「我先端出去，妳們抓緊著。」允瓔端起托盤，上面放了四碗。

匆匆出來，果然，關大人身邊多了一位老者，其他人則分散到庫房裡，四下看著，庫房收拾得乾淨，卻都是空空的，允瓔瞧了一眼，也不知道他們看的什麼，便快步到了關大人那邊。

「請。」允瓔把碗擱到桌上。

關麒已經湊過來，搶著說道：「好香，好看！」

「麒兒，不得無禮。」關大人話雖這樣說，但語氣聽起來實在沒什麼威力。

「沒事沒事，大家都不是外人了。」老者笑著擺手，坐著沒動，似乎對允瓔端上來的麵不以為然。

允瓔退到一邊。

「邵伯伯，您不知道邵姊姊做的麵條有多好吃，她可是不輕易動手的喔，外面出攤的一間麵館都是她的手下，不信您嚐嚐。」關麒大力推薦道，說完，他又驚訝地看向允瓔。「邵姊姊，妳也邵，邵伯伯也姓邵，你們說不定五百年前是一家呢！」

允瓔不由汗顏。天底下姓邵的多了，總不能見一個就認一個本家吧。

「邵姑娘，這位就是泗縣商會邵會長。」柯至雲忙介紹道。

「見過邵會長。」允瓔行禮。

「不知小娘子是哪裡人氏？」邵會長頗客氣地點頭，當著這麼多人的面，他總得表示一下。

「我自小跟著爹娘漂泊水上，具體是哪裡人……我也不知。」允瓔苦笑，在原主記憶裡，確實沒有這方面的印象。

「船家？」邵會長一聽，卻來了興趣。「不知令尊叫什麼？如今多大年紀？」

允瓔一愣，她有些疑惑這邵會長為什麼會對她比對麵條的興趣還要大？不過她也不敢怠慢，細細想了想，說道：「我爹叫邵四冬，如今……」

「邵四冬?!」邵會長聞言，猛地站了起來，死死盯著允瓔問道：「妳、妳確定？」

「邵會長，您這是？」允瓔嚇了一跳。

「姑娘有所不知，邵會長本名叫邵初冬，他還有三個弟弟，最小的弟弟就叫邵四冬，離家多年，一直未有音訊。」關大人在邊上解釋，說罷，安撫地拍了拍邵會長。「老哥莫要激動，興許只是巧合，天底下同名同姓之人，也不是沒有。」

「大人，請恕草民失儀，實在是這些年……」邵會長回過神，嘆了口氣，朝關大人拱手，苦笑道：「家母已是鮐背之年，自從我四弟離家至今，她心心念念就是把四弟找回來，可……老朽失禮了，還請姑娘稍後能為老朽解惑，無論是不是，老朽都感激不盡。」

允瓔心裡卻是咯噔了一下。

不會吧，這邵會長真的是原主的親戚？那她這個冒牌貨……怎麼辦？

心裡雖然忐忑，面上卻是不顯，允瓔微笑著點頭應下。「邵會長客氣了。」

這時，餘下的麵條都準備好了，婦人們端上來，分送給各人。

等到眾人吃罷，辰時三刻也到了。

貨行開業沒有去找風水先生選黃道吉日，這個時辰也是戚叔和老王頭一起推出來的，他們是老船家，長年漂泊水上，自然對潮漲潮退很清楚，今天，辰時三刻，就是大潮的時候。

柯至雲請了眾人出門，由關大人和邵會長兩人揭去匾額紅布。

允璎帶著婦人們撤下碗筷，收拾了桌面，接著擺出瓜果乾貨和蜜餞，要是接下來有人來簽合作，還得招呼一下。

允璎正在小院招呼，一轉身，就看到喬承軒笑呵呵地搖著扇子進來，她不由一驚，看了看自家房門，笑著迎上去。「喬公子怎麼來這兒了？小院髒亂，當心污了你的鞋。」

她故意說得大聲，就是怕烏承橋不知道情況正巧出來。

「聽邵姑娘這話，似乎不太歡迎我呀。」喬承軒笑道，目光打量著小樓。「這小樓未免太擠了些，邵姑娘若不嫌棄，可以搬到我家去住，反正離得近，也方便往來。」

「多謝喬公子盛情，只是我們小家小戶的住慣了，不習慣大戶人家的規矩。」允璎搖頭拒絕。開什麼玩笑，讓她和烏承橋搬去喬家？

「今天開業，怎不見妳家相公出迎？他好歹也是東家嘛。」喬承軒笑了笑，轉移話題，突然提起了烏承橋。

第八十四章

允瓔警惕地看著他。「還不是因為喬公子的酒？昨夜大夥兒都是一夜未眠，我家相公本就身體不好，熬了一夜，今早便沒辦法出門待客了，還請喬公子體諒。」

喬承軒恍然大悟，順著允瓔的話便接了下去。「原來還是因為喬某的事，喬某慚愧，不知烏兒弟現在在何處？喬某當親自致歉才是。」

允瓔哪可能答應讓他去見烏承橋，當下說道：「喬公子，我家相公睡著呢，你的歉意，我代他收下了。」

「也好，我今兒反正也沒什麼事，等會兒烏兒弟醒了，我再當面致歉也不遲。」可讓允瓔沒想到的是，喬承軒竟似打定主意要見烏承橋，逕自坐到了堂屋，笑咪咪地看著允瓔問道：「外面太鬧，邵姑娘不介意我在這兒躲會兒懶吧？」

允瓔無語，她總不能把人直接趕出去吧？那樣做更會引起喬承軒的懷疑，想了想，她點點頭。「喬公子請。」

說罷，她轉身去了廚房，找了柳柔兒。「妳家三姊夫在外面，去送杯茶，想辦法打發了他。」

「他知道我在這兒了？」柳柔兒吃驚地瞪大眼睛。

「我不知道，反正他死活賴在小院不去前面，可能是知道了什麼吧。」允瓔淡淡說道，轉身出去。

喬承軒興致勃勃地坐在那兒，搖著扇看著眾人忙碌。

「三姊夫。」柳柔兒倒了一杯茶，忐忑地跟著允瓔出來，走到喬承軒面前。「三姊夫，你可別告訴我三姊說我在這兒，我不想回家，不想嫁給柯老頭子。」

喬承軒看到柳柔兒，有些驚訝，他看了看允瓔，倒是想起她之前說的話，隨即笑道：「妳放心，我早知道妳在這兒，妳姊並不知情。」

「謝謝三姊夫。」柳柔兒這才鬆了口氣，把茶放到喬承軒面前。

「邵姑娘只管去忙，這兒有柔兒招呼就行。」喬承軒笑道，手中的扇子有一下沒一下地搖著。

允瓔真想問問，這麼冷的天，他有這樣熱嗎？

「姊夫，我跟邵姊姊學了不少做麵條的方法呢，你要不要嚐嚐？」柳柔兒為了喬承軒不洩漏她的行蹤，迫切地想要討好他。

「不用了，我剛剛吃了一碗，改天吧。」喬承軒搖搖頭，看著允瓔。

允瓔無奈，她總不能表現得太明顯，招他猜忌吧，想著，便微微行禮往外走去，邊走邊暗暗擔心。

就在她快來到庫房的時候，關麒興沖沖地跑過來。「喬二公子在這邊嗎？我爹找他有事。」

「在呢。」允瓔忙應道，側身對著堂屋喊道：「喬公子，關大人找。」

此時此刻，她覺得關麒無比順眼，他來得真是太及時了，避免了喬承軒獨自逗留小院撞見烏承橋的可能。

喬承軒當然不可能無視關大人的召見，當下和柳柔兒說了幾句好好待在這兒、不要亂跑之類的叮囑，便跟著關麒出去了。

允瓔跟在後面，暗中長長地鬆了口氣。

等她到了外面，關大人已經準備離開，喬承軒和關麒跟在身邊，柯至雲等人在後面相送。

「姑娘。」送走了關大人等人，邵會長立即來尋允瓔。「能否借一步說話？」

「請。」允瓔點頭。她知道，今天逃不開邵會長這一關，不如坦然面對，但在她心裡，仍覺得自己和這邵會長扯上關係的可能性很小很小。

允瓔在前面領路，來到小院，把邵會長引到堂屋，柳柔兒見狀，很機靈地奉上茶水。

但，邵會長來這兒是為了打聽事情，可不是來喝茶的，一坐下，就急急地問：「姑娘，令尊真的叫邵四冬？他今年多大歲數？如今何在？」

允瓔嘆了口氣。「邵會長，興許……我爹並不是您要找的人。」

「沒關係、沒關係，姑娘只管先把情況告訴我，我自會判斷他是不是。」邵會長著急地催促道。

「我爹確實是叫邵四冬，今年……六十歲左右，不好意思，他從沒說過這些，我還真不知道他確切歲數。」允瓔細細搜尋了一下記憶，確定原主也不知道，才開口說道：「我爹已經過世快半年了，他……」

「什麼？死了？」邵會長反應極大地站起來，瞪著允瓔說道：「他怎麼死的？妳能說說他長什麼樣嗎？還有還有，妳娘叫什麼？妳叫什麼？」

允瓔有些驚訝地看著邵會長，不過，還是按著他的問題一一回答：「我娘叫劉翠槐，我叫邵英娘，半年前偶遇歹人，我爹娘都……」

「他是不是跟我差不多身高？是不是肩上有個燙傷的疤？是不是……」邵會長搶著問道，可說了幾句已然說不下去。

「是。」允瓔點頭。記憶中邵父肩上確實有個燙傷的疤，難道……她震驚地看著邵會長，不會真這麼巧吧？

「劉翠槐、邵英娘、邵四冬……」邵會長緩緩退了幾步，一屁股坐在凳子上，痛哭出聲。「四弟！」

「呃……」允瓔無語了。

到底是這世界太小，還是泗縣太神奇？

仇人聚到了一起，這會兒還憑空冒出一個邵家親戚來？

「這下……我如何去向老娘交代……」邵會長傷心地看著地上，也不知道是在跟允瓔說話，還是跟記憶中的四弟說話。「你說了會回來的，可現在居然走了……你知不知道，娘早就原諒你了，早就接納那個劉翠槐了，你為什麼就沒想到回來看一眼？為什麼就這樣狠心地去了？」

允璎聽到這兒，瞪大眼睛，她好像聽到了一個重點——邵父要娶邵母，邵家人不同意，所以邵父就果斷離家了？

沒想到呀，記憶中那個憨厚愛笑的父親，年少時竟還做過這樣浪漫而衝動的事……

「孩子，妳今年多大了？」邵會長垂頭，難過了好一會兒，才拿著布帕印了印眼角，抬頭看著允璎問道。

「十八。」

「可曾婚配？」邵會長又問。

「我已經成親了。」允璎回道。

「妳成親了？」邵會長似乎很吃驚，盯著允璎看了一會兒，漸漸恢復了之前的平靜。「可惜了……」

「邵會長，我成親怎麼就可惜了？」允璎直接問道。

「我不是那個意思……」邵會長看著允璎欲言又止，好一會兒，才嘆著氣說道：「孩子，妳爹就是我要找的四弟，當年因為他認識了一船家女，家裡反對，他就……」

「邵會長，您就這樣相信我？也不去打聽一下就確定了？」允璎反問。

「不會有錯。」邵會長卻肯定地說道。「一個人同名同姓也就罷了，不可能你們三個的名字都一樣，而且妳也說了，他肩上有燙傷的疤，絕對錯不了。」

「可是……」允璎傻眼，這麼草率？

「沒有什麼可是。」邵會長站起來，慈祥地看著她。「孩子，我這就回去告訴妳奶奶，等過幾天，我來接妳去見她。」

說罷，便風風火火地走了。

「邵會長。」允瓔快步跟上，到了前面，他卻已上了轎子匆匆離開，她只好嘆著氣轉身回貨行，柯至雲正笑容滿面地被幾個人圍著，他們面前已經擺放著好幾張契約。

「多謝多謝。」允瓔走近，便聽到柯至雲拱手道謝。「放心，我們貨行一定會做好的。」

「如此，我們的貨就拜託了，若有空，明天就可以起運。」幾人說的大多是一樣的話。

看來，柯至雲又接了不少生意。

而戚叔那邊，也圍了幾個客人。

看到允瓔，戚叔招了招手。

允瓔忙走過去，剛走近，便聽幾人笑著問：「小娘子，妳這兒的酒能否出售？」

「幾位是自己喝還是？」允瓔打量著，剛剛柯至雲似乎大概介紹過，但，她卻沒能記下。

「我是東城一品酒樓的掌櫃。」離允瓔最近的中年人說起自己的來意。「方才我嚐過一杯酒，要是可以的話，我能否和貴貨行簽一份契約，貨款可先付。」

這是好事呀。允瓔一喜，不過，她還不至於昏頭，笑道：「幾位能支持我們貨行，是我們的榮幸，不過，我們畢竟剛剛開始，貨源有限，怕是一時之間無法供應那麼多家，就算能，只怕每家分到的也不會很多，所以……」允瓔說到這兒，不好意思地笑了笑，後面的麼，讓他們自己想去。

「沒關係、沒關係，我們分多少瓶都好，只要小娘子能記著我們，有貨的時候給我們幾家優先安排一下，那就不勝感激。」中年人連連點頭，商量也沒有，便直接作了主，邊上幾人紛紛附和地點頭，表示同意。

「這樣啊。」允瓔猶豫地看著幾人。「只是，我們這酒的價不低呀，幾位可清楚了？」

「方才聽戚掌櫃的提過，我們三種價位的酒都要，只是我們酒樓到底沒有喬家那樣財大氣粗，最貴的那種怕是要不起幾瓶。」中年人繼續笑道。

「既然幾位能體諒我們的難處，這買賣我自然也不會往外推了。」允瓔笑道。

「好好。」中年人點頭。

允瓔回頭看了看，見柯至雲已經送走那幾位客人，便把幾人往那邊領。「雲大哥，這幾位老闆要買酒，這契約怎麼寫，還是你來吧。」

「請。」柯至雲點頭，請幾人入座。

允瓔在一旁暗示柯至雲道：「多虧幾位老闆體諒我們貨行新開的難處，要不然，這生意我還真不敢接，前一批到的酒，已經被喬家盡數接下，還有仙芙樓和清渠樓也是簽了契的，我們得保證他們的需求，所以這個月剩下的怕是不多了，下個月才能供上幾位的，數量上怕是……」

在知道允瓔又做盒子、又買瓶子的時候起，柯至雲就猜到了一二，現在又聽她這樣一說，哪還不明白，當下配合地朝幾人笑道：「多謝幾位諒解，今兒開業，也多虧了各位支持，這酒麼，自然要供的，只是數量上要少些，不過沒關係，我們會好好調節，絕不會耽誤了幾位的生意。」

「無妨，稀罕的東西自然不會太多，只是我希望貴行能保證，除了我們幾家，不會再有第五家酒樓賣這種酒。」那中年人說道。

「這個怕是有點難，畢竟，清渠樓和仙芙樓的契約在先，喬公子和關公子也是愛喝這個，所以……」柯至雲很遺憾地笑道。

「那……貴貨行能保證除了你說的幾家之外，只供給我們四家嗎？」中年人和幾人互相看了看，做出了讓步。

「成。」柯至雲立即拍板。

接下來，就是琢磨契約，商議雙方都同意的條款，允瓔看著柯至雲一條一條認真和幾人商量，不由側目。

當初，柯至雲便以紈袴的形象出現在他們面前，可現在，他認真得猶如浸淫商場多年的老手。

開業頭一天，因為關大人和邵會長的原因，來人都頗給面子，柯至雲直到下午都還在和人談合作的契約，直到晚飯時，前面才打烊，柯至雲把一大疊的契約交到烏承橋和允瓔手中。

「看來我們得換船了。」柯至雲雖然累，卻很興奮地笑著，就像允瓔初見他時那樣的不著調，他拍著桌子，喊道：「柳柔兒，快點快點，今天開門大吉，拿酒來好好犒勞大夥兒。」

堂堂柳家大小姐在柯至雲面前，淪落成被呼來喚去的丫鬟般，偏偏喊的人大剌剌，被喊的人還歡天喜地。「好，這就加菜！」

「十八張契約裡，四張買酒的、十張是運貨的，這四張……居然是訂貨的？」允瓔一張一張挑選出來，一看，眼珠子都快掉出來了，這柯至雲還真敢想，貨行空空，他居然敢簽下這樣的契約！

「是呀，我明兒就走，過幾天就把他們要的東西給運回來，有了他們，我們也不愁運回來的貨沒地方銷去。」柯至雲笑嘻嘻的，哪裡還有之前在外面談生意時的精明和認真。「當然，有妳這雙巧手在，我一點也不擔心運回來的東西賣不出去，哈哈。」

「我又不是神仙。」允瓔無奈地翻了個白眼。

「神仙，要是陶伯知道他們賣了許多年也沒賣多少的果酒，到了妳手裡便一下子翻了幾倍，不知道會怎麼想？」柯至雲樂道。

「說到陶伯……」允瓔皺了皺眉頭。「你之前跟他怎麼說的？」

「怎麼了？」柯至雲驚訝地看著她。

「沒什麼，我只是有些想法，想問問他還會不會別的酒？」允瓔笑了笑。

「下次你們去的時候，跟他談談唄，你們看著作主就是了，陶伯很好說話的。」柯至雲沒有細問，他辦事，他們也是極放心的；相反的，他也相信他們倆的能力，一定會讓貨行興旺起來。

「開飯啦，大家都累了一天。」柳柔兒很快回來，和幾個婦人一起上菜。

「先吃飯，一會兒再說。」柯至雲今天高興，倒是不和柳柔兒一般見識。「對了，我明兒就走，這邊的事就交給你們了，現在我們手上也有了銀子，這換船的事也交給你們吧，喬家船塢遠近聞名，你們可以去找喬二打聽打聽，讓他便宜些賣我們。」

「好。」允瓔點頭，要真找喬承軒，也得她出馬了。

「雲哥哥，你怎麼又走呀？」柳柔兒一聽，嘟了嘴，站在柯至雲身邊不走了。「我跟你一起去。」

「妳去哪兒？」柯至雲頓時皺了眉。

「你去哪兒我就去哪兒。」柳柔兒理所當然地說道，看著柯至雲一臉不情願的樣子，她委屈地癟了嘴。「你說過要對我負責的，你不能說話不算數。」

「我沒不算數。」柯至雲無奈地嘆氣。「妳沒聽過一句話嗎？跑得了和尚跑不了廟，所以我覺得妳留在這兒才是最正確的，要不然到了外面我甩了妳，妳都沒地方找去。」

允瓔頓時啞然，原來跑得了和尚跑不了廟還能這樣用的。

「可是……」柳柔兒聽得一愣一愣的，隱隱覺得哪兒不對。

「可是啥？」柯至雲打斷她的話，繼續說道：「妳也知道的，我也是這貨行的東家之一是吧？所以妳要想不被我甩得沒地方找去，就乖乖待在這兒，好歹還能幫上我一點小忙，而不是添亂。」

「我……」柳柔兒想說什麼。

「妳啥？」柯至雲壓根兒就不給她機會，飛快地說道：「妳要是不想幫我，想回柳家去呢，那簡單，跟邵姑娘說一聲，她一定會幫妳找艘船，貼個盤纏送妳回去的，好歹妳在這兒也不是白吃白喝，也算是有點用處的，這點小錢到時候就記到我帳上，烏兄弟，行不？」

烏承橋一本正經地點頭。「行。」

「妳不想回去，也行，安安分分地在這兒做事，邵姑娘和烏兄弟不會虧待了妳，戚叔他們也不是壞人，絕不會欺負了妳。」柯至雲充分發揮他那能把死人說活的本事，末了，還來一句。「聽懂了不？」

柳柔兒下意識地點頭。

「那就這麼決定了，一會兒有空幫我準備些乾糧，我路上吃。」柯至雲一錘定音。

「喔，好的。」柳柔兒的思緒果然被柯至雲帶走，傻傻地應道。

第八十五章

吃過飯，柳柔兒果然就去給柯至雲準備乾糧，收拾碗盤這些自然有婦人們去做，允瓔推著烏承橋回到屋裡，柯至雲也跟過來。

「弟妹。」柯至雲第一次用這樣親近的稱呼喊允瓔。

允瓔防備地看著他。「有事求我？」

「嘿嘿。」柯至雲訕笑，撓了撓頭。「是有那麼一件事。」

「說來聽聽。」允瓔打量他一番，和烏承橋互相看了一眼，笑著點頭，上前給三人都倒了一杯水。

「那個……妳能不能想個辦法，把她弄回家去？」柯至雲抬著下巴，指了指外面。

「我才不做這個惡人。」允瓔一聽就明白了，連連搖頭。「要說你自己說去，她在這兒可幫了我大忙，我哪有理由趕人走。」

「我……之前一時疏忽，說了要照顧她……」柯至雲這時才顯得有些煩躁。柳柔兒對他來說，就好像一塊牛皮糖，想甩也甩不掉。

「男子漢大丈夫，豈能說話不算數？」允瓔打趣道。「再說了，你出門在外，她在這小院裡足不出戶，也礙不著你什麼事，你急什麼？」

「呃……也是，我大不了不回來……」柯至雲也是心急，一時忘記了這一茬，聽到允瓔一說，不由喜笑顏開，朝她豎起大拇指。「還是弟妹聰明。」

「少拍我馬屁。」允瓔哼道。「趕緊回去休息，我睏死了。」

「好。」柯至雲也不在意，拍了拍烏承橋的肩，笑著走了。

允瓔打著哈欠，去廚房提熱水，回來的時候，烏承橋正在細細查看那些契約，每看一張，便在白紙上寫字。

「在寫什麼？」允瓔湊過去，見烏承橋在紙上把那些契約的細節都摘錄出來，哪家哪戶、簽的什麼內容，詳詳細細，她不由輕笑，她剛剛才想到的事情，他已經動筆在做了。

「這些契約必須保存好，我把這些記一下，明天拿給戚叔安排。」烏承橋放下筆，抬眸細細看著她，柔聲說道：「快去洗漱，早些歇息，這兒有我。」

允瓔甜甜一笑，點頭，進了隔間，脫去衣服坐進浴桶，卻突然想起還有事情沒說。

「相公。」允瓔急著需要烏承橋的分析。

「怎麼了？」烏承橋放下筆，推著輪椅來到隔間外。

「今天來了好多人，那個泗縣商會的會長也來了，他……」允瓔頓了頓，把事情經過說給他聽，最後疑惑地問道：「你說，他為什麼會這樣相信我說的？他就不怕我是騙他的嗎？」

「這很簡單。」烏承橋在隔間外認真地傾聽完。「他也說了，邵老夫人已是鮐背之年，想來也沒幾年日子了吧？為了邵老夫人，他也只能相信岳父就是他要找的人，這樣就算岳父不在了，至少還有妳這個孫女，還能慰藉一下邵老夫人。」

「你的意思是，我是不是真的是他姪女，對他來說都不重要了？」允瓔長長地吐了一口氣。「莫名其妙的，整這樣的事出來，我看他說得懇切，還真以為他是我大伯父呢。」

「妳呀，無須糾結這個了，如今該糾結的應該是邵會長才是。」烏承橋輕笑。「快些洗吧，莫等水涼了，受涼。」

「嗯，馬上好。」允瓔拋開了這件事，快速地洗完澡，收拾了浴桶和衣服，到了外面，烏承橋還停在隔間外，她一時沒防備，嚇了一跳，不過很快就鎮定下來，笑道：「很晚了，我幫你打水吧，明天再整理。」

烏承橋含笑點頭，沒有拒絕。

次日一早，柯至雲便告辭離開，烏承橋也把那些契約上的細節摘錄出來，交給了戚叔，由戚叔進行逐一安排，留下的船不多，得按著那些貨的緩急進行調節。

戚叔忙得不可開交，增添灶的事便交給老王頭和幾位老人。

一切，都以允瓔想不到的速度推進，短短幾天，灶間改造完畢，接貨的事也安排下去。

船家們被戚叔分成了三班，一班向南，由陳四帶領；一班向西，由田娃兒帶領；一班往北，由阿康負責。

允瓔見戚叔安排得井然有序，乾脆放手，反正一切還有烏承橋掌控，她也派不上什麼大用場，便專心於酒上面。

那天開業時，她就想到了一個主意，這會兒正好有空拿出來試試。

這天，允瓔找到老王頭。「王叔，有沒有可以泡酒的草藥？」

「妳要泡什麼樣的酒？跌打損傷？」老王頭驚訝地問。

「那是外用的，我想泡那種能喝的。」允瓔想了想，記起幾種名稱。「比如說枸杞酒、鹿茸酒、五味子酒之類的。」

「沒想到小娘子知道得還挺多。」老王頭笑道，點點頭。「小娘子是想把這些酒也拿出去賣是不？」

「對對，就是這個意思。」允瓔連連點頭，只不過她不知道老王頭對草藥到底瞭解多少，那些複雜的暫時就不敢試了。

「妳說的幾個都挺簡單，倒是可以一試，只是，這類藥酒不釀上一段時日，沒什麼效果，短期內怕是沒辦法拿出去賣的。」老王頭提醒道。「而且，還得用燒刀子，我們的果酒可不能用呢。」

「這個我知道，酒的事，我來解決，泡藥材的事，還得麻煩您了。」允瓔說明本意。一群人如今都有了自己的事情，只有老王頭幾人無事，她有些擔心他們會有想法。

果然，聽到允瓔的話，老王頭頓時喜笑顏開。「好、好，我正閒得發慌呢，放心，這事就交給我們幾個老兄弟了。」

事情落實，允瓔便立即去聯繫酒坊。她倒是知道做酒的一些流程，可是，其中細節的奧妙卻是不懂，如今也只能用老辦法，去酒坊買了普通的酒回來提煉，蒸餾出高酒精濃度的烈酒再去泡藥材。

藥材必須用烈酒泡才能泡出效果，這個道理她還是懂的，泗縣酒坊倒是多，允瓔也沒怎麼挑，直接找了一家附近的小酒坊，買了一罈最普通的燒刀子回來。

專門蒸餾酒的灶間已經隔好，這蒸桶之類的工具當然也要改良一番，還好，阿明兩兄弟的手藝是現成的，隨時抓過來開工就是。

東西一弄好，允瓔便動手蒸餾那罈燒刀子，惹得阿明幾人發笑。「小嫂子，妳這是和酒槓上了。」

「沒辦法，現在我們貨行還沒有別的貨，只能先用酒撐起來。」允瓔毫不介意地回答。要是可以，她也不介意弄個酒行，唔，在貨行前面弄個酒架，設個專櫃也不錯。

允瓔最近的脾氣越發急躁，想到就做，把設酒架的任務交給阿明，自己關在廚房蒸酒，蒸到一半，她落荒而逃，回到屋裡翻箱倒櫃的找東西。

烏承橋正在看帳本，看到允瓔滿面通紅地跑進來，不由一驚，忙推著輪椅跟過去，擔心地打量她。「瓔兒，怎麼了？著涼了？」

「沒呢。」允瓔連咳了幾聲。她沒想到燒刀子這酒味一蒸餾會這麼濃烈，醺得她差點兒醉了，這樣下去不行，她得弄副口罩。

「妳今兒蒸的什麼酒，這樣烈？」烏承橋驚訝地問，知道她無礙，也注意到了她身上的酒味，抽了抽鼻子，明白了。「燒刀子？」

「這樣你都能辨得出來？」允瓔回頭，略顯誇張地說道。「就是燒刀子，我想蒸一些出來試試泡藥材。」

「怎不喊我一聲？」烏承橋回到桌邊，收拾了帳本放回櫃子裡。「妳當心一個人在裡面蒸著蒸著就把自己蒸醉了。」

「很有可能，我也不知道這酒這樣厲害呀。」允瓔訕笑著，翻出幾條手帕。她酒量還算不錯了，可今天還真些有暈乎，也不知道是不是這些天太忙沒休息好，導致體力變差的緣故。

「還是我去吧。」烏承橋道。

「好。」允瓔也不敢逞強，這蒸餾酒才剛剛開始，她就這樣了，萬一一會兒熬不住，醉過去了也沒人知道。

廚房雖然就在旁邊，但柳柔兒幾人都知道她要做什麼，大多自動迴避了。

推著烏承橋回到廚房，灶中火依然燃著，不過柴禾卻不怎麼旺了，允瓔忙過去添柴，添好後，她把手帕對摺繫到烏承橋臉上。

「這樣應該會好點。」允瓔繫好，調整了一下，滿意地打量著烏承橋。「蒙面大俠。」

烏承橋只是微笑。雖然他用不上這個，卻也由著她折騰。

允瓔先替他調整好，自己才也繫了一個，果然覺得舒服一些。

「妳去歇著吧。」烏承橋看了看允瓔，有些擔心。她此時臉雖然看不見了，可眉眼處卻也透著微微的紅，醉態微現，這一罈子酒蒸下去，她能受得了？

「一會兒吧。」允瓔迫切地想試試蒸餾出來的燒刀子純不純，哪肯現在離開。「等下出酒了再看看。」

烏承橋也瞭解她的性子，只好順著說道：「等一會兒出了酒，妳就去歇著。」
允瓔點頭，坐在旁邊看著他添柴，說著她這次的想法。
「烏嫂子。」突然，關麒的聲音傳進來。
允瓔一驚，和烏承橋面面相覷一眼，她站了起來，比劃了一下臉上的手帕，示意烏承橋不要取下。「我出去看看。」
烏承橋點頭，抬手摸了摸手帕，倒是極淡然。
允瓔開了門，卻見關麒已經直接進來，那態度就好像逛自家後花園一樣自然，看到允瓔，他笑嘻嘻地就側身要進來，絲毫不顧忌她站在門口。
沒辦法，允瓔只好後退兩步，看著關麒問道：「關公子，不好意思，這兒不方便待客，請關公子外面堂屋稍坐。」
「我這人一向隨意，妳不用把我當客人看的。」關麒卻笑嘻嘻地擺擺手，直接走到烏承橋面前，伸出了手。「想來這位就是烏嫂子的相公吧？我叫關麒，幾次想見兄臺，都被烏嫂子拒絕，今兒可是見到真人了。」
「關公子，你這是什麼意思？」允瓔頓時緊張起來，她快步過去，站在關麒面前，皺眉帶著怒氣說道。「這兒是後院，關公子雖然與我們貨行有合作之誼，可是關公子沒看到這兒是什麼地方嗎？沒見著所有人都迴避了嗎？」
「喲，不好意思，我還真沒注意。」關麒依然伸著手，朝允瓔嬉皮笑臉地眨眨眼。「別生氣別生氣，我也在奇怪外面怎麼都沒人呢？所以就聞著酒香味進來了，沒想到犯了妳的忌諱。」

他嘴上說不好意思，可那表情，哪裡看得出不好意思了？允瓔瞪著他，正要說什麼，卻被烏承橋拉住了手。

「瓔兒，先去外面守著。」烏承橋看著關麒，眼神波瀾不驚。

「相公。」允瓔有些不願，這關麒分明就是故意的，故意摻和一腳貨行的生意，故意闖進來，故意……

「去吧。」當著關麒的面，烏承橋竟抬手拉下面上的手帕，朝她微微一笑。

他這是想攤牌？

允瓔一愣，不過，烏承橋此舉足見他的心思，她也只能配合，瞪了關麒一眼，不情不願的退了出來，帶上門，守在廚房門口。

站在外面，她還是有些不放心，這關麒和喬承軒的關係那麼好，他要是知道烏承橋的身分，會不透露給喬承軒嗎？忐忑之餘，允瓔支著耳朵聽著屋裡的動靜。

可是，屋裡除了柴禾燃燒傳來的噼啪聲，再沒有別的聲音。

他們在做什麼？還是……關麒對烏承橋要做什麼？

允瓔坐立不安，她看了看外面的堂屋，果然，外面一個人都沒有，也不知都幹麼去了，想了想，她緩步往酒灶那屋門靠近。

就在這時，她聽到了關麒的聲音。「大哥，真的是你！」

關麒的聲音又壓抑又驚喜，不過，讓允瓔吃驚的還是他對烏承橋的稱呼，大哥？

裡面開始說話，允瓔立即停下來，側耳傾聽。

「大哥，你為什麼要不告而別？」關麒連聲質問。「為什麼你到了家門口，見到了我們還要躲呢？為什麼不認我啊？你知不知道，我到處在找你，喬二也在到處找你。」

「找我做什麼？回去邀功？」烏承橋淡淡地問。「喬承塢已經死了，如今，我是烏承橋，也威脅不到他的家主之位了，他還找什麼？」

「大哥，你是不是誤會喬二了？」關麒疑惑地問。「什麼叫喬承塢已經死了？你不是好好的嗎？不是，你為什麼會變成這樣？是誰傷了你？你告訴我，我帶人去滅了他！」

「沒必要，那是我自己的事，跟你沒關係。」烏承橋淡淡應道，避開他的回答。

「大哥，到底發生了什麼事？你說呀，難道……是喬二？」關麒突然想到一個可能，急急問道：「他對你做了什麼？你剛剛說，威脅不到他的家主之位……難道他為了奪你的位置把你弄成這樣？」

「你想多了。」烏承橋依然冷漠。

「那你為什麼不回家？為什麼會在這兒？」關麒猶如十萬個為什麼附體。

「這兒就是我的家，我當然在這兒。」

「大哥！」關麒問了這麼久也沒要到一個答案，不由氣急敗壞。「到底是為什麼啊？你倒是說說呀，你以前不是這樣的。」

「我說過了，喬承塢已經死了，我是烏承橋，你說的以前如何，我不知道，我只知道，如今的我才是我。」烏承橋把話說得跟繞口令似的，語氣淡淡，並沒有見到故人時的驚喜。

「大哥！」關麒不死心，還想繼續尋找答案。

「你回去吧。」烏承橋結束了談話。

這時，允瓔看到柳柔兒出現在院子裡，正往堂屋走，她站起來，輕叩了叩屋門，停了一下，才推門進去。

屋裡，烏承橋一臉平靜地坐在輪椅上，關麒卻半蹲在他面前，雙目微紅，顯然情緒有些激動了。

「有人來了。」允瓔輕聲說道，走了過去，看著關麒，打量一番開口道：「你要是心裡還有半點朋友之誼，那就請你忘記今天的事。」

關麒皺眉，站了起來，看著允瓔問道：「什麼意思？」

第八十六章

「他落難的時候，你們把他拒之門外，如今我們只想過安穩日子，我也希望你們不要再來演所謂的兄弟情深。」允瓔對烏承橋過去的那些所謂朋友，還是很感冒的，她不客氣地說道，只是說了一半，烏承橋伸手握住她的手，對她搖搖頭。

「什麼意思？大哥？這到底是怎麼一回事……」關麒急急問道。

「關公子。」允瓔生怕柳柔兒聽到，打斷了關麒的話，盯著他低聲說道：「如果你心裡還有這大哥兩字，那麼從現在開始，請你注意自己的言行，對任何人，都不要提喬大公子還活著的事！」

關麒頓時愣住了，他看了看允瓔，又看看烏承橋，若有所思。

「關公子，不好意思，你說的事，一時半會兒的我們怕是無能為力，我們還有事，就不送了。」允瓔聽到外面傳來聲音，知道是柳柔兒回來了。

關麒看看允瓔和烏承橋兩人的神情，又轉頭看了看門外，知道此時已經問不出什麼，只好嘆了口氣，深深地看了烏承橋一眼。「我會再來的。」

說罷，緩步出了門，站在廚房裡大聲說道：「烏嫂子，下次可別忘記幫我準備酒喔。」

「說了沒有，賣都不夠，你還是別來了。」允瓔應聲出現在門口，當著柳柔兒的面，她也只能收斂起滿肚子的不悅。

送走了關麒，允瓔重新關上門回到灶後，烏承橋已經繫上手帕，在灶後添柴，目光倒是平靜，看不出什麼。

允瓔走過去，蹲在他身邊，伸手挽住他的胳膊。

烏承橋低頭，抬手握住她的手，安撫地拍了拍。

「他會不會去告訴喬承軒？」允瓔幾乎無聲地說道。

烏承橋看著她的嘴形，但是聽懂了，他搖搖頭，低聲說道：「他不會。」

允瓔雖然驚訝，卻也沒再說什麼，這兒也不是說話的地方。

火又旺了起來，費了一個時辰，總算把所有燒刀子重新處理好，裝回罈子裡，收拾了所有東西，允瓔才推著烏承橋出來。到了外面，摘去手帕，兩人都是滿身的酒氣，尤其是允瓔，眼眶都醺紅了。

站在陽光下，允瓔只覺得有些晃乎，她晃了晃腦袋，抬手抹了抹眉心。

「醉了？」烏承橋驚訝地看著她，伸手扶住她的胳膊。

「有點暈。」允瓔嘟嘴，無奈地朝他笑了笑。

「先去洗洗，一會兒吃了飯就去歇著。」烏承橋也是極難得的，眉間隱隱流露一絲疲憊。

允瓔點頭，立即去準備。

但有時候，計劃總是趕不上變化。

等到他們吃過飯，準備早些歇息的時候，單子霈來到了貨行。他在柯家，戚叔等人都是見過的，他直接說要見烏承橋，眾人只以為他是來尋柯至雲的，都沒什麼反應，得了烏承橋允許，把人帶過來之後就各自回屋去了。

單子霈來到屋裡坐下，看了看允瓔，沒說話。

「我去洗衣服。」允瓔一看就明白了，這是要趕她走，也不用他開口，直接抱了裝著髒衣服的木盆出去了。

「瓔兒，莫用冷水。」烏承橋在後面叮嚀道。

「知道了。」允瓔並沒有走遠，把木盆放在堂屋門口，去廚房弄了些熱水，兌得溫熱，才搬了小凳子慢條斯理地搓起來。

「邵姊姊，妳怎麼一個人坐在這兒？這麼冷的天，當心受寒。」柳柔兒從樓上走下來，手裡也提著裝了衣服的木桶，看得出來，她也是下來洗衣服的。

「柯家來人了。」允瓔側頭看了看院子，轉頭對柳柔兒說了一句。「妳最好別出來，萬一被看到就麻煩了。」

「真的？」柳柔兒剛剛邁進堂屋的一條腿立即縮回去，一臉驚嚇，扒著門瞪向院子。

「當然是真的，柯老爺身邊的人呢。」允瓔隨口應道，回頭瞧了瞧。「妳還是早些歇著吧，說不定，他就是聽到了什麼風聲。」

烏承橋和單子霈要說的話，連她都不便聽了，更何況是柳柔兒，要是柳柔兒陪她一起，聽到個隻字片語，也不太好，還是把她打發了為好。

「那……我去廚房。」柳柔兒嚇得不輕，直接跑進廚房裡。

允瓔看著那身影，忽然覺得，柳柔兒的噸位似乎小了不少？

冬月的天，已然極寒，允瓔坐在門口，時不時地添點熱水，但也沒能避免手被凍到。

這會兒天空沒有月亮，卻是繁星點點，允瓔忍著冷意匆匆洗完衣服，合著雙手呵著氣，抬頭看著天。

單子霈也不知道說什麼，許久不見出來，她只好看著滿天繁星，天馬行空地放空思緒。

正想著，門開了，單子霈被烏承橋送出來，看到允瓔，單子霈什麼也沒說，甚至連大門都不走，直接翻牆離去。

「瓔兒，妳怎麼在這兒？」烏承橋推著輪椅過來，拉下她的手，觸手冰冷，不由心疼地嘀咕道：「去廚房也比這兒要暖和。」

「沒什麼。」允瓔笑了笑，抽出手端起了木盆。

「明兒再曬衣服吧，快進屋。」烏承橋忙退了進去，給允瓔讓出路來，心裡滿滿的愧疚。

今天單子霈帶來的消息太過震驚，一時竟忘記了時辰，不過，他也沒想到她一根筋的一直守在外面呀。

心疼和愧疚夾雜，烏承橋跟在允瓔身後關上門，主動說起單子霈帶來的消息。

不久之前，柯家的所有生意出現了或大或小的問題，柯老爺疲於奔波，終究沒能保住，幾家鋪子紛紛關門，柯老爺也因此受了風寒重病在床。

據單子霈的消息，這件事與喬承軒脫不了關係。

不過，喬承軒對付柯家雖然小有成果，但他自家卻也出現了不小的問題。送皇糧進京的商隊已經集結，再過幾天就要啟程去京裡，這一趟是喬承軒繼任家主以來第一次送皇糧，所以他將親自赴京主持。

但，最近又有消息傳出，喬家幾個船塢裡的老匠人正鬧著要離開……

「你打算行動了嗎？」終於能舒舒服服地窩在被窩裡，允瓔打了個哈欠，漫不經心地問道。

烏承橋伸手擁著她，感覺到她依然涼涼的身體，不由皺了皺眉，伸手捏好她身後的被子，再把她往懷裡緊了緊，低聲說道：「我想去一趟船塢，那幾位老匠人都是跟隨……他多年的，如果因此離開，那就太可惜了。」

允瓔抬眸，打量他一番後，問道：「只是覺得可惜？」她才不信呢，這麼好的機會，總得做些什麼吧，不，從今天他選擇在關麒面前表露真面目，他就已經開始行動了。

「當然。」烏承橋笑了笑，揉著她冰冰的手。「那幾位老匠人當年還是我娘去尋來的，這麼多年來，喬家能有這樣的家業，跟他們做的一切密不可分，要是喬家失去他們，損失將不可估量。」

失去他們，喬家的損失將不可估量……允瓔隱隱約約明白了一點，她支起身，正要問什麼，又被他拉回去，重新裹好了被子。

「當心著涼。」烏承橋把她包得跟粽子一樣地抱在懷裡，低眸凝望著她，輕聲問道：

「妳會陪我一起去嗎？」

「會。」允瓔想也不想地點頭。他行動不便，她當然不可能讓他一個人去，就算有單子需幫忙也不行。「我要做些什麼？你告訴我。」

「明天，妳去找喬承軒訂製漕船。」烏承橋把下巴擱在她頭頂，低低說道。「喬承軒最近不在泗縣，妳去找他，讓喬家的人都知道妳要訂船，喬家各個買賣之間都是獨立的，互相不會干涉，妳去問訂船的事，必然會有人指點妳去船塢，到時候就說要看他們的船工和船的樣子，這樣我們才能接近船塢。」

「你想和他們見面？」允瓔一聽就明白了他想做什麼，她抬頭，看著他擔心地問：「他們認識你嗎？而且，你從來不管生意，他們會買你的面子嗎？可是他們認出你，轉身就把你賣給喬家，你怎麼辦？」

「我相信我能說服他們。」烏承橋自信滿滿。「當初他還在世的時候，不止一次想把我扔到船塢去做事，都被我給逃了，不過，我也因此和幾位老匠人見過面，況且他們如今要離開，就是對喬承軒不滿，我完全不用擔心他們會把我賣給喬家。」

「好，既然你決定了，我明天就去找喬承軒。」允瓔聽罷，點點頭。既然他有了決定，她自然會陪他到底。

次日一早，允瓔便按著兩人說好的意思出門了。

喬家的幾家鋪子，烏承橋已經告訴她了，除了那四寶齋和喬記倉，還有喬記銀樓、喬記琳琅閣，允瓔才知道，四寶齋不遠處的琳琅閣竟也是喬家的。

允瓔先挑了四寶齋，畢竟那兒她去過，還和喬承軒正面遇到過，那兒的夥計也看過她被喬承軒邀請上二樓，如果他們還記得她，那麼她去問情況，會簡單很多。

如允瓔所料，她一跨進四寶齋，之前接待過她的夥計便認出來，快步迎上。「姑娘請。」

「你好。」允瓔微笑點頭。

「姑娘今兒需要點什麼？」夥計這次把她往中間的櫃檯帶。

「我不是來買東西的。」允瓔笑著搖頭，直接問道：「喬公子在嗎？我找他商量一件事情。」

夥計不由打量起允瓔。眼前這位看起來衣著平凡的姑娘居然說要找他們東家商量事情，可是，上次他也確實看到東家把人帶上二樓，還送了一套四寶給她……

「喬公子不在這兒嗎？」允瓔當然看得出夥計的神情，她絲毫不在意，依然笑盈盈地問。

「我們東家有幾天沒來鋪子裡，那天姑娘來買東西之後，他就沒來過。」夥計自知失態，忙回道。「我們東家比較忙，平日也不是常來這兒，要不，姑娘去銀樓和琳琅閣那兒看看？他一般在那邊多一些。」

「喔，好。」允瓔也不失望，她早知道喬承軒不在泗縣。「謝謝。」

「姑娘好走。」夥計客客氣氣地送她出門。

琳琅閣離四寶齋不遠，允瓔看了看街頭，直接先去那邊。站在門口，允瓔抬頭看了看匾額，才發現自己以前漏看了琳琅閣匾額上那小小的喬記二字。

看來這喬家的鋪子大多數是以喬記開頭的，以後倒是不怕找不著喬家的鋪子了。允瓔注目一番，走了進去。

這是家古董鋪子，一進門，鋪子裡古雅的佈置和陳列便吸引了允瓔的注意力，以致她沒注意左邊雅間裡坐著的幾個人。

這鋪子裡和四寶齋不同，並沒有站在大廳裡的夥計，掌櫃和幾個夥計都守在櫃檯內，此時也沒有什麼客人，掌櫃的正專心撥著算盤。

允瓔並不懂古董，她也就是瞧個熱鬧，關注一下那些貨物的精緻，感嘆一下喬家果然家大業大。

「這位姑娘可看中了什麼？」等到她漸漸靠近櫃檯，才有一位夥計打量著她的衣著開口詢問，雖然在打量，但語氣中倒是沒有輕視的意思。

「喔，我不是來買東西，我來找人。」允瓔忙收回目光，正視櫃檯裡的幾位，說明來意。「喬公子可在？」

掌櫃的聞言，停下動作抬頭看向允瓔。「姑娘找我們東家有何事？」

「是這樣的，聽說喬家船塢出的船一向極好，我們要訂幾條船，故來尋喬公子商量事情。」允瓔解釋道。

「姑娘要訂船，要直接去船塢，船塢都有專人負責，不一定要直接找我們東家的。」掌櫃的也打量允瓔一番，客氣地問道：「不知小娘子貴姓？」

「免貴姓邵。」允瓔隨口應道。「我出門的時候，我家相公叮囑，此事務必要尋喬公子才好，掌櫃的，您能告訴我，在哪兒能找到喬公子嗎？」

掌櫃的一聽，目露驚訝，轉瞬間態度又熱情了幾分。「原來是邵姑娘，我們東家這幾日有事出行，短時日之內怕是回不來，邵姑娘若是不急，等我們東家回來，我立即轉告東家，可好？」

「怎麼會不急？我們貨行剛開業，正需要用船的時候呢，眼看就要年關了，大夥兒都想多做些生意好過年的不是？」允瓔搖頭。「只怕我們等不及喬公子回來，掌櫃的，訂船的事，我還能找誰去說？」

「邵姑娘可以直接去船塢……」掌櫃的說到這兒，突然頓住，往左邊雅室看看，笑道：「邵姑娘若真的著急，今兒倒是來巧了，我們東家娘子就在這兒，要不，我去請示一下？」

「你們東家娘子？」允瓔一時沒反應過來。

「是，正巧我們東家娘子就在雅室陪一位貴客，姑娘請稍等，我這就去請示東家娘子。」掌櫃的也是熱心，放下算盤，就往那邊走去。

柳家三小姐！允瓔眼睜睜看著掌櫃的進了雅室，心裡湧上深深的無力感。

那次偶然遇上喬承軒迎親，她也是受害者，但，柳三小姐分明不會這樣想，因為她，柳三小姐險些誤了吉時，而且還失了一名貼身丫鬟，以柳柔兒對這位三小姐的描述，她可不是省油的燈……

呼——出門沒看黃曆呀，真失誤！

允瓔無奈地嘆氣，可事到如今，她也只能硬著頭皮上了，要是溜了，烏承橋接下來的計劃豈不是也要泡湯？

「邵姑娘，我們東家娘子有請。」正想著，掌櫃的已經回來了，笑著請允瓔去雅室。

兵來將擋，水來土掩，她還真就不信柳三小姐能把她怎麼樣了……允瓔在心裡給自己加油打氣，跟著掌櫃的進了雅室。

豈料，柳三小姐記憶力極好，允瓔一進門，她便認了出來，指著允瓔脫口驚呼。「是妳！」

第八十七章

雅室裡，除了柳三小姐，還有兩位老婦人和幾個丫鬟，瞧衣著，個個華麗，便是那丫鬟穿的也比允瓔身上的要高檔很多。

柳三小姐初初的驚呼之後，便收斂驚訝，打量著允瓔說道：「原來是妳，妳找我家相公想做什麼？」

雖然對這柳三小姐充滿了警惕和反感，允瓔還是禮貌地向屋裡眾人曲膝行禮，保持著微笑說道：「找喬公子自然是生意上的事。」

「妳？生意上的事？」柳三小姐一臉狐疑，目光上上下下地打量著允瓔。

「方才聽掌櫃的說，這位姑娘也姓邵？」上首坐著的老婦人打量著允瓔，笑盈盈地開口問道。

「正是。」允瓔點頭，她留意到老婦人話中的「也」，不由抬頭看了老婦人一眼，不知為什麼，她覺得這位老婦人有些面善，心裡竟生出些許親近感。

「姑娘叫什麼名字？能說說嗎？」老婦人對允瓔表現出十分好奇。

柳三小姐見狀，一時也不好打斷老婦人的問話，只是若有所思地打量著允瓔。

「取名字就是讓人喊的嘛，當然能說了。」允瓔對這老婦人頗有好感，當下笑道：「我叫邵英娘，聽夫人的話，難道夫人也姓邵？」

「沒錯，老身娘家姓邵。」老婦人含笑點頭，忽地似乎想到了什麼，驚訝地看著允瓔說道：「妳就是邵英娘？」

「是。」允瓔也有些意外，她這麼有名了？「夫人莫不是聽過？」

「孩子，來，過來讓我好好看看。」老婦人挺直了身子，朝允瓔招手，神情期待。

只是，她這一舉動，不僅引得在座幾人頻頻側目，便是允瓔也驚疑不已。

允瓔猶豫了一下，看著老婦人眼中的期待，陰差陽錯的，她上前一步。

老婦人站起來，來到允瓔面前，直接拉起她的手。「孩子，我是妳的姑姑呀。」

「啥？」允瓔心頭一突。「這位夫人，您說笑了吧？您要是我姑姑，我怎會從來不知呢？您一定是認錯人了。」

「沒錯，就是妳，之前我大弟去了一趟五湖四海貨行，回來就和我們幾個兄弟姊妹商量了，妳就是我們失散多年的四弟的女兒，妳不喊我姑姑喊啥？」老婦人堅持，拉著允瓔就要往上座走。

「老姊姊，她就是妳四弟的女兒？」另一位老婦人吃驚地看著這一切，忍不住開口。

「是呀，找了這麼多年，終於找回來了。」老婦人開心地看著允瓔，把允瓔看得雞皮疙瘩都起來了。

「夫人，您是不是弄錯了？」允瓔僵著身子站著。

「錯不了，錯不了。」老婦人卻拉著允瓔不放手，連連說道：「孩子，家裡人都等著見妳呢，走，跟姑姑回家。」

「呃……夫人，且慢。」允瓔不得已，顧不得禮貌不禮貌，反手拉住老婦人，快速說道：「我今兒來還有事呢，怕是不能跟您回去。」

「不就是找喬二的事嘛，放心，等他回來，媚兒會轉告他的。」老婦人卻不由分說，逕自轉向柳三小姐問道：「媚兒，這事就交給妳了。」

柳三小姐還在雲裡霧裡，她看了看允瓔，又看看老婦人，點點頭。「是……」

「哎呀，老身真是太高興了。」老婦人也不坐了，拉著允瓔作勢要往外走，一邊說道：「媚兒真是老身的福星，今兒一出來就遇到我姪女了，呵呵，不過今兒老身要先失陪，改日我再請兩位過府飲宴。」

唉，還福星……分明就是災星。允瓔看向柳三小姐，眼見這會兒脫不開身，當著柳三小姐的面又不好攤開了說，也只能先隨這老婦人出門，路上再找機會說清楚吧。

「關老夫人厚讚了，我哪是什麼福星，應該是老夫人洪福齊天才是。」柳三小姐掩飾住對允瓔的那點嫌惡，笑盈盈地說道：「沒想到邵姑娘是關老夫人的親戚，之前還真是不好意思了，還請邵姑娘莫見怪。」

「之前？啥事？」老婦人轉頭看向允瓔。

「沒什麼，誤會而已。」允瓔搖頭，對柳三小姐說道：「少夫人，我找喬公子是訂船隻，喬公子何時能回來？」

「原來是訂船隻，妳若急用的話，怕是要自己去船塢找管事的談了，他短時日內回不了的。」那老婦人也不知道是什麼來路，柳三小姐礙於她，竟對允瓔也客氣了起來，說話溫柔至極。

允瓔卻聽得雞皮疙瘩滿身，她忙應道：「既如此，那我去船塢找管事的，急用呢。」

「好。」柳三小姐笑著點頭，客氣地送了幾人出來，另一位老婦人見她們要走，也起身出來告辭。

「孩子，來。」老婦人要回去，早有身邊的丫鬟出去準備了馬車，老婦人拉著允瓔不放。

無奈，允瓔只好先上車，兩個丫鬟則跟在後面步行。

馬車走得不快，兩人倒也跟得上。

允瓔掀著簾子看了看外面，收回目光，正色看著老婦人說道：「夫人，您真的認錯人了。」

「錯不了。」老婦人卻十分堅持，不過，上了車以後倒是鬆開她的手，微笑著打量她，似乎越看越滿意。

「為什麼？世間同名同姓之人那麼多，您和邵會長為什麼僅憑我一人之言就確信我爹是你們要找的人？」允瓔微皺著眉，直截了當地問：「你們不怕我是騙子嗎？」

「問題是，妳不是騙子。」老婦人不由輕笑。「妳的眼睛很純淨，而且，就算妳不是又如何？我娘九十多了，沒多少時日可活，她心心念念就是找到四弟，如今尋著妳，也算是了了她老人家一樁心願。」

果然和烏承橋說的一樣。允瓔嘆氣，擔憂地問：「夫人，請恕我冒昧，斗膽問一句，你們有沒有想過，老夫人見了我之後，了了心願，她……」

「我明白妳的意思。」老婦人點點頭。「不瞞妳說，我家老母親已一日不如一日了，整日裡茶飯不思，睡也睡不著，就想著我那離家二十多年的四弟，這樣下去，她怕是熬不了多久，所以，我們希望妳能幫一把，也算是了了老人家一樁心事，讓她走得安心些。」

原來已經到了這樣的地步……允瓔恍然，想說什麼，卻又說不出來。

「別怕，我們不會對妳怎麼樣的，不管妳是不是我的姪女，能一家三口與我四弟家同名，這也是緣分。」老婦人笑道。

「夫人，您現在不會就帶我去見老夫人吧？」允瓔無奈，人家都說到這分兒上，她能說什麼？

「是呀，難得遇到妳。」老婦人點頭。

沒想到她這性子還這樣急躁。允瓔啞然，好一會兒才找回自己的聲音。「夫人，不妥吧。」

「有何不妥？」老婦人驚訝地看著她。

「老夫人已經知曉這件事了嗎？」允瓔問道。

「不知，如今知情的也就我和我家大弟，怎麼了？」老婦人問。

「夫人，老人家年事已高，最忌大喜大悲，您這樣帶我回去……」允瓔說到這兒停住，她不相信這老婦人一點也聽不懂。

「妳的意思……我明白了。」老婦人點點頭，不以為意。「沒事，那就先去我家，我和妳好好聊聊，今晚就住我家吧。」

「夫人，我出來是辦事的，這樣不回去，我家相公怕是要擔心了。」允瓔著急了，這都叫什麼事？她只是出門辦個事而已，怎麼又遇到麻煩了。

「這有什麼，派人回去說一聲就好了。」老婦人樂道，伸手拍拍允瓔的手。「我又不是母大蟲，還能吃了妳？」

「可是……」允瓔滿心的不舒服。此時此刻，對老婦人的那點親切感也蕩然無存，有的只是深深的抵觸。

這有錢人家都這樣霸道的嗎？不顧別人的意願，一意孤行？

「好啦，妳不願留宿，我也不勉強妳，不過，好歹陪我吃個晚飯，我們好聊聊。」老婦人也瞧出允瓔的表情變化，總算退了一步。「就這麼說定了。」

語氣再沒有回轉的餘地。

允瓔沒摸清這老婦人的底細，一時也不敢得罪狠了，他們的生意才剛剛起步，還禁不起任何風浪，只好忍耐著。

馬車停下，兩個丫鬟撩起布簾，伸手來扶。

允瓔跟著老婦人下車，一抬頭，卻見他們停在衙門前，她不由一愣，怎麼來這兒了？

「祖母。」這時，關麒從衙門的側門出來，看到老婦人，滿臉堆笑地跑過來。

祖……母?!

允瓔頓時瞪大了眼睛。

「烏嫂子，妳怎麼在這兒？」關麒也注意到允瓔的存在，吃驚地看著她和關老夫人。

「祖母，您怎麼認識烏嫂子的？」

「你也認識？」關老夫人有些吃驚，看了看允瓔，笑道：「瞧瞧，所謂不是一家人不進一家門，我們如此有緣，怎麼可能不是一家人呢？」說罷，握著允瓔的手輕拍了拍，似乎在暗示著什麼。

允瓔目光微閃，含笑點頭。「見過關公子。」

「叫什麼關公子，叫小麒就行了。」關老夫人一錘定音。「小麒啊，快見過你表姑姑。」

「什麼?!表姑姑？」這一下，關麒的表情幾乎可以用震驚來形容了。

「沒錯，英娘是我的親姪女，不是你表姑姑是誰？」關老夫人拉著允瓔往門內走去，邊走邊笑。「妳別理他，這孩子就是個猴兒，安分不了半刻。」

面對這樣的對話，允瓔除了保持沈默還是沈默，她無奈地跟著這位霸道的老太太往裡走，一邊回頭看了看關麒，他還傻愣愣的站在門口撓頭，一頭霧水。

「小麒，還傻站著幹什麼？趕緊去告訴你爹，他妹來了，讓他好好準備晚飯。」關老夫人想到一齣是一齣，轉頭吩咐了一句，繼續拉著允瓔往內走。「這猴兒一定是看傻了，妳和他差不多年紀，卻比他大了一輩，他呀，拐不過彎來了。」

「關公子只是驚訝罷了。」允瓔只得這樣說道。

「你們怎麼認識的？」關老夫人好奇地問。

「關公子來過我們貨行。」允瓔含糊地說道，邊走邊打量著這後衙。

她還是頭一次見識古代衙門，這會兒難得有機會，自然要好好看看，只是，這後衙看起來也沒有想像中的那樣華麗，看著也就和尋常院子差不多，只不過多了遊廊和花草，允瓔不免有些失望，她還當這官宦人家的內院都繁華似錦的呢。

「來。」關老夫人拉著允瓔進了內堂，身邊的丫鬟上了茶退出去，落坐後，關老夫人盯著允瓔看了好一會兒，才溫和地開口。「說說，妳和妳爹娘都是怎麼過的？他……他們又是怎麼去的？」

這是個機會！

允瓔看著關老夫人，想揭露喬家的衝動蠢蠢欲動，可是，她一瞬間又想起剛剛關老夫人和柳三小姐的親近，還有關麒和喬承軒的關係，她硬生生把那衝動壓下去。

他們才剛剛認識，關大人雖然是父母官，可是，萬一是個昏的呢？那豈不是把自己和烏承橋都架到火上燒了嗎？

不能衝動！

思緒飛轉間，允瓔冷靜下來，看著關老夫人微微一嘆。「我和我爹娘一直都是行船擺渡為生，半年前，一次意外，我爹娘都遭了歹人毒手。」

「歹人毒手？可曾報官？可看清是什麼人沒有？」關老夫人不愧是縣太爺的娘，一開口就直擊重點。

「月黑風高，來人又是蒙面夜行……沒有證據，報官又有何用？」允瓔苦笑。要是有證據能告官，烏承橋也不會這樣糾結，喬家勢大，就算報了官，只怕也拿他們沒辦法。

「一會兒妳哥來了，細細說給他聽，讓他去查，徹查！」關老夫人擲地有聲地說著。

這時，丫鬟在外面回稟道：「老夫人，大人來了。」

這大人自然是關大人無疑，允瓔忙站起來。

沒一會兒，關大人和關麒一起走進來，看到允瓔，關大人倒是沒有太多驚訝，那天貨行開業，他也是在的，想來已經知道邵家的事。

「民女見過大人。」他是官，允瓔見了，當然要拜。

「一家人，不必客氣，快坐，快坐。」關大人笑咪咪的，雙手虛扶，等允瓔起身後，他坐到左邊的椅上子，笑道：「到了這兒，不必拘束，就跟自家一樣。」

他們越是這樣，允瓔越是不安。「謝大人。」

關麒若有所思地看著允瓔，興許是看出她的不自在，朝關老夫人和關大人說道：「祖母、爹，你們這樣，會讓烏嫂子越發不自在，不如，我陪她去花園轉轉，一會兒再回來吃飯。」

「我正和她說正事呢。」關老夫人有些不情願。

「有什麼事，下午再說唄，烏嫂子這才剛到我們家，凳子還沒坐熱呢，你們就這樣三堂會審似的，誰吃得消？」關麒的話中隱隱流露對允瓔的維護。

「是呀，娘，就讓麒兒帶她去轉轉，熟悉一下，有什麼事下午再說。」關大人看了看允瓔，也接著關麒的話茬兒說道。

「行。」關老夫人雖然心急，卻也沒有駁回兒子的話，點點頭。

從屋裡出來，允瓔忍不住長長地吐了一口氣。

「怎麼？」關麒好笑的看著她，挑著眉問道，一邊伸手延請，領著允瓔往左邊遊廊走去。

「貴祖母太熱情了，吃不消。」允瓔實話實說。

「這是怎麼回事？怎麼才一夜妳就變成我表姑了？」關麒好奇地問。

「我也想問為什麼。」允瓔又是一嘆，抬眼看他。「邵會長是你舅爺爺？」

「是呀。」關麒點頭，解釋道：「我祖母為長，下面就是邵會長，還有兩位舅爺爺已經過世，最小的那位二十幾年前離家了，只是沒想到，烏嫂子就是我小舅爺的女兒，那我以後見了大哥豈不是要改口叫表姑父？」

「你也信？你們就什麼也不查，我說什麼就是什麼，萬一真的只是同名同姓呢？」允瓔皺眉，在關麒面前，倒是不用那樣拘束。「萬一以後你們覺得弄錯了，是不是要找我麻煩？」

「怎麼會？」關麒笑道。「我想，我舅爺爺和我爹他們既然認妳，必定是有依據的，哪會亂認呢？妳想多了。」

「我……」允瓔頓了頓。「他們查過我了？」

「我不知道。」關麒搖搖頭，老實說道。「那天回來，倒是聽我舅爺爺和祖母在討論事情，偶爾聽到我小舅爺的名字，可我沒想到妳居然就是我小舅爺的女兒，如今也過了這麼多天了，祖母既然把妳帶回來，必定是他們尋到了什麼依據，要不然她不會冒失的。」

「原來查過……」允瓔皺眉嘀咕著，心裡更加不安起來。烏承橋的計劃才剛剛開始，甚至還沒來得及展開，可不能……

「我有事問妳，跟我來。」關麒四下看了看，突然伸手拉住允瓔的胳膊往一邊月牙門拐去，進入了花園，順著路來到一座亭子裡。

「有事說事，拉拉扯扯的做什麼？」允瓔掙脫他的手，瞪著他說道。

——未完，待續，請看文創風486《船娘好威》4

2017 狗屋果樹 線上書展 1/3(8:30)~2/10(23:59) 準時起跑！

新春傳愛接力賽

週週有新書，一起追隨愛情的腳步

新書接力鬧雙月，年節不孤單

風 文創

玉人歌《蘭開富貴》全二冊
翦　曉《船娘好威》全五冊
簡尋歡《賢妻不簡單》全三冊
新　綠《娘子押對寶》全二冊

------- 下單即送貓咪圓形貼紙（一單一張），共600份，送完為止。 -------

橘子説＋書展紀念組（詳情請見內頁）

雷恩那
《與魔為偶》上+下（另有小別冊）

季可薔
《新娘報喜》

梅貝兒
《當寡婦的古代日常》上+下

宋雨桐
《二分之一的愛情》

❤ 舊書折扣請看內頁 ❤

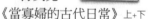

第一棒
新春傳愛接力賽

人紅是非多，精打細算才能富貴長久！

妙筆生花，絲絲入扣／玉人歌

彼時，她名利雙收，卻孤家寡人；
此刻，她缺衣少食，卻有了一群新的家人。
這一世，她用手中畫筆，
為自己、為心愛的人畫出不一樣的絢爛人生。

文創風 481-482 《蘭開富貴》 全套二冊

張蘭蘭自認從不是幸運兒，但老天對她也未免太差了吧！
先是遇到被劈腿、結果人財兩失這種破爛事，
為了忘卻傷痛她拚命工作，總算在國際畫展大放異彩，
卻又碰上工程意外，一摔就穿成了古代窮村莊的農婦。
最誇張的是，她一口氣多了丈夫和孩子，還有媳婦跟孫女！
從前一個人逍遙自在，如今有一大家子要照顧，她真心覺得壓力如山大啊！
幸好這現成的老公人帥又可靠，一群便宜兒女也乖巧懂事，
只是一家八口這麼多張嘴等著吃，全靠丈夫一人外出做木工，
和幾畝薄田的收成，不想辦法開源，日子是要怎麼過下去？
虧得張蘭蘭一手絕活，幾張栩栩如生的牡丹繡樣賣得天價，
繡出的花樣更在京城貴女圈颳起了瘋搶旋風。
一切看似順風順水，卻有人眼紅白花花的銀子，算計起他們劉家了……

書展報好康　1/3出版，新書優惠75折！

第二棒
新春傳愛接力賽

落魄公子哥東山再起，只因船娘超給力！

水上風光，溫情無限／翦曉

穿越也要各憑運氣！
一個小孤女、一艘破船、一個受了傷的禍水相公……
就算再厲害的穿越女也大嘆難為，
幸好辦法是人想出來的，且看她小小船娘大顯神威！

文創風 483-487 **《船娘好威》** 全套五冊

允瓔本以為以船為家，遊歷江河之中，是多逍遙自在的美事，
殊不知一朝穿越成船家女兒，才發現根本沒那麼容易──
原主的父母雙雙遇賊丟了性命，留給她的唯一家當是破船一艘，
且不說那「小巧」船艙塞滿吃喝拉撒一切家當，連翻身都難，
鎮日為生計奔波、被土財主欺凌的日子更是苦不堪言，
偏偏她一名小小船娘又拖著個受了腳傷的「藍顏禍水」，
對她來說，他只不過是個路人甲，暫時同住在一條船上啊，
頂多……唉，她就好人做到底，收留他直到痊癒為止，
到時哪怕他走他的陽關大道，她撐她的小河道，都不再相干～～

第四棒
新春傳愛接力賽

再嫁娘子炙手可熱，究竟誰才是真命天子？

同舟共濟，幸福可期／新綠

這個時代的女子過得太拘束，
她想讓她們的生活也能海闊天空，
於是，大蕪朝討論度最高的「公瑾女學館」就此開張……

文創風 491-492《娘子押對寶》全套二冊

張木盼著能嫁個好郎君，不求大富大貴，只求兩廂情願，
只是前夫家一直死纏爛打，大有不弄死她不罷休的意味，
好不容易擇了個好姻緣，卻時不時冒出覬覦自家夫君的小娘子，
她要斬斷前夫這朵爛桃花，又要護住得來不易的家，
沒想到在古代經營婚姻竟這般不容易！
關於夫君吳陵，他是木匠丁二爺的徒弟兼養子，真實身分是個謎，
不過對張木來說，只要夫妻攜手並進，簡單過日子她便心滿意足，
尤其相公寵她護她，看似溫和俊秀，其實閨房之樂也參透不少，
她異想天開想經營女學館，他也把家當雙手奉上。
她本以為兩人風雨同舟，就沒有過不去的風浪，
豈料某天相公離家未歸，她這才明白他其實大有來頭，
他的深藏不露，原來是有一段不堪回首的過去——

書展報好康 2／7出版，新書優惠75折！

新春傳愛頒獎大會

機不可失！買一本就能抽獎，只要上網訂購且付款完成，系統會發e-mail給您，附上抽獎專用之流水編號，一本就送一組，買十本就能抽十次，不須拆單，買愈多中獎機率愈大！

✶頭獎 Panasonic國際牌全自動製麵包機 共1名

✶二獎 OMRON 歐姆龍體重體脂計 共2名

✶三獎 Panasonic國際牌保濕負離子吹風機 共2名

✶四獎 Comefree瑜珈彈力墊 6mm 共2名

✶五獎 狗屋紅利金200元 共10名

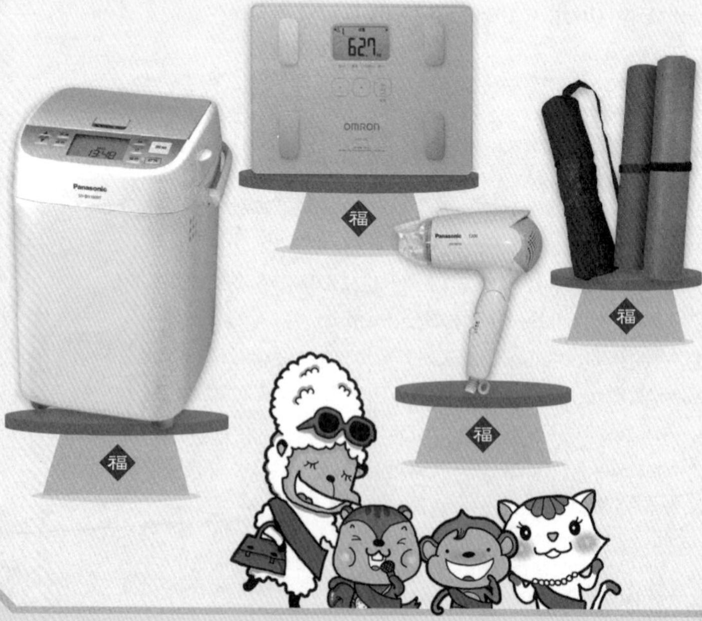

2017/2/20在官網公布得獎名單，公布完即開始寄送，祝您幸運中獎！

2016年12月出版

佳人非淑女

文創風 475~476

從母系社會穿越到了男權世界？
雖說古代生活對女性充滿惡意，
但她相信若拳頭夠大，身為女人也無妨……

文思通透人心，筆觸風趣達理／昭素節

穿到古代，不過是眨下眼的工夫，
要適應生活，卻得花上十分力氣。
青桐雖不幸的穿成了個棄嬰，但幸運的有養父母疼愛，
她一邊學習古代生活，想著要一輩子照顧爹娘，
可是人算不如天算，京城來的親爹娘竟找上了門？!
本來她不願相認，不承想一家三口卻被族人趕了出來，
這下子她只得領著養父母，進京討生活了。
然而京城的家竟是十面埋伏，面對麻煩相繼而來，她是孤掌難鳴，
未料那個愛找碴的紈袴小胖哥竟會出手相助，
禮尚往來，她決意幫他減肥，卻不知這緣結了，便再難解開。
她和他一同上學、一起練武，甚至一塊兒上邊關打仗，
他對她日久生情，她卻生性遲鈍、不開情竅，
幸而他努力不懈，終究使她明白了他的心意，
此情本該水到渠成，誰知最後關頭，他爹居然不答應婚事？!
這下兩人該如何是好？

曖曖情思 暖心動人／清風逐月

2016年12月出版

商女發威

嫁給他，除了有享不盡的榮華富貴，
還能無限地被他寵愛，
這樣划算的買賣，她可不會輕易放手！

文創風 477 1

重生後的蕭晗，回到了抉擇命運的前一日，
有了上一世的經驗，這次，她絕不會再傻傻地任人擺弄！
原本和哥哥一起設局，打算好好整治那些惡人，
沒想到，哥哥竟找來了師兄葉衡當幫手……
家醜不外揚，此刻她的糗事全攤在他面前，真是羞死人了！
為了答謝他一次又一次不求回報的幫助，
她決定下廚做幾道拿手好菜，好生款待他，
但他居然膽大妄為地當著哥哥的面，調戲起她來了？!

文創風 478 2

饒是蕭晗活了兩世，也沒見過像葉衡如此霸道的人。
他仗著家大業大，硬生生從中攔截親事，不讓她嫁給別人，
不僅如此，還時常趁她熟睡後夜探香閨，對她毛手毛腳，
看來有必要好好「教育」他一下，她可不想婚前失身啊！
偏偏這人就是不受教，一口一聲親親娘子，她還沒嫁過門好嗎？
就連她到南方視察莊園時，他也理所當然地跟了去，
不想兩人卻遭遇襲擊，為了救她，他身受重傷，
在九死一生之際，她才發現，她已經不能沒有他了……

文創風 479 3

蕭晗不得不承認，被葉衡寵著的感覺，似乎不壞呢！
對外，他還是一貫高冷淡漠的形象，
可在她面前，卻像隻總想討魚吃的貓兒，
不聲不響地便摸進她的被子裡偷腥，抱她個滿懷，
還可憐兮兮地露出一臉無辜樣，讓她想氣都氣不起來。
為了幫助她穩固在家中的地位，對付惡毒的後娘，
葉衡更是成為她最強而有力的後盾，任她呼來喚去，
看來這門親事，她怎麼算都不會虧本了～～

文創風 480 4 完

一路走來彎彎繞繞的蕭晗與葉衡，終於盼到新婚之夜，
本以為接下來的日子，能過得順風順水、無憂無慮了，
卻萬萬沒有想到，她那一臉殺氣逼人的相公，
竟是京城世家閨秀人人爭食的一塊「小鮮肉」。
兩人大婚後，葉衡的身價更是水漲船高，
情敵一個接一個的冒出來，簡直沒完沒了！
難道別人家的相公，真的比較好嗎？
看來她得好好想個辦法，斬斷他身邊那些爛桃花～～

文創風 485

船娘好威 3

國家圖書館出版品預行編目資料

船娘好威 / 翦曉著. --
初版. -- 臺北市 : 狗屋, 2017.01
冊 ; 公分. --（文創風）
ISBN 978-986-328-682-0（第3冊 : 平裝）. --

857.7 105021302

著作者	翦曉
編輯	余一霞
校對	黃薇霓　簡郁珊
發行所	狗屋出版社有限公司
地址	台北市104中山區龍江路71巷15號1樓
電話	02-2776-5889～0
發行字號	局版台業字845號
法律顧問	蕭雄淋律師
總經銷	知遠文化事業有限公司
電話	02-2664-8800
初版	2017年1月
國際書碼	ISBN-13　978-986-328-682-0

本著作物由作者授權出版

定價250元
狗屋劃撥帳號：19001626
網址：love.doghouse.com.tw　E-mail：love@doghouse.com.tw